A E
& I

Mamá está dormida

Autores Españoles e Iberoamericanos

Máximo Huerta

Mamá está dormida

Planeta

Diagonal, 662-664, 08034 Barcelona (España)
www.editorialplaneta.es
www.planetadelibros.com

Diseño de la colección: Compañía
Poema «Vida», de José Hierro: © Fundación Centro de Poesía José Hierro
Fragmento del poema «Viento de noche», de Dámaso Alonso: © Real Academia Española, 2025
Fragmento del poema «El viaje infinito», de Juan Ramón Jiménez: © Herederos de Juan Ramón Jiménez

Primera edición: enero de 2026
Depósito legal: B.22.699-2025
ISBN: 978-84-08-31413-4
Composición: Realización Planeta
Impresión y encuadernación: Black Print CPI
Printed in Spain - Impreso en España

Esta no es una historia real, es solo la novela que ha inspirado la realidad. Porque esa sí existe. Y se llama vida.

Dedicada a todos los que cuidan. Y a los que se dejan cuidar.

A veces, nos acordamos de algunos episodios de nuestras vidas y necesitamos pruebas para tener completa seguridad de que no lo hemos soñado.

Patrick Modiano

LA CASA

Llegué por el dolor a la alegría.
Supe por el dolor que el alma existe.
Por el dolor, allá en mi reino triste,
un misterioso sol amanecía.

José Hierro

UNO

Olvidé contar una cosa.

Un día de finales de agosto, mamá soltó una frase de infinito poder intrigante:

—Y tu hermano, ¿dónde está?

Podría ser una frase normal, cotidiana, vulgar incluso; de no ser porque soy hijo único desde hace cincuenta y tres años.

Mamá se ajusta los pendientes y bosteza con hambre o sueño, lo ignoro en este momento; después, apoya la cabeza en el sillón orejero, como otras veces, para abandonarse al sueño profundo de cada tarde. Plácida. Dormida como una niña que tiene vacaciones y a la que despertarán con la merienda para jugar.

Me gusta verla así, sin el dolor de espalda, ni el de cabeza, ni el de las piernas. Todo eso que a diario la atormenta y que narra detalladamente una y otra vez para que le preste atención de la mañana a la noche.

Sus días han empezado a ser el recorrido por la decadencia física y mental en ese último capítulo que la vida escribe de manera sólida. La vejez aniquila, devora y, una vez en marcha, no necesita causa alguna. ¿Qué importa lamentarse cuando uno ya va rodando por ella? Tratas de ganar tiempo, pero solo lo pierdes.

No puedo permitir que eso te ocurra a ti, mamá, mi única ancla familiar. Pero ya has recibido la orden de comenzar a marchar.

Me niego.

En el hondo dramatismo de esas tardes es normal que pueda equivocarse, pienso; que imagine que un hermano vive con nosotros o, algo todavía peor, que pueda haber enterrado mi cara en la cara de otro y ya no sepa quién soy yo. El olvido y la demencia están inundándolo todo, y empieza a ser complicado entrar a pasear en algunas estancias de su memoria.

La turbadora frase de mamá —¿un hermano?— se queda flotando en el aire. ¿Puedo haber tenido un hermano y que aparezca ahora, en los últimos días de su vida?, ¿que no haya sido consciente y que la riada lo haya anegado todo, sacando a flote realidades que andaban tras los armarios, bajo las cómodas del cerebro?

Mamá tenía los ojos verdes, los más bonitos de su generación. Verdes como el campo cuando explota fecundo en primavera. Ahora son grises y se intuye una veredita de hierba, libre, que conduce a su juventud por el iris de la vejez. Por ese camino me pierdo en ocasiones, mirándola.

«¿Quieres que nos contemos cosas?».

A veces, de forma espontánea, como una mosca que entra en una habitación de verano y corta todas las conversaciones, un recuerdo nítido e hiperrealista, casi insoportable de tan preciso, se posa involuntariamente en su cabeza. Le molesta. Intenta sacárselo de encima. Así es como me entero de otras cosas, también.

—Tu abuela me giró la cabeza el día de mi boda. Fui a besarla y... se giró. No quiso que la besara.

—¿De verdad, mamá?

—No miento.

—No hubo beso cuando la saludaste... Qué raro. Y qué incómodo, en medio de la gente.

—Mejor.

—¿Por qué?

—Ya sabía a qué atenerme.

—Qué feo estuvo, entonces.

—Como todo después.

—¿El qué?

—Nada.

—¿Nada? No me dejes así, mamá.

Aprovecho esos momentos en los que los recuerdos herméticos se regalan como un helado al sol para sonsacar.

Sin darle muchas vueltas, le reboto la pregunta que esa tarde abre la veda, sospechando que la demencia está dejando escapar algún secreto más.

—Mamá, ¿tuviste otro hijo?

Silencio.

—¿Soy hijo único?

Insisto.

—Antes preguntaste por mi hermano...

La mirada vacía a ningún lugar de la casa, ni de su interior, es solo un espejo donde mirarme.

—¿Es posible que tuvieras otro hijo? ¿Mamá...?

Más silencio.

—Mamá... Mírame, no te duermas, que luego te desvelarás toda la noche. Voy a hacer café y merendamos. Mírame y charlamos de lo que quieras.

La mujer madre se incorpora en el sofá y me mira fijamente: «Tu hermano Félix...».

Lo vuelve a decir; temo que la ficción de la memoria se haga realidad. Como un golpe seco de guillotina, se precipita sobre mí el hierro que corta en dos la vida vivida hasta esa tarde.

Por eso insisto otra vez.

—Tengo un hermano, mamá. —Afirmo para ser parte de su seguridad mientras le paso un paño húmedo a su silla de ruedas. Ella gira la cabeza hacia el ventanal.

DOS

—

Si has entrado en alguna cueva, o pasado por un túnel en la montaña, sabrás que hay un momento en el que hay eco. Es solo un segundo, justo en el centro entre el inicio y el fin. Todo se hace infinito y parece que las paredes te contesten a su voluntad. Con tu voluntad. Repites la frase, y las palabras reverberan en un sonido que es rebumbio y miedo. También en mi pecho. Como ahora con el vértigo que genera la muerte próxima. Al final, para. Nadie responde a ese eco, todo se silencia, y es la respiración la que se agita para salir del túnel, siempre hacia delante. La muerte es igual, inamovible. Preguntas llenas de eco. Y las más difíciles jamás tendrán respuesta.

La casa anda en ese punto del túnel donde se columbra el final y donde un miedo incontrolable lo domina todo, desde el desayuno hasta la cena, como una despedida constante. Cada vez que sirves el café, es el último café; cada vez que haces la cama, es la última sábana limpia; cada vez que sales a comprar, las llaves te arañan en el bolsillo, recordando que al volver posiblemente habrá silencio. Un silencio que no conoces, intuyes. La perra lo presiente. Ladra.

La perra es vieja, anda de un sitio a otro con ese sexto sentido de los animales que es terrorífico, pacífico y raro. Huele, mira y se va a la cocina, bebe agua, espera el pienso y regresa a dormir a su manta bajo la estantería. Antes se acurrucaba, ahora se expande como una estrella de mar.

Los olores de la casa han cambiado. Productos de limpieza abrasivos para los orines, incienso de palo santo, mikados de vainilla por las escaleras y fruta madura que pide irse a la basura.

La música vertebra todo. Dejamos de poner las canciones que nos gustan para no gastarlas y evitar el peso que tienen en el futuro, cargadas de recuerdos. La radio ofrece temas olvidables, que nadie memoriza, sin estribillo poético, sin historias, y nos dice la hora de vez en cuando. Eso basta. Son las cinco y cuarenta y cinco.

Es la misma hora en la que todo cambió.

Amparo solo dejó un bañador que no le gustaba y unas zapatillas gastadas, hizo las maletas y abandonó la casa y la cama que compartíamos. En su mesilla siguen sus pastillas Noctamid para dormir y unos auriculares que solo funcionaban por el oído derecho. La casa se quedó a medias. Todavía duermo en mi lado, como si extender el brazo hacia su territorio fuera profanar los recuerdos e inundar los míos. A veces, sin querer, me despierto y creo escuchar su «Buenos días, amor». Pero no. Es la perra, que sube como puede y pone su hocico en mi oreja para que la saque a pasear. Salimos. ¿A quién si no le voy a hacer caso? Camiseta, llaves, correa y bolsas. Antes tardaba en hacer pis porque así caminábamos más, ahora se abre de piernas en la primera farola de la calle, como si quisiera que nos electrocutáramos los dos. Se lo digo. Cuidado, pequeña, un día hará corriente y moriremos partidos por un rayo. Me mira como si estuviera loco. Que tal vez. La soledad de Amparo, mi pareja durante años, ha creado monstruos. Yo soy uno de ellos: hombre mayor que cuida de madre con perra vieja al fondo. En ocasiones me sirvo medio vaso de coñac, me sumerjo en agua caliente en la bañera y me siento absolutamente desgraciado y con la sensación de que no hay nada bueno en ningún sitio.

Se lo cuento a la perra, pero no es una perra que se deje contagiar por la tristeza. Entra en mi baño y se pone a jugar con la alfombrilla como si fuera un cachorro al que abraza, porque no ha sido madre y le farfulla a ese vacío entre las tripas. Luego se mira en el espejo y hace muecas. Lame. Y por si no fuera suficiente con la alegría exagerada, me dice que también tiene un hermano.

A Amparo le gustaba plantar geranios en el balcón.

Hacía pajaritas de papel con el periódico.

Tenía veinte versiones de té en el armario de la cocina.

Me mandaba audios con fragmentos de novelas.

Jugaba con la cera caliente entre los dedos.

Masticaba jengibre y aspiraba el aire refrescante.

Podaba todo con unas pequeñas tijeras de jardín. Debí notar ahí que no quería más lazos de los necesarios y que, ante cualquier eventualidad incómoda, cortaría por lo sano. Los geranios, todos rojos, los arreglaba a principios de otoño para prepararlos para el invierno y «estimular el crecimiento». A veces, a mediados de verano podaba «para mantener la planta compacta y fomentar la floración». También retiraba hojas y flores marchitas mientras esperaba a que pitara la cafetera con el café recién hecho. Así están sanos, decía. «¿Quieres café?». «Te quiero a ti». Y esas cosas cursis que no lo parecen cuando uno está enamorado.

Recuerdo que prometió que me cuidaría siempre y que no sé qué de la juventud.

La tarde que dijo que se iba la entendí. Paré esa noche en lo alto de una colina, donde le gustaba correr a mi perra en círculos, para sentirme cerca del cielo. Dios y sus cosas. Descansaba allí el cadáver de mi anterior perro y me gustaba limpiar de hojas el camposanto privado. Había montones hechos por las hormigas y algunas moscas. Mi perra andaba paseando por allí sonriente, como hizo la otra, extasiada del lugar y de las vistas. Me molestó su alegría. Es curioso que cuando uno está mal, verdaderamente mal, siente alergia a las flores. Poda.

No sé si se puede leer el pensamiento de los perros, como puedo leer el mío. Conozco muy bien su mirada de «anímate» y no me cabe duda al respecto de que estaba en ello. Olfateó unas flores silvestres y las arrancó. Luego alzó la margarita y vino con ella. Sacudió la cola, espantó las moscas. Extendí la rama y me puse a deshojar.

—Deberíamos quedarnos a pasar la noche en este lugar, pequeña.

Movió el hocico. Y tiró del camal del pantalón. Fue la última vez que dormí en el lado de Amparo.

Ahora hace lo mismo para que vayamos al salón. Son las seis. Lo canta la radio.

Mi madre me mira con su habitual resignación, la que se le ha ido pegando a la cara y al cuerpo poquito a poco, desde que todo empezó a desmoronarse. Una renuncia a vivir así, apacible a veces, rebelde otras.

Tras el silencio, vuelvo.

—Si hubieras tenido otro hijo, mamá, ¿cómo le habrías llamado?

—Como tú.

—Yo —arranco a hablar como si no hubiera escuchado esas dos palabras—, si tuviera un hijo..., le llamaría Nicolás. ¿Te acuerdas de cuando quería llamarme así? Creo que tiene que ver con alguna película navideña en la que los papanoeles eran Niklaus. A veces firmaba en el colegio así: Nicolás. Y añadía el apellido de la abuela, Valero. Nicolás Valero. También me gustan los nombres de la familia: Aurora, como tú, Carmela, Edelvina, Iluminada, Cándida, Guillermina... O

Julieta, como la de la mercería, como la de Romeo. O Sibila. Tú querías llamarte Sibila, ¿no es cierto?

—¿Por qué me lo dices? Tú no vas a tener hijos.

—Has preguntado hace un momento por mi hermano...

—¿Yo?

Sorpréndeme y dime que tuviste otro hijo. ¿Hubo un aborto, mamá? Las tías tuvieron abortos, dices que era normal en esa época. Que hay niños que no tiraban adelante. Que los embarazos se rompían en el camino. Tú... ¿también?

Mamá se queda serenamente dormida, dormida de verdad, no como esas tardes en las que cierra los ojos para no saber, para no escuchar, para irse de la realidad y volar hacia la suya, soñada. La de la veredita verde de su mirada.

Sin embargo, en el sosiego de su rostro, empieza a crecer mi duda. Volver adónde. ¿A la cama de la infancia?

En mis sueños, con mucha frecuencia, estoy en esa cama estrechita y limpia, o en una de hotel, gigante y esponjosa. En las dos camas me encuentro perdido. Asumo la cama, noto las sábanas frías, me abrazo a la almohada como sigo haciendo ahora, un cuerpo extraño sobre el que me duermo. Casi nunca puedo reconocer el lugar concreto, tan confuso y abstracto como son los sueños. En la camita de la infancia hay un espacio vacío arriba que, en ocasiones, ocupo para convertirlo en faro, y el vacío cambia de lugar. El hermano se empadrona donde no estoy. En el hotel reconozco un solo lugar, la mesita con luz que no se apaga, está a ese metro cincuenta de distancia que no alcanzo con la mano desde mi lado. Podría girar y ocupar el centro, pero no lo hago. La luz se apaga cuando me voy acercando.

Una noche vi, desde la litera que instaló mi padre sobre mi cama, cómo colgaba una mano, un brazo apacible, no de muerto, sino de hermano que, dormido boca abajo, deja caer su extremidad serenamente. Ronquidito infantil.

—Entonces, ¿esta litera que pone papá para quién es, por si tengo hermano? —aventuré.

Contemplé esa posibilidad en mi cabeza y una sonrisa acudió a mis labios. Todos convertimos los vacíos en historias.

—Por si viene mi madre a dormir; tú arriba y la abuela, abajo.

Inquieto, encendí las hipótesis aquel día. No sabía cómo contestar. Supuse que lo mejor que podía hacer era dejar que el tiempo hablara, asegurándome que algún día ese misterio se resolvería. Hermosas ficciones las de la infancia, aunque se llenen de reservas.

Mamá asintió con gravedad.

Ahora sé que la que le giró la cara era la madre de papá.

La cama de mi abuela materna es amplia, tan alta como ancha, de colchones de lana que hay que ventilar y remover para que sigan siendo cómodos. Lo hace a mano, sin palos, pero se ayuda con la escoba si la lana se pega. Hay otra luz encendida. Los abuelos duermen y yo me cuelo en el centro de ellos. Carmela y Víctor. Me gusta que me hagan espacio. «Mira cómo se duerme el chiquillo», susurra el abuelo. «Dame agua», contesta ella. Y unas gotas del vaso me despiertan en la noche, pero no abro los ojos. Los escucho hablar como un cazador furtivo en la selva, esperando que digan algo que yo no sé. El crujido de las maderas de las vigas por las que los animales caminan en el desván me eriza la piel. Estoy como vencido, andan las sombras más fuertes cuando se abren los ojos. Hay una puerta al final de aquella habitación, pero no tiene armazón, es solo una cortina que proporciona cierta privacidad al cuarto de mi madre. Yo la veo abrigarse de culo a la ventana, con el olor de la cera de la vela todavía humeante en una silueta femenina y fantástica. Me voy a su cama cuando los abuelos duermen. El suelo cruje. Si se despiertan diré que voy al baño; el aseo mínimo está en la planta baja, en el arco de las escaleras, junto a la leña y las cosas de limpieza. La cama del hotel se hace pequeña también, alargo la mano y puedo encender la luz. Una, otra. Todas. Descorro las cortinas y tampoco reconozco el paisaje de esa calle. Pero sí el olor, huele a otra persona. ¿Hay alguien? ¿Es ese hermano al que le huelen los pies en la litera de arriba?

TRES

Es catorce de octubre de 2022. Un viernes. La mañana ha saltado a escena con algo de fresco, por fin, y varias llamadas de trabajo. Olvidan todos los que me ponen más clases en la academia donde imparto clases de francés que mi única labor importante está en casa. En nuestro hogar, en nuestra prisión. ¿Qué diferencia hay?

En esos días, intento agarrarme a la frase de Camus: «En las profundidades del invierno finalmente aprendí que en mi interior habitaba un verano invencible». Si eso es verdad, como verdad puede ser que tenga un hermano que no conozco (¿Félix?), ambas dudas deben ser resueltas.

Silencio profundo.

Pienso: ¿Y si es cierto?

Más silencio.

Pienso: Si mamá ha contado que aquella tarde de bodas su suegra le giró la cara, por qué no ha de ser indiscutible que el hijo único no lo sea. Que no lo haya sido nunca.

Más silencio.

En los años en los que mamá fue joven, la posguerra hacía de las mujeres objetos invisibles que transitaban del hogar a la cama y de la cama a las labores. Eran tiempos duros, de silencios y de secretos eternos, de casas en las que los muros eran de barro y paja, tras los que no se oía nada. Ni la voz de un niño que nace. Los primeros meses pueden ser unos kilos de más; los últimos, evidentes, una pequeña enfermedad. La niña está floja, la chiquilla anda débil con estos fríos. Las paredes se ocuparán de silenciar el parto. ¿Dónde está el niño del que habla la madre?

Las mujeres de su edad están muertas.

No hay testigos.

—Y Félix, ¿dónde está?

—¿Quién es Félix?

—Tu hermano.

—...

—Hace días que no viene. Le echo de menos. ¿No ha de venir? Tanto tiempo sin verle.

—...

Dejo que hable.

—Me dijo que pasaría a verme. ¿Y mamá?

—¿La abuela?

Cometo el error de corregirla. La fantasía que nace en su cabeza se frena en seco. Si lo es. Si lo fuera.

—Pero... —Cambia de tema al sentirse llena de dudas—. ¿Cuándo empiezas a trabajar?

—En breve debería ponerme con las traducciones.

—Entonces..., ¿me quedaré sola o vendrá tu hermano?

—No vas a estar sola. Voy a estar yo. Solo que me iré a trabajar, como en el invierno pasado. ¿Recuerdas?

—¿Era esta casa?

—Sí, tu casa. La de siempre.

—Pero... Cómo has traído la casa aquí. Piedra a piedra. ¿Por qué estamos aquí? No sé por qué estamos aquí.

—Es tu casa, mamá.

—Mi casa es con mi madre. ¿Y mi madre?, ¿dónde está? ¿Por qué no viene a verme tampoco?

Sé que no debo dar información que alarme. Sería matarla dos veces. Dos lutos. Dos duelos. Opto por seguir la ruta que ella inicia.

—¿La echas de menos?

Es lo único que se me ocurre decir.

—Claro. Es mamá. Y debería estar con nosotros.

Nada más cierto. Qué puedo corregir de esa frase que pronuncia con la voz de la niña que fue, la que vuelve ahora a ser. La veredita verde de sus ojos brilla de nuevo. Anda perdida por ella, con sus amigas, camino del cine, con las entradas compradas por la mañana, deseando que llegue el intermedio y salgan a la calle a comprar altramuces. Ella optará por las chufas. Le gustan. «Me gustaban mucho». Los puestos que hay a las puertas del teatro son de Tomás; es el mejor, el que más tiene. Entre semana estaba a las puertas de la casa de la tía Fernanda.

—¿No te acuerdas de más nombres?

—Se acordará tu hermano.

Silencio.

—Una tarde te llevaste el reloj de mi madre para cambiarlo por caramelos, regaliz y altramuces. Era un reloj estrechillo, plateado, muy bonito... En las mudanzas de las casas se habrá perdido. No tenía valor material, pero una cosa... emocional, sí. Era de mi madre. Se lo regaló el abuelo. Y el Tomás la llamó a ella, menuda *reneguina* te echó. No éramos ricos, ni tampoco pobres. Con lo que teníamos, vivíamos. Tu hermano se ponía en la entrada de los transportes Goizueta y pedía a la gente: «Me das algo, me das algo». Y con lo que le daban, qué gracioso, se compraba algo. Pero lo tremendo es que el que le daba las monedillas era el mismo del puesto. No había dinero, había pillería. Yo iba de alcahueta, «Mamá, mamá, que le está pidiendo un hombre». Era la calle de la estación, la calle de las posadas, y te hinchabas a pedir dinero a los forasteros.

—¿Yo, mamá?

—Tu hermano.

CUATRO

Mi hermano debe de ser mayor que yo, cincuenta y tantos. Puede que sesenta. Mi hipótesis es que mamá lo tuvo a escondidas en la posguerra, por lo que sumo los años correspondientes y me sale un hermano mucho mayor. Podría ser mi padre o un tío. En ese momento comienzo a hacerme preguntas sobre los silencios y las palabras no dichas, los sobreentendidos y los recuerdos que empiezan a escocer. Aquellos cuchicheos de la infancia, los enigmas. Aquella infancia hecha de susurros y de puertas cerradas. Había entonces fracturas invisibles, caídas de telón en medio de una conversación, telarañas.

Desde el vientre confortable que es la casa, algo se pone turbio.

Tengo un mal presentimiento.

Solo sé que se llama Félix y que es un hermano con el que no he jugado nunca.

—Tu abuela me giró la cara el día de mi boda.

Vuelve a ello.

—Ponlo así en esas cosas que traduces —me dice mamá.

—Novelas —le explico—. Traduzco novelas del francés al español, también al revés. Me pagan quince euros por página, entendiendo que cada una tiene dos mil caracteres, espacios, comas y puntos...

—Pero las comas no las traduces.

—Ya, yo las cambio de lugar.

—Y los espacios, ¿los cobras?

—No sé, mamá. Eso forma parte de las matrices, de lo que contiene la hoja. Y si una novela tiene trescientas páginas, pues puedo sacarme unos cuatro mil euros.

—Deberías traducir más. Podríamos pintar la casa. Esto necesita un agua, y la fachada también.

—Pero... No es fácil, no es tan rápido traducir, tengo que ser fiel al escritor. Traducir es una labor escrupulosa, debes buscar las palabras justas, preservar el matiz más modesto, trasladar a otro idioma la evocación del original. Es ver con los ojos de otro. Y no siempre logras vislumbrar el sentido profundo del texto.

Silencio.

—¿Qué piensas, mamá?

—¿Puedes inventártelo?

—No, no puedo.

—Pero ¿quién se entera? ¿El escritor te lee para ver si has acertado con todo eso que dices?

—No sé. La verdad es que no.

La sonrisa pilla de la anciana madre invade la sala.

—Pues... ya sabes, rellena.

—¿Crees que debo engañar a todos, mamá? Mentir está mal. Eso siempre me lo decías tú.

—Eras un niño. Ahora eres de mi edad.

—¿Tú me has mentido alguna vez?

—Supongo.

—¿Supones?

—Sí.

—¿Como cuándo, mamá?

—Cuando te decía que te comieras las lentejas, por ejemplo. A mí no me gustan y te decía que sí. Pon eso en la novela. Pon que las lentejas no me gustan.

—Vale, lo pondré. Confesaré que no nos gustaban ni a

ti ni a mí. Puedo ponerlo en un pie de página, como un apunte a la traducción.

—¿Esta novela cuántas páginas tiene?

—Déjame ver. Cuatrocientas treinta y seis.

—Qué tostón.

—No está mal.

—¿De qué va?

—Es una novela romántica, transcurre en 1900. Valencia. Zona de naranjos y enredos familiares. Aparece Sorolla. Y también el del Museo de Cerámica, González Martí. Y su mujer, Amelia Cuñat. ¿Sabes que era nieta de una actriz que...?

—Una cosa. —Me frena en seco, como un descubrimiento.

—¿Qué, mamá?

—Estaba calculando a cuánto te sale la palabra.

—Y qué piensas.

—Son baratas.

—Sí, las palabras son muy baratas, mamá.

—Mejor nos callamos y así no gastamos.

Eso sucede. Nos callamos. Otra vez el silencio. La duda. La incertidumbre. Las hipótesis sobrevolando mi cabeza, martilleándola con temores y preguntas. La sospecha se cierne como las tormentas, lo oscurece todo. La alternativa es el espacio de luz, la hendidura que se abre entre las nubes y por la que asoman los rayos de sol.

En esos días en los que la realidad empieza a ser una banda sonora diferente a la del resto de nuestras vidas, no solo mi madre no me reconoce, sino que yo no la reconozco a ella. Empiezo, a fuerza de resignación, a querer a otra madre; una mujer que me llama de otra manera, que busca por casa a un marido muerto o que llama a la abuela, «Y mamá, ¿dónde está?», todo el rato. El olvido que empieza a anegarlo todo de fatalidad y renuncia nos silba otras canciones. Y aparecen otras palabras que no tienen traducción.

—Escríbelo sin adornos —espeta mientras se bebe el vaso de leche de media tarde. Yo no tengo ni idea de que la vida ha empezado así, de que *el día más feliz de las vidas* no es el día más feliz de la vida.

Apoya el vaso vacío sobre el brazo del sillón, en un incierto equilibrio, y me mira fijamente, más allá del gris de las cataratas, para decirme sin palabras todo lo que jamás me había dicho:

—Me giró la cara. Ella, sí, me giró la cara cuando fui a besarla.

Por respeto a la carne de esta historia, debo ser fiel a la frase que define muy seguramente a algunos matrimonios.

No la querían en la familia. No fue bienvenida.

Ya. Así de simple.

«No me querían», repite varias veces hasta que la voz baja suavemente, se evapora en la habitación que nos asfixia y cierra los ojos. Me quedo mirándola, sabiendo que finge estar dormida para no hablar mucho más de lo que la quema. Ha dicho todo lo que quiere verbalizar. Nada más. La frase.

El día de la boda, cuando, a deshoras, mis padres ejercían de protagonistas involuntarios en la iglesia de la Magdalena, todo fue luto. Negro entre invitados y novios de azul oscuro. El abuelo Roberto había fallecido y mi padre fue vestido de duelo, cinta en el brazo incluida, como un militar caído frente a su general. Le vino bien para esconder cualquier atisbo de felicidad. A mi madre, embarazada, se le negó el vestido blanco; era 1970, y el peso de la familia era atroz. Cruel, el del pueblo. Inhumano, el de la suegra.

—Me giró la cara cuando fui a besarla. Ponlo así.

—Sí, mamá. Lo escribiré para que no se olvide.

—Para que no se te olvide cuando yo no esté.

La chica no era digna de vestir el color de la pureza, porque no lo era, y tampoco habría convite, ni celebración tras los anillos, porque no lo merecía. Algo rápido, señor cura. Que estos novios ya son matrimonio y tenemos al padre recién muerto. Y una criatura a punto de nacer.

Vergüenza. Velocidad. Secretos.

La foto no existe.

Quién iba a querer retratar a unos novios que eran el escándalo de dos familias, el correveidile de la calle, de las vecinas, de los bares.

—Madre, Aurora está embarazada. Debo casarme con ella.

Mi padre se enfrentó así, directamente, a la anciana. Y la abuela respondió con un exabrupto.

El muchacho lloraba, dicen, cuando se lo confesó a su madre; pero no me fío. Aceptemos que lloraba porque estaba enamorado de otra y no era esa la que estaba embarazada de él. De la conversación con los padres nada se cuenta. Todo se oculta. Nada que no sea motivo de celebración se festeja. Silencio para todo.

La mecánica es similar a la de un mostrador de ultramarinos.

Qué desea.

Tome y gracias.

Están ustedes casados.

Empiecen a convivir.

«Me giró la cara y no volvió a mirarme nunca más».

La madre del novio se dio la vuelta cuando, al terminar la ceremonia, la novia fue a besarla.

«Era mi suegra —se justifica—. Solo quería ser educada. Qué podía hacer. Me giró la cara, allí, con las tripas y el niño revueltos bajo el vestido azul, un azul marino», relata mamá en una retahíla de reproches que ya no son más que una canción sin música. Solo letra.

Son aquellas pequeñas cosas que nos dejó un tiempo de espinas, tabaco y copas rotas. Las palabras que no se dicen se quedan atragantadas para siempre, se hacen bola, o costra. Y cicatriza todo mal. Si sirve de algo, aquí está. Arrancan un recorrido por todas esas ilusiones cotidianas que pasan desapercibidas porque no son lo que esperábamos de la vida.

«Qué habría costado responder con un beso. Hacerlo fácil».

¿Cuál fue la parte bonita de ese instante de desprecio? Me mira, despierta del sueño y se yergue sobre el sillón. Parece valiente por un segundo, incluso joven.

—Nadie vio que yo me tocaba la barriga, que en ese momento sentí al hijo que llevaba dentro y dejé de estar sola. —Se toma una pausa, perdiéndose, o encontrándose, quizá, en ese recuerdo—. Añade «afortunadamente» a la traducción. Es una palabra más.

El resentimiento que flotaba en la parroquia fue asfixiándolos a todos, menos a la nueva madre, que, con un gesto imperceptible para los enemigos, se sintió a salvo. Un gesto pequeño. De esos en los que nadie repara.

CINCO

—¿Esas flores para quién son? —me pregunta mientras coloco las rosas de color naranja en un jarrón con agua. Le digo que para ella, para animar el salón; pero no sonríe.

—¿No te gustan? —le digo mirándola.

—Las flores de ahora no tienen aroma.

—En eso tienes razón. Pero no por eso dejan de ser bonitas. ¿Las de tu época sí?

—Había unas —arranca a recordar— que llenaban la entrada del albergue, muy sencillas. La monja Sulpicia las llamaba caninas y a mí no me gustaba el nombre, a ninguna nos gustaba. Pero nos obligaban a hacer ramos para las mesas del comedor. Las poníamos en vasitos. Rosas... caninas.

—Es un nombre feo, sí.

—Como los dientes de perro del cura. Eso lo decía la Claudia, que los hombres y las rosas mordían.

—Siempre pinchan, es verdad.

—Pinchan y muerden.

—No entiendo a qué te refieres, mamá.

—A nada. No me refiero a nada. Son cosas mías. Cosas de vieja.

Me quedo mirándola mientras coloco las rosas que he comprado en la floristería; me gustan de color azafrán, naranja, parecen soleadas. Pero el brillo se apaga con las palabras, como tantas veces con tantas cosas últimamente. Ella se ha quedado rumiando alguna en el sillón, y aunque insisto en preguntar por las rosas caninas, no dice nada. No abre la boca. Niega. Retira la cara también cuando le voy a dar un beso.

Las rosas caninas apenas tienen pétalos, lo averiguo en internet. Son arbustos, de pétalos pálidos, cinco apenas, unas rosas silvestres, bordes.

Ha dicho muerden.

Muerden.

Desde ese día no traigo más rosas a casa. Sé que he tocado algún recuerdo que no abre ninguna puerta amable de su pasado y en esta mezcla de tiempos en el que vivimos decido parar de hurgar.

Mamá nunca tuvo flores en los balcones. Solía regar un helecho que teníamos en la salida al patio, donde venían los gatos de la vecina a refugiarse y a comerse la piel del pollo que mamá arrancaba como desecho de caldo. Allí se estaba fresquito, y allí nos sentábamos a la hora de la siesta, ella cosía y yo me ponía con los deberes. A veces cantábamos canciones que nos inventábamos con cualquier frase de la oración y le poníamos música. Tenía ella mucha gracia para sacar rimas, también para criticar a la vecina, que era un disparate. De hecho, siempre decía que estaba como «un capazo de gatos». Y yo me lo imaginaba perfectamente. «Abre, que toca la vecina». Y yo le abría la puerta a la Ignacia, que entraba con unos zapatones tremendos que parecían del marido, matarife en la cooperativa. Menudo genio tenía también el Juanjo, un ogro que podría habernos abierto en canal si llega a saber que nos reíamos de su señora. Pero en eso pasaban mejor los deberes del colegio y las horas de hambre hasta la cena. Mamá tenía la capacidad de generar alegrías hasta con los recortes de periódico que utilizaba para mis trabajos de plástica: geometrías imposibles. Podría haber sido lo que hubiera querido, eso lo supe con el tiempo. Pero fue solo madre. Solo.

La higuera del patio se hizo hermosa, impregnaba de olor toda la casa. Con las maderas de las cajas de naranjas hicimos nidos para que llegaran los pájaros, pero nunca anidaron. Sin embargo, se nos hacía divertida la espera, porque en ese tiempo de infancia lo más bonito siempre fue esperar. Aguardábamos la llegada de la luna llena, de los días de fiesta patronal, de Navidad, de los Reyes Magos, de las fallas, de mi cumpleaños en junio, cuando el colegio terminaba. O la llegada del calor de verano, cuando abrían la piscina municipal.

Ahora mismo es verano, todo el mundo anda entre el disfrute verdadero y el fingido. Veo a las parejas y en ellas está Amparo. No se le puede poner mosquiteras a la realidad. No sé dónde leí que a los viejos les gusta mirar a los niños mientras estos juegan en la calle. Saben que ya nunca serán ellos. Que nunca podrán hacerlo. Que no hay balón, ni yoyó, ni bicicleta. Sucede lo mismo con el amor en la desdicha: envidias lo que viviste y no volverá. Bienaventurados los felices. Y bienaventurados los que lo quieren ser.

El verano, el veraneo, también son una casa en silencio, una ropa gastada, un sofá con sábana para que el sudor no se pegue al escay, una botella que hace charco en el suelo y un libro del revés con la página abierta, marcada en el momento en el que entró el sueño y caímos rendidos gracias a Morfeo. El verano son las persianas bajadas con todos esos ojos guiñados como chinos, la luz del sol dibujando letras, el reloj en la mesilla, el tedio, la espera, la nada. La mosca que ronda como un dron toda la sala vigilando qué hacemos, observando nuestros movimientos y apuntando las palabras para el invierno.

Mamá ha cumplido ochenta y cinco. Espera poco de la vida, ni siquiera un regalo, porque —insiste— no le hacen falta: «Tengo de todo». Todas sus amigas han muerto, no hay llamadas de nadie de su generación, «Ya no están», dice con la mirada perdida, superviviente de una fotografía en la que sonríen a la cámara. Cada año han ido cayendo una a una, como en un juego macabro de despedidas esperadas en el que solo cambia el nombre. Ella siempre es la otra.

«Llévame a cenar», me pide.

Busco mesa en la terraza de un restaurante amigo, en Miraldo, una localidad cercana, donde han decorado todo con máquinas de coser Singer que han ido cediendo las hijas de las madres muertas.

—Qué bien cenamos el otro día, ¿verdad?

—Ni postre pedimos.

—Tú te tomaste un licor de horchata con no sé qué más, y yo un poleo, porque se me quedan las cosas aquí —se golpea con el abanico, señalando la boca del estómago— y no bajan ni suben.

—Es que nos pasamos, mamá.

—Tengo buena gana de comer —afirma, sonriendo en el recuerdo de esa sencilla cena entre madre e hijo en un bar de pueblo—. Ahora me he tomado un café con leche y unas rosquillas de anís. Por las tardes no perdono mi vaso de leche.

Lo ha dicho sonriendo. Qué bonito. Anoto esa sonrisa. Pequeñita. Discreta e irónica. Una niña que ha cumplido años y que está ligeramente feliz y sutilmente muerta.

—¿Llevarás mi máquina de coser cuando me muera?

—No digas eso.

—Ponle un hilo verde, como si fuera a aparecer.

Resoplo con disgusto.

—No des bufidos, ¿qué te crees, que voy a durar toda la vida? El hilo se gasta. Mejor tener preparada otra bobina, odiaba cuando se me terminaba en medio de la faena.

—Vale, llevaré la Singer.

—Y el hilo verde.

—Y el hilo verde —repito para acabar.

Ilusiones cotidianas. Un vaso de leche, una cena en una mesa bajo un árbol frondoso, las patatas, los hielos en los vasos y el tinte recién puesto. «Me gusta más este color, se equivocó la Antonia con el otro. Era muy pelirroja, dónde voy yo ahora de color zanahoria. Estaba ridícula. Naranja. Yo tenía el pelo precioso, pero se me puso blanco muy pronto». Se recoge el mechón con las manos arrugadas. Parece una muchacha.

Lo anoto, también.

Las ilusiones cotidianas pasan desapercibidas porque no tienen cascabeles y no reciben el aplauso de nadie. Esa llamada de teléfono que se agradece a media tarde, ese silencio para la siesta, esa sábana fresca recién planchada o esa mosca que desaparece hacia la cocina en busca de la ventana.

Las ilusiones grandes llegan si el destino quiere. Presto atención a las cosas que son insignificantes, las que son fáciles de guardar en el bolsillo junto a unas monedas con las que pagar el pan.

—Ya sé cuánto ganarás con esa novela que estás traduciendo. Quince euros por cuatrocientas treinta y seis páginas, cobrarás unos seis mil euros. Un millón de pesetas.

—Seis mil quinientos cuarenta euros —le digo, multiplicando con el móvil.

—Pues pintamos la casa. Te lo dije. —Mamá sonríe satisfecha y golpea con el abanico la bata de rayas de tela fresca. La perra le lame los tobillos, donde ha quedado la crema. Lleva unas sandalias cómodas—. Podemos decirle a tu hermano que nos ayude.

—¿A mi hermano?

—¿Dónde está? —vuelve a la pregunta.

—Mamá...

SEIS

He conseguido saber de él.

Me ha dicho que mi hermano vive en el norte y que, desde que nació, ha vivido en otra casa, en la de unos tíos que eran fabricantes de harina y que salieron del pueblo en busca de fortuna. En la carta, escrita a mano en alguno de esos ratos en los que yo paseo a la perra, me explica también que parte de la familia emigró a Buenos Aires, que allí queda alguien a quien debería conocer, porque es fundamental en el árbol genealógico.

No tiene mi apellido, escribe, ni el primero ni el segundo. Es Molina. «¿Molina?», le pregunto cuando acabo de leer la carta. Busco en internet, pero hay cientos de Molina en el norte de España. Intuyo, no sé por qué, que puede ser Asturias; hornos industriales, recuerdo alguna novela, documental o conversación, y tiro por ese camino.

Todo esto que escribo salta por los aires cuando, tras el café con leche de la tarde, dice que se lo ha inventado porque se aburría esperando; que he tardado, ha cogido un folio y se ha puesto a fabular. Que lo olvide. Que no tarde tanto. Me pide la carta y la rompe.

—¿No has encendido la estufa?

—Hace calor todavía.

—Bueno, pues dame las tijeras para que lo haga trozos pequeñitos. Que no me fío.

—De quién no te fías, mamá.

—De ti. De tu hermano.

Otra vez.

A veces soy Félix; en ocasiones, Federico, mi nombre real. Son fantasmas que rondan por las habitaciones de la casa en la que ella está despidiéndose con una herencia fatal: mi duda.

Me queda la costumbre de peinarme todavía con colonia, un mantón de la bisabuela y las dudas. El manejo de la plancha para marcar la raya del pantalón. Los ojos hinchados al despertarme, la falta de pestañas y unas cejas locas. Y yo, sumergido en agua en descomposición. Dicen que todo lo acabaré perdiendo, que irá a Cáritas y que olvidaré las cosas principales, quedarán los detalles y algún aroma que aparecerá en algún paseo. Su tacto se irá, también su voz. Oh, la voz. Debería grabarla, debería sentarme y forzar una conversación en la que me diga «Te quiero, hijo».

De pronto, otro miedo.

Una voz querida que no quede grabada, que se marche con ella. Cómo hacer luego que aparezca. Qué le pregunto que pueda ser eterno. Qué digo.

En previsión de su marcha, debería grabarla.

Una frase solo.

Una simple frase será suficiente para que no muera nunca.

—Mamá...

—¿Qué?

Pongo en marcha la nota de voz.

—... Tengo dolor de cabeza.

Lo borro. No quiero recordar un dolor. Vuelvo entonces a preguntar. La voz es concreta, será siempre presente, tendrá el impacto de la certeza, no se desgastará, indeleble. Mamá regresará cuando la escuche, podré ponerla en altavoz desde otra habitación y parecerá que me habla. Su imagen no envejecerá.

Saboreo esa locura.

Los muertos aparecen siempre, lo escriben en las enciclopedias policíacas. La mayoría de los cuerpos regresan a la superficie del mar, arriban a una playa, asoman entre cañizares o muestran alguna nueva pista para decir a gritos dónde están. Pienso ahora que estando viva será más fácil, que debería hacerlo, mamá.

A mi abuela Carmela le había oído contar, sin dramatismo ni misterio, que las mujeres tenían hijos que escondían, que repartían en familias que podían mantenerlos e, incluso (esto me daba más asco), que las monjas emparedaban a los fetos que parían en los monasterios.

Doy al *play*. Grabo.

SIETE

Inconscientemente, he conocido a muchas madres. Ausentes, protectoras, amorosas, celosas, alegres, atormentadas, dolientes, inesperadas o a la espera. Madres todas, las madres de todos los escritores a los que he traducido. Es en el único momento en el que no dudo frente al cambio de palabras, conozco lo que dicen y lo que dejan transparentar sus historias, aunque sean novelas negras o históricas, aunque sean narradores omniscientes, deiformes. La intimidad es muy escurridiza. Las madres están siempre, como lo está la niñez. Los fantasmas de un escritor se repiten una y otra vez en los libros.

En este pasado desde el que escribo hoy —escribir es siempre vivir en el pasado—, mamá me pregunta otra vez por su madre.

—¿Dónde está mamá?

—No sé.

—En misa, ¿verdad?

Y le digo que sí. Que claro. Que está en misa, que no tardará. Que seguramente se ha quedado con las vecinas charlando al terminar; que el nuevo cura es un pesado, que hace homilías eternas, que se entretiene, que las saluda, que les pregunta por los nietos y por las recetas; que subirá dulces de la pastelería para después de comer y que nos traerá algún chascarrillo del pueblo, que allí se lo cuentan todo, que se confiesan más en la calle que en sacristía.

Y ella, removiendo la leche, lamenta que tarde tanto, que hace mucho que salió de casa. Que últimamente siempre está fuera, que se enreda en la calle, que por qué no viene antes. «¿Tardará?», pregunta, mirándome con los ojos de una niña que no entiende bien que no esté su madre cuando ella quiere.

Asiento, forzándome a disimular que no vendrá.

Asiento para no llorar con ella.

Asiento para mentir.

Ahora es cuando debería tener una voz grabada para que le diga «Hola, buenas tardes, estás muy guapa, te quiero mucho, no tardaré, subo enseguida». Pero esa voz está muerta y jamás la volveremos a escuchar.

—No tarda, mamá —me justifico desde la ficción en la que vivo—. No tardará la abuela en llegar a casa. —Sí, he remarcado «abuela» con otro tono, para ver si cae en la cuenta de su error—. Se habrá entretenido con la Claudia —sigo diciendo— o, mejor, estará comprando algún ovillo para las puntillas que estaba haciendo para las toallas. Dijo algo de que se había quedado sin hilo, ¿no recuerdas?

Niega.

La realidad.

Mi abuela Carmela está en el cielo desde hace veinte años. Se fue antes de leerme, antes de saber que cobraba por palabra traducida. Ella, que era escritora de márgenes. Carmela tenía el *ABC* lleno de notas, libretas con los cumpleaños anotados de todas las personas que conocía, escribía pies de página y rellenaba el almanaque con anotaciones. Era su memoria externa. Me obligo a nombrarla, porque así existirá siempre. Haré magia. Haré que vuelva cada vez que escriba su nombre. Carmela, Carmela, Carmela...

Me toco la barriga cuando veo que ella hace lo mismo.

En ese lugar estuvo mi madre, en ese punto del ombligo tan bonito que también tiene la mía, en ese mismo lugar en el que también viví nueve meses. En mi ombligo se acaba el mundo, el hilo se corta. Es como si, al parar, destrozara el legado de madres que me han precedido con sus bonitos lugares de carne, con sus desayunos a tiempo, sus consejos y sus sueños rotos por una vida inesperada.

Mi ombligo es el final del recorrido.

En las fotos no está su olor, ese aroma a madre en el que se aloja, entre cuello y oreja. ¿Cómo conservar ese calor? ¿Cómo parar las lágrimas cada vez que pregunta de nuevo «¿Ya ha vuelto de misa la mamá?»?

—¿Qué te duele? —le pregunto.

Y solo añade «Mamá».

OCHO

Salimos. El sol pega fuerte, el resfriado también, y el mío se ha convertido en una bronquitis que ahoga. Podría decir que estoy bajo el agua y que veo la superficie, pero solo se intuye la luz, el peso me hunde, la cuenta atrás me anuncia el final y el aire que queda en los pulmones es poquito. Muy poquito. El asma de niño es ahora un problema importante con la edad. La abuela murió así. El abuelo murió así. Aire. Se quedaron sin aire. Y yo me quedaré sin aire.

La perra ladra porque quiere salir a pasear, y en ese momento me veo en la superficie. Me rescata la realidad.

Nos sentamos juntos en un banco que hay en la curva que baja a la calle principal. A un lado, los pinos y las montañas; al otro, cerca, un contenedor de basura que anula la belleza.

—¿Me llevas de paseo?

—Sí, mamá.

Me alegra que salga de ella.

—Bueno..., lo que tú digas. No quiero molestar.

—No molestas.

—¿Hay algo especial?

—Sí, van a cantar unos niños en la plaza. Presentan unas canciones, son los del coro.

—Entonces habrá mucha gente, no quiero que me vean.

¿Tu hermano ya ha bajado? A ver si no viene a cenar. No ha dicho nada.

Abro los ojos como platos. Evito responder y la consuelo con lo primero que se me ocurre.

—Estás guapa, el corte de pelo te sienta muy bien. Estás rejuvenecida. Además es fácil así, cortito, basta con que te lo laves para estar peinada.

—Cuando me lo cortan bien, se nota.

—¿Lo ves? Fácil. Vamos bajando.

Empujo la silla de ruedas desconcertado, sin saber qué decir ni cómo sacar de nuevo el tema que me trae revuelto desde hace tantos meses.

Comprendo que, en su mente, puede haber un fallo de sistema, como ordenadores que somos; no estamos en los mejores años, en los que sus palabras iban a misa. Ahora, hacemos aguas. Los dos.

—¿Qué quieres que pida? ¿Horchata, café con leche? ¿Otra cosa?

—No sé.

—Podemos esperar, se nos da bien. Aquí se está a gustito, mira qué sol. El cielo, tan azul. Tan mediterráneo.

—Dame las gafas, no veo bien. Y pídeme lo que quieras.

—Si es por estar un ratito aquí, ya están montando la actuación en la plaza, no creo que tarden. Primero —le cuento para intentar que abra los ojos— interpretarán el *Himno a la alegría.*

—Es un horror.

—Tienes razón. Es una horterada. Pero, bueno, son niños, se les pasará.

Es la música lo que nos envuelve en la plaza, no la gente; con los párpados apretados, tal vez sufre el dolor de un recuerdo que la asalta últimamente como un resorte de acción al pasado. Pasa la tarde hasta que el sol se pone.

El *Nocturno* de Chopin concluye con una larga nota,

muy dulce, de violín. Los niños parecen grandes músicos, se ve quiénes tendrán futuro, se intuye la luz entre la multitud. Los espectadores, padres, vecinos y familia escuchan con suma atención hasta el final. Los cinco sentidos alertas y el aplauso que estalla tras unos segundos —maravillosos— de silencio respetuoso. La niña del violín se levanta. Mamá también. Su paz ha sido un regalo; estar a su lado, otro. Ahora todos rinden pleitesía a los chavales y a las chiquillas; las madres están fascinadas; los padres, orgullosos; el director, también joven, pero ya adulto, parece que tiene ganas de bailar. Cuando concluyen los parabienes y los niños vuelven a ser niños, la plaza se hace más de pueblo. Los «¡Bravo, bravo!» se van calle abajo, con el orgullo y la ternura.

Mamá vuelve a tener lágrimas.

No reacciono.

Es ella la que trae sus recuerdos sin anticipo.

—Los domingos por la mañana comprábamos la entrada del cine Ateneo, porque el otro era muy pequeño y tenía muy mala fama, metían la mano... El Casablanca estaba más vacío, siempre íbamos al Ateneo. Entradas de patio para la Maricarmen, la hija de la Claudia, la Julisara, las amigas... La Lolita. Siempre íbamos las mismas. O casi; algunas, si salían el domingo por la mañana, ya no salían por la tarde. El cine era a las siete de la tarde, y hasta esa hora paseábamos. En el descanso salíamos a comprar chufas, altramuces, cacahuetes... Ay, madre, cómo quedaba el suelo... Eran puestos como los que ponían en la cuesta de San José; una mesa, cuatro maderas y una tela. Había siempre un puesto más fijo, porque el descanso era lo mejor de la tarde. Tomás tenía un kiosco fijo en la puerta de la tía Fernanda, un puesto bueno, en el que había de todo. Y la Reme, la turronera, vivía por la avenida, aparecía con su puesto en la puerta del cine. Pero a turrón no llegábamos en el descanso, era caro. Lo vendían en trocillos empapelaos. Y, de pronto, sonaba el timbre y todos corriendo para dentro. Hala.

La escucho feliz. Habla la niña. Y yo parezco el padre que acaba de verla tocar el violín.

—¿Por qué no pides unas tapas? Así ya nos vamos a casa cenados.

—Vale, mamá.

—Eres mi hijo favorito.

NUEVE

—Me gustaría ahora tener en el bolsillo caramelos del tío Justino; su mujer era la fotógrafa del pueblo, pero vendían de todo para entretener a los críos en las sesiones de fotos; allí perdiste el osito que te trajo la Josefina de Francia. Tenía unos botes —hace un aspaviento con la mano— de cristal. Cien gramos, dale. Dos pesetas, venga. Tampoco creo que fuéramos ricos. Los hacía él para la tos, ni los empapelaba. Se pegaban unos a otros.

—¿De menta? —le pregunto.

—No, de sabor caramelo.

La tos que la incomoda se hace pesada.

—A ver qué me tomo esta noche. Los caramelos debían de tener su encanto, porque la abuela también nos hacía: un cazo, azúcar, y a darle la vuelta bien con un poco de agua. Cuando se enfriaba, los podías cortar. Caramelos de azúcar.

—Tú los hacías también en el mármol de la cocina.

—¿Te acuerdas?

—Me acuerdo. Tan sencillos.

Asiente.

—O sea, que el azúcar debe de ser bueno para la tos. Y entonces había mucho azúcar moreno, nos salían de color. —Se detiene para mirarme y me pregunta—: ¿Tengo buen color de cara?

—Estás guapa, mamá.

—¿Y tu hermano Félix?

Otra vez. La riada.

—Quién es Félix —le contesto.

—Tu hermano —insiste ella—. ¿Dónde está? ¿Por qué no viene a verme? —dice alterada—. Llevo días esperándolo, más que nunca... Si viniera... Pero no viene...

Los médicos me habían dicho, el neurólogo, que no la alarmara con la realidad, que la verdad podría afligirla y descompensar la balanza de la verdad en la que anda viviendo. «Mejor darle la razón», insistió el doctor.

En la conciencia de mi madre, el presente es una calima sepia que surge a cualquier hora del día o de la tarde, el pasacalle de muertos que vienen a visitarla. Hablan con ella, de sus recuerdos, de su infancia.

No puedo reprochar nada, ni a ella ni a los muertos, tan numerosos ya. De modo que, sin solución a su pregunta, ando por la orilla de las frases que no hacen daño, para tranquilizarla.

—Luego le llamo, se habrá entretenido Félix con los amigos.

—¿Tiene novia? No me cuenta nada.

—No lo sé, a mí tampoco me cuenta.

—Se perfuma mucho. Será que sí. Luego en el bar le sonsacas, que contigo tiene más confianza. Sois hombres.

DIEZ

Me despierto con el ruido de los olivos golpeando con sus ramas en la ventana, quieren entrar.

Echo una ojeada al cielo y tiene el mismo color que todos los días que tenemos «médico» apuntado en la agenda. Al instante reconozco mi vida, la que vivimos.

La habitación de mamá está hecha, le cuesta encajar las sábanas y las mantas en el colchón, porque la medida es otra. Se quejó de la cama articulada que le compré y tuve que montar una cama que había en el trastero y añadir un jergón nuevo. Pero ya no hacen colchones con la medida de 1971.

La radio vomita canciones espantosas, «dedicadas», dicen, y son todas de un mal gusto que obliga a apagar y abrir los balcones. Me sorprendo, no hace frío. El otoño es aún incierto verano y, en otros años, qué rápido pasan los años, ya andábamos con los abrigos preparados en las perchas de la entrada.

Nos disponemos a desayunar y a mojar las pastillas con la leche como si fueran magdalenas.

Observo los muebles que hemos ido juntando sin ningún sentido: una mesa camilla, unas sillas de la abuela que son fuertes como robles, un aparador de color blanco al que mamá llama «mueble bonito», la mesita de la tía Rosario... Todo tiene alma.

—Este colchón no cabe bien en la cama que me pusiste.

—Si quieres vuelvo a poner la articulada, la dejé en el

garaje. O la hago yo, ya sabes que puedo estirar la ropa de la cama, tengo más fuerza y...

—No quiero parecer inútil —zanja.

—Vale, mamá. Pero es por hacerlo fácil.

—Olvídate. ¿Has calentado la leche? ¿Me he tomado las pastillas? Bájame la ropa que tienes en el cesto, para poner la lavadora.

Sale la madre autoritaria cuando se enfada.

En un rincón del banco de la cocina están las bragas meadas de la noche, también su pijama. Lo envuelve con unas toallas para disimular y me pide que una mi ropa a la suya para llenar el tambor de la lavadora. En ese rincón hay miedo. Le tomo la tensión y, en nuestro propio reino de pavores, me la tomo yo, como en una *suite* en la que invitan al servicio extra.

Doce, siete.

—¿Cuántos años llevamos en esta casa? —me pregunta, como si de pronto no la conociera. Le explico que más de treinta, que antes vivíamos en la calle del Consuelo y previamente en la de Salvador Marías, la del teatro Avenida. No lo recuerda. Ignora la explicación y, tras apurar la leche, la ayudo a vestirse y cogemos los papeles para el hospital.

—¿Hoy qué toca?

—Neurología.

—Coge la maleta. Y la bolsa de la ropa interior. Dame también el saquillo con las estampas. A esta casa no quiero volver.

—Es nuestra casa.

—No me engañes. Esto es un sinvivir. Aquí no vivo, mi madre no está y tu hermano no viene. Ni llama.

Me callo para que se relaje. Espero a que la quetiapina haga efecto. Abro el ordenador y hago mil búsquedas infructuosas, complicadas también emocionalmente y que me asfixian porque parece que traiciono a mi madre mientras tecleo su nombre, ciudades del norte de España y flores —rosas caninas—. Aparecen fotografías de mujeres de los años cincuenta cuyas miradas cálidas me hacen pensar que pudo ser una de ellas. Voy recordando ciudades que sé que visitó y las conecto con sus apellidos, los míos. ¿Félix? ¿Federico? ¿Aurora? Me invade un frío insoportable, siento que el suelo bajo mis pies cede y el techo de la casa con sus tejas cae sobre mí. Comprendo entonces que va a ser complicado, es un mundo sin informatizar, ni nombres ni caras. Soy incapaz de teclear mientras me miran mujeres uniformadas de la Sección Femenina que ahora tendrán la edad de mi madre. Mientras yo insisto en buscar sin rumbo en la mesa de mi despacho, mamá va sacando toda la ropa de los cajones y embutiéndola en bolsas de basura que posteriormente tendré que volver a colocar en el mueble bonito. Respira agitada, yo también, la perra se contagia y da vueltas buscando el rabo.

Mamá padece ya un cierto grado de alzhéimer y de demencia. Me reconoce a veces. La casa se le hace hotel, rara, irreconocible. Son solo los objetos que tenemos esparcidos sin orden, como un eterno cuarto de juegos, los que la traen de vuelta al hogar. Por eso no me gusta ordenar, por mantenerla en su lugar. Un lugar en el mundo que la ayude a vivir estos años. Le resultan incómodas las visitas de algunas vecinas —no la de Dominga, que parece familia—, porque le preguntan lo que más detesta: «¿Sabes quién soy?».

Eso mismo le pregunta el médico cuando llegamos. Y tuerce el morro. Yo hablo para evitar la celeridad de la visita, siempre rápida. Le cuento que las pegatinas para la memoria se las pongo como dijo, cada día en un punto del cuerpo. Asiente. No sabe que he vuelto a jugar como de niño, tapando lunares como quien tapa salidas de gas. Hoy aquí, en el hombro. Mañana allí, en el muslo. El antebrazo, la muñeca, la espalda... Ahí es donde más me gusta ponerle pegatinas, porque puedo llorar.

Puedo llorar tranquilamente.

ONCE

Los muertos nos visitan regularmente. En ocasiones, mamá sale a pasear con su madre para que yo pueda tener un rato libre. Viene con el ganchillo, una aguja de más y otro cestillo de hilos, y allí las veo a las dos. Está bien así, al fin y al cabo qué otra cosa pueden hacer. Hablan.

—No sé... Me resulta difícil entender a mi hijo. A veces está, a veces no está. Y le pregunto, mamá. Pero él se va con otras cosas, como si estuviera tonta.

—Tú hazte la tonta, hija. Así ha funcionado todo, así hemos funcionado nosotras.

—¿Con los hijos?

—Y con los maridos. A ver si te crees que tu padre y yo aguantamos hasta que se murió porque yo comprendía todo. Entendiera o no sus cosas, yo no lo juzgaba, me daba igual que implicara hacerme la tonta.

—Pero mi hijo se cree que no hay otro hijo; se lo noto, mamá.

—No me cabe la menor duda de que está despistado, pero a ti que te dé igual su frustración. Tú eres la madre, que se apañe.

—Pero a mí me taladra con sus preguntas.

—No sé qué decirte, hija. Mira mi plan.

—¿Tienes algo mejor que hacer?

—Te acompaño. No es bueno que una mujer esté sola.

—¿Y cómo están las demás?

—¿Tus tías? Pues ya sabes, la mayor como una cabra, importunando por los pasillos y perezosa como entonces. Merceditas se cree que es joven y va pintada como una mona, no sé con quién se junta por aquí. No me lo dice. Pero, mira, me da igual. La suerte de esto es que todo nos da igual. Nada me altera.

—Te va a sonar rara la pregunta, pero... ¿allí me esperan?

—Aquí no se espera a nadie. Aquí un día aparece uno y se hace hueco.

—Pregúntale a papá, y otro día me dices.

—Ya le preguntarás tú. No te asfixies con nada, que aquí estamos todos bien. Vamos, más que bien. Si me lo llegan a decir, me vengo antes; ni me duelen las rodillas.

—¿Nada?

—¡Qué va! Esto es la gloria.

—Ay, qué bien, mamá.

La perra las mira.

A decir verdad, solo mira a mi madre, pero intuye a otra mujer buena que la calma invisible. No sé gran cosa de fantasmas, pero la perra, por vieja, distingue todo lo que genera buenas sensaciones. Yo solo veo a mi madre mover la boca, y me fijo en su mirada perdida en un punto en el que también se fija la perra. Y así se les pasa la tarde.

—¿Todo bien, mamá? —pregunto al atardecer.

No hay respuesta, porque está concentrada ahora en el ganchillo de colores.

Estamos en el comedor. He encendido las lamparitas. Ella sigue tejiendo unos cuadrados de colores por impulso, movida por la inercia de las que lo han hecho a ciegas, creando espirales que se convierten en cuadros. «A la abuela no le gusta —me explica—, dice que prefiere seguir con el mismo color, que "qué trajín es ese de ir cambiando de lana". Al chiquillo —debo de ser yo— le gusta, quiere una manta de lana de cuadrados, como en las películas del Oeste».

No le hablo, es la abuela la que está con ella.

Yo soy un estorbo para las dos mujeres. ¿Cuánto tiempo vivieron juntas? La Carmela se fue a los ochenta y cinco y, durante un tiempo, se vieron en las estaciones de tren, porque papá no quería que fuera a verla. Otras, me dejaban en casa de una pariente o una vecina y pasaba disimuladamente a verme. Me abrazaría, supongo. ¿En qué pensará ahora?

Alzo los ojos al cielo, quizá para no ver la potente presencia de la abuela en el salón.

Mamá alza también los ojos. Es hora de su café con leche.

—¿Cuándo crees que llegará tu hermano? Él también querrá merendar.

—Hay magdalenas, las traje del horno. ¿Quieres una?

—¿Cuántas quedan?

—Qué más da.

—Para guardarle.

—A quién.

—A la abuela.

Estoy tan desconcertado que no sé qué responder.

El neurólogo estuvo haciéndole preguntas mientras yo esperaba fuera de la consulta. «Nada, cosas tontas de que si dónde vivo, que si qué día es hoy, que si me levanto a andar, que si cocino... ¿Hoy es jueves? Qué más me da qué día sea. No me ha dicho nada, pero nada, nada, nada. Yo le he hablado de mi familia y de mis cosas, pero bueno... A qué vienen esas preguntas. Ha sido entrar y darme la vuelta. Si lo llego a saber, no vengo. Qué necesidad. Entrar y salir...».

Después de su vaso de leche, toma su cesta de ganchillo y se acomoda en el sillón. Despincha la aguja del ovillo y busca otro de distinto color. «¿Este calabaza te gusta?».

Asiento.

Luego se pone a tejer, con movimientos heredados. Siempre tendida hacia su derecha, donde está la abuela, donde de vez en cuando mira y recibe alguna orden.

La memoria de mi madre es un catálogo de afrentas que ha recibido de toda la familia. Habla de su suegra con un miedo fresco, como si hiciera veinticuatro horas de la escena que la deja vendida en la iglesia frente a una supuesta felicidad. A esa mujer, recuerda en voz alta, había que ir a visitarla y honrarla como a los dioses aztecas, solo que en su sillón orejero pegado al balcón desde el que se veía un jardín lleno de naranjos y frente a la chimenea, mesa camilla de por medio. La suegra que tosía y que siempre parecía artificio, pañuelo en mano, fingiendo una enfermedad que se la llevó pasados los noventa. «Mujer enferma, mujer eterna», decían en el pueblo. Decía ella. Decían ellas.

No sé cómo era su risa. ¿La tuvo?

Mamá se ponía nerviosa cuando entrábamos en esa casa, y no entendí el porqué hasta muchos años después. Mi padre también se sentaba y sujetaba el puro Farias con la mano, ennegreciéndose los dedos al tirar la colilla. Cuatro sacudidas que no eran aplausos y lo volvía a encender. «Aquí os quedáis vosotros, yo me bajo al bar», espetaba con voz ronca. Y mi abuela desplegaba media sonrisa, orgullosa, arrogante desde la tribuna orejera. La luz de la chimenea oscilaba frente a nosotros y allí abajo, al final de los naranjos, papá saltaba la verja de un brinco, como un ser libre.

El toro ya estaba en la plaza; los picadores, el público entero, sol y sombra, dispuestos; y un reguero de sangre que, desde el portón, lo marcaba todo en esa nueva tarde de muerte.

Afilaba yo bien las pinturas para dibujar paisajes en la mesa de hule, y las virutas en abanico las echaba al fuego.

Esa escena sigue hoy. Se ha quedado pegada a las paredes. Y aparece en las conversaciones que desatan las grietas del alzhéimer.

—Tú no sabes cuánto me hizo sufrir esa mujer —confiesa sin necesidad de neurólogo.

Hoy, otra vez.

—Tú no sabes lo que me hizo sufrir esa mujer —repite, porque no le hago caso—. Me miraba y me decía que no valía nada para su hijo. Nunca te he hablado mal de ella, ¿verdad? Pues podría. Podría decir de todo. Mala hasta morir. Mala como la quina. Yo no he querido...

—No, mamá.

—Es tu familia, me da miedo que se te aparezca en los genes, como las canas.

Entro en pánico con la posibilidad de la herencia genética. Escucho la frase como si tuviera que traducirla a otro idioma. Cierro el ordenador y me quedo mirándola. Debo llegar hasta donde ella quiere.

—Tu padre era un cordero a su lado. Y tu hermano también, el pobre.

DOCE

Los libros son máquinas del tiempo. Tienen la habilidad de abrirnos la puerta, sin ruidos maliciosos, sin contraseñas, de entrar en otra estación, pasada o futura. Habitas en ellos, ante la adversidad del frío, ante la vomitona de malas noticias que llenan el mundo, ante los desastres del hogar. Y te quedas en ellos, si quieres. Voluntariamente.

Escribir es hablar solo.

En este piano desde el que engarzo notas, do-re-mi, mi-fa-sol, escapando de esta vida llena de intriga, me refugio de la intemperie y reconozco al niño que no fue músico.

TRECE

La mesa desde la que traduzco a Ismaíl Kadaré da a los campos de labranza, secos como dorados; aquí una pitera marchita, allí una higuera que olvida el verano que la hizo feliz. A mi lado, mi vieja perra que quiere salir.

—Ahora mismo vamos, pequeña. No te preocupes. Déjame que recuerde algo de cuando tú no estabas.

Veo al crío que fui; veo a los vecinos, las vecinas con los babis que olían a puchero; veo a los chiquillos con heridas en los codos, los más torpes en las rodillas; veo el agua de las acequias con barcos de papel; a los hombres de bigote que asustaban con su olor a cigarro puro; y los tractores aparcados en fila frente al aserradero.

Los imagino, casi los columbro, entre las ramas del olivo que plantó el tío. Pantalones de pana, chaquetas con coderas, tela vaquera áspera, dura como el almidón, jerséis que pican, bocadillos de *foie-gras* o mortadela, arroz a la cubana sin plátano —eso apareció con la modernidad, y esta era un futuro inabordable—, veredas desgastadas hasta la puerta del colegio, talleres de coches que olían a aceite y a entrepierna, ropa tendida de balcón en balcón, niños expuestos en una fila, buscando planes, sin planes, mirando a los más mayores echando la tarde en los recreativos. El granado que nos hacía sombra y al que llamábamos *magrano* por esos juegos fronterizos del valenciano y del castellano, pequeña primera meseta hacia el interior que une arroces con carnes con romero. Una foto colectiva en blanco y negro de un cumpleaños en color. El sándwich reseco a la espera con las madres en jarras. Los hombres que pasean y que se parecen al que se pasea ahora. Es el mismo hombre. El que ahora arranca hierbas y quita ericillos del hocico de su perra, ortigas y pinchos de la zarzamora seca.

En el campo, el de entonces, estaba el alivio de la casa a la sombra del granado. En el camino de lagartijas, la escapada. En la pared, un corazón sin nombre.

Qué extraña dulzura hay en la memoria, idéntica a la de los caquis que se estampaban en la acera de la calle que conducía al médico o al horno, tanto da. Plaf. Hasta el sonido puedo oírlo. Plaf. Plaf. Una tarde probé uno, el de la rama más cercana al suelo, el que podía alcanzar poniéndome solo de puntillas. Si eran de color naranja y brillaban como membrillos en la cazuela, por qué no iban a estar buenos. Qué asco. La textura áspera de la que estaban hechos los sacos era idéntica a la de aquellos caquis bordes, un deje a cuerda que bajaba por la garganta.

¿Lo oyes? Plaf.

Es otro.

Las espuertas, los pozales, los lebrillos, los cubos, las medidas de la leche, la tierra abierta donde cabía la mano de niño. El olor a ubre. El olor a pan. El olor a lluvia. El olor a grasa. El olor a casa. Brasas de paella y fuego negro de plásticos que quemábamos en el descampado del taller de camiones. Una pedrada. El dolor. El chillido. El adolescente tuerto para siempre. Las cosas no van bien y las madres llaman a filas al grito de «¡La cena! ¡Es hora de cenaaar!». Corriendo todos, salimos desperdigados en busca de nuestras casas, somos aún niños que se abrigan en noches de tormenta. Alguno de pelo rapado por los piojos aligera con un frasco de cristal en la mano: un saltamontes verde cojo que va golpeándose como un cascabel.

De repente, cuando la traducción se atasca en un «*Quelle catastrophe!*» de Samuel Beckett, mamá espeta:

—¿Tu padre no va a venir?

Desconcertado, escudriño su rostro. ¿Le espera? Hace cinco años que murió. Sigue hablando:

—He puesto cubierto para él, pero no le oigo trajinar en el garaje. No sé cuánto rato llevo sin verle... ¿No ha venido? Baja a ver si está en el bar, dile que la cena se está enfriando...

—Ahora voy, mamá.

Repite con claridad de maestra:

—Ve a por tu padre.

Aunque siento su miedo, decido calmarla, agarrándome a los cubiertos y poniéndome la servilleta sobre las piernas.

—Pero, mientras, vamos cenando nosotros... ¿Te parece, mamá?

—¡No! Se enfadará. Sabes que se enfadará. Ya sabes cómo se pone. No toques nada. Luego lo caliento. Tú vete. Mira a ver por dónde anda...

Mamá está nerviosa, como si fuera 1976. Las diminutas agujas de la memoria están haciendo la trilla en su cabeza, sin sacar grano. Oigo el crujido de la hierba en la era. En mi garganta, polvo.

Mi amor hacia ella puede con sus cuitas.

—Claro, lo comprendo.

Me sumo a la ficción en la que andamos los dos metidos. Actúo para ella, única espectadora.

Bajo las escaleras, abro la puerta y hago que se oiga el portazo. Me siento en un sillón de la entrada a rezar avemarías y algún padrenuestro para no pensar en nada. Recuerdo el yoga que hacía Amparo. Pienso en todos aquellos autores a los que he traducido, busco argumentos ajenos. Enumero nombres de la familia, los que ya no están, para ver si soy yo el que está equivocado, e intento repetir sus apellidos. Mucho Osuna, Osuna aquí y allí. *Quelle catastrophe*, Samuel.

Mamá, desde la cocina, murmura en voz baja a la perra:

—Vente aquí, que no has probado bocado. Come ahora que no está Félix. Toma. Vas a quedarte tú, bonita, sin jamón serrano. Que este no te da, su hermano sí. Pero como no viene... Otro que no viene. Aquí no viene nadie. Que te malcrío, dice. Que te voy a poner gorda. Qué sabrá. Vente, bonita.

Algo estalla.

Un plato cae al suelo, rompiéndose en mil cristales.

Al niño sin pelo de la memoria se le estalla el bote del saltamontes. Se escapa cojo, sin pata de sierra. Avanza saltando en zigzag.

En la entrada, donde aguardo la salida a escena, mi nerviosismo puede más que mi contención. La perra ladra. Subo corriendo.

—¿Qué ha pasado, mamá?

—El mantel, que se me ha escurrido. Nada. ¿Por qué tardabas?

—Estaba...

El tercer servicio que había puesto en la mesa se ha roto. Recojo con la escoba los restos y escondo el vaso, de Duralex, que aguanta siglos y vivirá más que nosotros. Estoy seguro.

—Se habrá enfriado la tortilla francesa. No sé qué estabas haciendo.

—Regaba las plantas, aprovechando que papá no venía. Me enredé.

—¿Y tu hermano?

Echo una mirada rápida al banco de cocina; ha cortado tres trozos de pan, y los cubiertos del invisible invitado están en la repisa con una servilleta. Cuando se sienta, decido esconderlos para enterrar a los muertos.

CATORCE

—¿Cuánto vale la mecedora?

—Sesenta euros.

—¿Tan poquito?

—Nunca me he balanceado en una. Esta —enseño una foto de internet— la venden de segunda mano. Es de unos que están vaciando la casa, deben irse.

—La que teníamos nosotros era del tío Julio, de la casa vieja que vendió.

—¿Quién? —me intereso, acercándome a ella para que me vea bien.

—El hermano del abuelo. Estaba en la calle Molino, en una travesía que daba a la calle de las Doncellas. Una casa más vieja que pa qué... ¡Madre mía! Na más tenían que mierda, estaba la cuadra dentro y aquello apestaba a animales.

Lo describe tan detalladamente que circulo por la travesía, abro el portón y el lametazo de la vaca me saca de la ensoñación.

—Pues compro esta mecedora. No parece vieja. Para leer. O por si quieres sentarte a mecerte, mamá. Será como acunarse de mayor.

—... De cría no me dejaban sentarme, por si se rompía la rejilla. Y ella, la mujer del tío Julio, la Rosa, era una antipática de tomo y lomo; vamos, mala como ella sola, odiosa, decía a todo que no. Que no, que no y que no. Que nada de sentarse, los críos a la calle. Y como no tenía hijos, gracias a Dios, de eso se libraron los querubines, pues no hizo testamento. —Se queda pensando—. No sé cómo acabaría todo aquello.

Intuyo que más mal que bien, por la cara que pone. Cuando mamá corta las explicaciones es cuando la cosa se pone interesante.

—Y... ¿sabes? —arranca de nuevo a hablar con una celeridad saludable—. El tío Julio dijo que no iba a hablar y no habló. Nunca.

—¿Cómo?

—Un juramento que se le volvió en contra. No se puede jurar. Recuerda: no-se-puede-jurar.

Asiento porque no sé qué añadir ante la maldición.

—Dijo que no pensaba hablar y no volvió a hablar. Qué terco era. Nunca dijo ni mu. Se quedó callado y... ¡se quedó mudo! Ni los médicos le sacaron la lengua.

Tras un silencio que justifica todo lo que está explicando y reviviendo, regresa:

—Eso debería hacer yo.

—¿El qué?

—Quedarme muda. No quiero hablar.

Ya entrada la noche, la perra vieja duerme en su pequeña cama nueva del bazar de los chinos, compartiendo espacio con juguetes y trapos que mi madre recoge para ella con cierto afán de Diógenes. A veces, ahí despatarrada, le digo cariñosamente: «Viejita mía, viejita mía, solo nos tenemos los dos». Pero no me entiende. Demasiados fantasmas por la casa.

El neurólogo ha convencido a mi madre de que se ponga unos parches para la memoria; tienen el doble de contenido, según el prospecto, pero «la pegatina tiene el mismo tamaño», acredita mi madre con coherencia.

—Fíjate. Igual de grande. ¿Cómo me va a devolver esto la memoria? ¿Qué memoria? ¿Qué memoria ha de regresar? ¿La que no quiero? ¿La que diga el médico? Alcánzame el matamoscas.

—No hay moscas.

—Es para rascarme la espalda.

No sé qué decir. La memoria del corazón, explicaba García Márquez, lo digo como me acuerdo, elimina los malos recuerdos y magnifica los buenos. Tal vez me interese subrayar mentalmente este dato para poder recuperarlo más adelante.

—Hay un refrán que dice... —mi madre parece que escucha lo que pienso—: la memoria es como el mal amigo; cuando más falta te hace, te falla.

¿Qué memoria?, pienso mientras paseo a la perra. ¿La que se está olvidando o la que no debe irse? ¿Cuándo y dónde se esconde para que un circulito color piel haga de tapón? «No es posible... Esto no es posible... Mienten una vez más», repite rascándose el círculo.

La memoria es como aquel paraíso de niños, aquel con el que soñábamos, el que creamos sin darnos cuenta entre la cama y el baño. Es, sin ninguna duda, el único paraíso del que no te pueden echar. Nadie te expulsará de ese lugar. En la cabeza, Einstein, se guardan cosas que no caben en los bolsillos.

Escribo, escribo, escribo.

La tinta, por mala que sea, vale más que lo que guarda ese parchecito de memoria de color carne.

—¿Te he contado lo del tío Julio? —dice de nuevo mi madre.

Miento.

—No recuerdo, mamá. ¿Quién era?

—Era el hermano del abuelo... Se quedó mudo.

QUINCE

La luna llena del Cazador hace estragos en casa. Su momento álgido, lo avisaron los medios, coincidiría con el atardecer, y a esa hora, como si fuera culpa de la caída de las hojas de otoño y del engorde de los ciervos, mamá se trastorna.

Es sábado. En el coche, vamos a cenar fuera de los límites de siempre, más allá del pueblo; nos perdemos en el extrarradio, donde los centros comerciales anidan como avisperos de ocio. Cuando estamos cogiendo la salida correcta, después de un error que nos ha hecho desandar varios kilómetros, mamá dice que está cansada, que para qué hemos salido, que no era buena idea en su estado, que podía haber asado dos pechugas y con medio tomate para cada uno estaba bien la cena. Y nos habríamos quedado tranquilos en el salón.

—Los dos, nosotros. Y ya está.

No sabe que ese plural está asfixiándome desde hace meses.

—Pero nos viene bien salir.

—A mí no.

—Bueno, pero a mí sí.

Silencio dramático. La lengua del tío Julio nos aplasta como amenaza.

—Qué necesidad de movernos.

—Ya... Tengo hambre, mamá.

—En la nevera tenías queso y aceitunas. ¿Probaste el que compré?

—Lo compré yo, mamá. Sí. Lo probé.

—Ojalá pudiera moverme.

—Pero ya ves que te llevo yo...

—¿Me tratas de tonta?

—No te trato de tonta, mamá.

—Lo parece.

—Venga, mamá.

—Estaríamos mejor en casa.

Le doy la razón, pero también añado que me apetece cenar «en otro lugar, con luces, por cambiar, por ver gente». Lo digo señalando la entrada del aparcamiento, que se inunda de focos y luminarias de colores anunciando cines y restaurantes baratos.

Levanta los hombros y cierra los ojos.

—Las luces me molestan. Sabes que me molestan.

Trago aire para llenar los pulmones hasta su máxima capacidad y no responder; la idea de salir ha sido suya, pero olvida con rapidez. Todo se evapora, últimamente. Está más vivo el ayer, y los capítulos previos al presente se van.

Un globo de helio sube con su cordel hasta el cielo.

Respiro y no respondo nada hasta que, después de unas vueltas, encontramos un buen sitio para aparcar cerca de un paso de cebra y así poder, cómodamente, abrir la puerta y sacar la silla de ruedas.

—¿Quién es usted, caballero?

¿No sabes quién soy, mamá?

Pero no lo digo. Me lo trago con el resto de las frases que en los últimos meses se han ido enquistando, para el bien de todos.

—La acompaño a cenar, señora.

—No hace buena noche. Refresca. El invierno está a punto de llegar. Y... parece que va a llover.

—Ha llovido un poco, mira el suelo.

La perra va salpicando de charquito en charquito, como esos niños que con la bicicleta deciden romper el espejo para calmar su rebeldía.

—Esta perra... ¡Ten cuidado! Va a acabar calada. Luego llenará de porquería el sofá. No le dejes que se suba luego, eh.

—Sí, mamá.

Le muestro lo bonito que es el centro desde la plaza en la que cines, bares y tiendas se llenan de vida frente a nosotros. Qué contraste. Pero se agobia y calla, torciendo el morro como los niños. Decido empujar la silla e ir hacia los ascensores que nos conducen a la planta primera, donde están los restaurantes.

En el que tenía previsto hay una cola imposible. Llevamos perro, no nos dejan, hay que elegir un lugar con mesa exterior.

—¿Te pongo bien el fular?

—Yo me abrigo —responde con cierto enfado—. Nos vamos a helar.

El segundo restaurante también está colapsado. El tercero es de hamburguesas. El de enfrente solo tiene dulces, crepes y apesta a gofre. Seguimos. En una taberna parece que hay sitio, dos mesas, varios taburetes y un montón de restos de comida de los que acaban de irse. Nos apostamos ahí, como si hubiéramos llegado a puerto. Pero no está la mar para fondear.

Mamá y yo empezamos a hablar como simples conocidos. El cielo que amenaza tormenta, el suelo sucio, grasiento, las papeleras colapsadas de cajas, el griterío de una familia, la farola que molesta.

De pronto, cansada y con la mano en la boca, me confiesa:

—No tengo hambre. Pídeme un agua.

—Pero son las diez ya. Deberíamos comer algo.

—He dicho que no tengo hambre. Deberíamos habernos quedado en casa.

—¿Quieres que nos vayamos, mamá?

Repito «mamá» para espantar el predicado.

—No. Ya estamos aquí, nos quedamos. Pero esto debe de ser comida china o americana. No quiero nada.

—Paso dentro, voy a pedir para los dos.

La veo desde la cristalera, donde hago cola tras jóvenes que solo miran el móvil, y parece débil, desvalida, solitaria. En ese momento siento pena, se traduce como las novelas, la muerte. Tiene los hombros caídos, la mirada gacha, el alma exhausta. La fila no avanza. No encuentro la carta por ningún lado y me limito a pedir lo que pida el cliente anterior. Lo que sea, me digo. Cenamos y nos vamos. Al girarme hacia la cristalera, mamá está abrigándose con el pañuelo de lana y la perra le lame las rodillas, suplicando también irse.

Observo las manchas que ha dejado con sus patas llenas de barro en el pantalón verde nuevo de mamá.

—¿Esto no avanza? —pregunto en voz alta, sin destinatario.

—No hay gente en la cocina —responde un hombre que agarra a su niña de la mano.

Cuando era niño, mamá esperaba pacientemente al hacer cola en los puestos de la feria, mientras yo permanecía embobado durante horas bajo los juguetes que colgaban de los puestos y que no podíamos comprar.

Mirar era soñar. «Para tu cumpleaños», decía. O «Para Navidad tendrás que pedírselo a los Reyes». Y allí estábamos, alameda arriba, alameda abajo, con una bolsa de aceitunas, de vinagritos o de patatas fritas de las que acuchillaban en el momento, delante de ti, y caían como palomitas al aceite hirviendo. Un cucurucho de papel de estraza y a seguir paseando. La espera también era a las puertas del colegio. Si yo me iba de casa de los primeros, ella era también de las primeras en llegar a recogerme. El tiempo no era relativo, el tiempo era nuestro.

La luna del Cazador está reflejándose en todos los escaparates del centro comercial. ¿Cómo es posible ese juego de espejos? No dormiré, ni ella. Y sospecho que está revolviendo las mareas interiores.

Salgo a decirle que no tardan, que falta poco.

No me escucha, la perra la tiene entretenida con las patitas. Al ver que no reacciona, le repito la frase.

—¿Las pastillas me las he tomado? —responde.

—Sí, antes de venir, al salir de casa.

Me mira y vuelve a cerrar los ojos.

Hay gritos, niños que saltan en los charcos, la música está alta y la gente que sale de los cines busca mesa arrastrando sillas de un lugar a otro. Todo parece hostil.

—No merecía la pena salir a cenar —repite ella.

—Ya, mamá, pero era por que nos diera el aire. A los dos.

Un señor golpea la silla de ruedas. No dice perdón. Lo miro para descargar mi ira.

—¿Quieres que nos vayamos a casa, mamá?

—¡No hago nada bien! No me estoy quejando. No he dicho nada. Lo mejor es que salgas con quien quieras, que yo no necesito salir de mi casa, que solo molesto.

—No digas eso, solo tenemos que esperar un momento y...

—¡Deberías estar aquí con ella, no conmigo!

La mención a ella me atraviesa como una jabalina. No la esperaba. Tanto es así que no estoy seguro de a quién se refiere. O puede que sea el miedo a tenerlo tan claro. Nunca la nombra, desconozco si por irritación, por pudor o por olvido. Un olvido al que he tratado de aferrarme yo mismo tantas veces. Tantas como he fracasado.

—¿Quién es ella?

—Con ella tendrías que salir a cenar, hacer tu vida. Sonreirías y estarías tranquilo, no como ahora.

De pronto, rompe a llorar. El cielo, también.

Reacciona la mesa de al lado. Y reacciona la luna. No respondo, regreso al interior de la taberna para ver si la cola está ya más cerca de la barra.

Sobrevivimos en esos instantes en los que la tiranía de la edad es asfixiante, en los que no me conoce y yo tampoco la reconozco. Tiene razón, tal vez no deberíamos haber venido, ni salido. Nada.

—¿El siguiente?

—Yo.

Cuando mamá me llevaba a la feria, también escapábamos de casa durante un rato. Como el abuelo, que para fumar se iba a las escaleras del estanco, junto a la carnicería, y allí se quedaba a gusto con su cigarrillo, uno tras otro, para que la abuela no le dijera nada. Pero se quemaba los bolsillos.

La Carmela, sagaz y rápida como ella sola, limpiaba la acera cuando ya tenía la casa lista y la comida al fuego. Entonces se daba la vuelta para ir a por la compra y ver el escaparate de la droguería, que era lo que más le gustaba en la vida. En ese cruce de calles se lo encontraba, fumando. Pero el abuelo era más rápido que una ardilla y se escondía el cigarrillo en el bolsillo. «Así los llevaba, quemados —contaba la abuela cuando se murió de asma—. Pensaba el hombre que yo no me enteraba. Pero les daba la vuelta a los forros de la chaqueta y eran un colador. El pobre». Mamá y ella hablan en mi cabeza, recordando al abuelo. Estamos todos. Los muertos han regresado a casa.

En la cola de la taberna no atienden; la comanda está solicitada, pagada y espero a que se ilumine un aparato que me han dado: «Cuando esté listo, le llamamos».

—No pienso esperar más.

—¿No estás a gusto?

—No hago más que estorbar, debería estar en una residencia. Y tú, hacer tu vida. Yo ya no soy más que un obstáculo.

Turbado, le pregunto en voz baja:

—¿Tú crees, mamá, que lo eres? ¿Crees que eres un estorbo?

Asiente. Y cierra los ojos para llorar sin lágrimas.

Me levanto, entrego el invento de luces en el mostrador y digo que se acabó, que somos un estorbo, que están atendiendo a todos, que es una falta de respeto y que adiós. Lo digo así, de carrerilla. El hombre que va con la niña me mira, sin saber que la niña un día le dirá eso. Les viene bien, adelantan un puesto.

Nos hacía muy felices la infancia, cuando todo era casa, cama abrigada y estufa catalítica en la que quemaba el borde de los folios de los deberes. Dichosos cuando abríamos un bote de conserva de tomate frito y lo volcábamos en la sartén con dos huevos para mojar hogazas de pan como hambrientos de posguerra. Qué bonita era la tarde que hilvanaba aperitivo con comida, esta con la merienda y merienda con la cena. «¿Te hago buñuelos de viento?».

> El viento es un can sin dueño,
> que lame la noche inmensa.
> La noche no tiene sueño.
> Y el hombre, entre sueños, piensa.[1]

Tiene aquel tiempo un no sé qué que me hunde en la placidez de la memoria, como un colchón viejo, la melancolía tiene algo de ese regocijo. Cuando era niño, mi abue-

1. Fragmento del poema de Dámaso Alonso «Viento de noche».

la y mi madre se escondían en la cocina o dentro de la alacena, que era un cuarto cueva ganado a otra casa vecina, y se ponían a ordenar y a limpiar. Era tiempo privado, suyo. Me echaban de allí con un «Tira pa la calle, a jugar». A mí me interesaba ese mundo secreto de mujeres que al bajar la voz parecían desconocidas, interesantes, fascinantes para la mente infantil.

Pero tiene este tiempo otra espesura, lejos de aquel.

Mamá anda tirana, desagradable y desagradecida. A veces me quiero morir; otras, quiero que sea ella. Y en ese impás de tiempos perturbados pasa la vida como una riada, dejando trastos llenos de barro, marcando en la pared una línea negra. Muriéndonos sin saber dónde está el buen tiempo. Aquel sol de la infancia. Aquellos días azules.

La crecida de las aguas ha dicho:

HASTA AQUÍ LLEGÓ LA RIADA.[2]

La inundación de nuestras vidas ha arrastrado la rambla en su torrente de desolación. Y la marca del fango será una cicatriz para siempre.

2. Señal, normalmente escrita en azulejos, que indica la altura que alcanzó el agua en la catástrofe de 1957.

DIECISÉIS

El próximo 8 de noviembre será la luna del Castor. Y un día antes, la luna Fría.

Tengo miedo a los plenilunios.

El sol y la luna se alinean, mamá y yo nos extraviamos.

DIECISIETE

Cuando los médicos encontraron la demencia, los tratamientos no consiguieron frenarla. El doctor le recomendó quejarse menos y disfrutar de las cosas bonitas de la vida. Tal vez no dijo eso. Tal vez lo escuché yo porque necesitaba oírselo a alguien. Fue algo así como un ventrílocuo de mi ventrículo izquierdo, que se desbocaba cada mañana al subirme al coche para llevarla al hospital con más palpitaciones de las que el cuerpo puede soportar.

En mi bolsillo del pantalón escondo el folleto que me ofreció discretamente el médico: CÓMO AFRONTAR LA DEMENCIA DE UN FAMILIAR. PASOS A SEGUIR. Convivir con la polilla que ensucia todo de polvillo gris. Roe día a día, desgasta la alegría y socava la perspectiva de vida.

Una vez estamos sentados en el coche, toda la atención la pongo en que olvide que acabamos de salir del neurólogo y no recuerda qué día es. «¿Hoy es lunes? Me lo podías haber dicho. Me lo ha preguntado el doctor y no lo sabía». El primer paso es hablar de la comida, de qué vamos a hacer con lo que tenemos en la nevera; de la estantería que debo montar para colocar todos los libros que andan amontonados por el suelo; de las patas de la cama que toca serrar para hacerla más baja; de la aseguradora que lleva seis meses sin hacernos caso con la humedad; y de la necesidad de comprar un pijama cómodo para estar por casa. Cada opción de conversación es un brinco a la nada, al tablao sin bailarines. Un acantilado.

—¿Por qué tu hermano no viene nunca al hospital? No nos acompaña. Ni llama. Ni pregunta cómo estoy.

—Tal vez tiene mucho trabajo.

—Ah.

—O está de viaje.

Sago al paso excusando a un hermano desconocido, sin girarme, con la mirada fija en la carretera, en el vaivén de los parabrisas que se conectan automáticamente con las gotas de lluvia.

—Siempre hay tiempo para una madre. Yo con la mía lo tenía.

—Pues tienes razón, mamá. Debería ser mejor persona y no faltar tanto —reacciono a la defensiva—. Así me evitaría acompañarte siempre y no tendría que pedir días en el trabajo.

—¿Soy un estorbo?

—No he dicho eso. Digo que, si viniera él, podría escaparme menos de las clases. No me quedan días y también tengo la traducción atropellada entre otros encargos.

—Bueno... A lo mejor es lo que tú dices: su trabajo.

—Su trabajo le quita mucho tiempo. Estoy seguro.

—¿En qué trabaja?

—Sus cosas. Nunca me entero bien de lo que hace, es muy... —busco una palabra para definir la nada— hermético.

—Ha salido a su padre.

—Y yo, ¿a quién he salido?

—A mí. Has salido a mí. Y a la abuela, sobre todo. Te pareces mucho a ella. Siempre te lo digo.

—Y mi hermano... ¿Te llama alguna vez sin que yo lo sepa?

—Hace tiempo que no me consulta nada, ni pregunta cómo estoy.

—¿Te enfada eso?

—Si tiene trabajo..., ¿qué voy a hacer?

—Pero también tengo yo.

—...

Andamos callados hasta el garaje, sin decirnos nada; el hermano invisible ha anulado cualquier tipo de conversación. Del mismo modo que sale el tema, desaparece, se esfuma.

Y mi inquietud crece.

En el invierno de 1971, una mujer y un hombre compran una camita para su nuevo hijo. Entran en el almacén que está a las afueras del pueblo y eligen una que se adapta a la casa y que, si Dios quiere, podrá convertirse en literas para que, en la estrechez de ese piso de protección oficial, duerman dos hermanos. Más tarde, en 1981, la segunda cama aparece. «Si hay visitas...», es la excusa. O «si Dios quiere». La pareja cambia de casa, de una calle pasan a otra, donde tras el sorteo de vecinos que acceden a las viviendas deberán instalarse en el primer piso, con terraza. Algunos de esos vecinos maldicen la fortuna:

—Ellos no son más que tres. ¡Nosotros somos cinco!

—¡Eso! Es injusto.

—No hay derecho.

—Ese piso con terraza debería ser para otros... Para nosotros.

—¡O nosotros! Mi mujer está embarazada y nos toca el último, el más estrecho. Si falla el ascensor...

Algunos asienten, pero no levantan la voz.

—La suerte ha decidido que el reparto de viviendas sea ese —musita el secretario de la cooperativa sin que nadie le preste atención.

—Me cago en la hija de la gran puta de la suerte.

Ese sí lo ha escuchado bien. Así responde. No una, sino dos veces se caga en la «hija de la gran puta de la suerte».

El padre se altera, el señor también. Llegan a las manos. El notario los separa y llama inmediatamente a la Guardia Civil. El revuelo se oye en la calle, se acercan los propietarios de las casas cercanas y el hombre del tractor que remueve la tierra de enfrente para el motor. El resto de los vecinos que, por destino, han sacado otro piso, uno con buenas vistas o acceso a garaje, tampoco quieren que se repita el sorteo. Levantan la voz. Por fin. El apoyo viene directamente del egoísmo. Y el individualismo hace que todo se calme.

La cama se instala. Idéntica. Primero junto a la gemela, después —al comprobar que no se puede ni pasar la escoba para barrer— se sube una sobre la otra. Allí se quedará siempre. Vacía. Cuarenta años después, en otra casa, las dos son desmontadas y aparcadas en un garaje.

En un día de lluvia van a la calle. El camión que recoge trastos los martes se lleva las maderas desarmadas al punto limpio, a las afueras del pueblo. Y con ellas, se va para siempre el segundo hermano. Pero no así su misterio.

DIECIOCHO

Hay sobre la mesa una vela que dice oler a «Mediterráneo azul» y que sin embargo huele a misa de doce. Un ejemplar viejo de *Los santos inocentes* que pasta por los papeles viejos como si fuera hierba fresca, húmeda del rocío, y un lápiz mordisqueado por mí. Si uno se fija se observan los caninos, las muelas, los incisivos. Anatomía de una infancia. La madera, desnuda, se abre chupada y reseca sobre el carbón que quiere escribir.

Y lo hace: «Todos tenemos un padre, una madre, pero nada es más difícil que encontrar un hermano».

La frase apareció en un texto anónimo y permaneció extrañamente en la memoria hasta que ahora brota como el agua de una fuente tras días de intensas lluvias. Reaparece inundándolo todo. Pienso en un viaje, en salir con mi madre hacia algún lugar del norte que le refresque la memoria. Esta soledad que ha dejado Amparo y esta brecha de palabras en casa empieza a ser un nudo que atrapa cada tarde, cuando nos sentamos a merendar.

—¡Mamá! —exclamo desde el despacho—. ¿Quieres café?

—Acabo de hacer.

Soplo la vela y pido un deseo que solo conoce mi madre. Me queda preguntárselo a bocajarro. Y eso hago.

—Mamá, ¿quieres que nos vayamos de viaje a algún sitio

del norte? Los tres, la perra también. Nos merecemos un descanso, hace mucho que no salimos de casa, ¿no crees? —hablo atropellándome entre las palabras hasta que remato—: A lo mejor deberíamos buscar a mi hermano.

Se le ilumina la cara.

DIECINUEVE

Te contaré cosas que no sabes. Te llevaré por caminos que tal vez no conoces. Te enseñaré el mirador desde el castillo, y también el del acantilado. Sabrás dónde escondo un pequeño tesoro, incluso dónde están las cenizas de mi padre. Te contaré cuáles son mis libros favoritos, qué películas me hicieron temblar o cuáles me echaron de la sala de cine. Te llevaré a los antiguos recreativos donde jugaban mis amigos con sus hermanos y qué tipos fueron los que empezaron a fumar en la tapia del colegio, donde la Isabel y la Pilarín nos enseñaron las tetas a cambio de cinco duros. Te vendrás a una taberna donde cocinan callos muy sabrosos, los mismos que adoraba papá, hechos todavía por la misma mujer, ahora anciana. Sabrás qué banco del lago me gusta para sentarme a leer con la perra, bajo un olivo centenario que ha llegado arrastrándose hasta ahí; o eso siento cuando veo su tronco retorcido y cansado. Te diré que te acuna su sonido cuando sopla el viento y te protege del sol como si fuera higuera. Desde allí se ve toda la comarca, el pico del monte Guarabá y los restos del castillo, que no fue más que palacio de unos condes asesinos. Te llevaré a él, para que entiendas por qué es mi lugar favorito, y desde allí verás el último rayo de sol de la tarde colándose por el puente de hierro. Suelo llevarme altramuces para cuando abandono el libro que estoy traduciendo. Los compartiremos. En ese banco leeré en voz alta un capítulo, tú otro, y entre palabras, en las pausas, nos contaremos qué ha sido de nuestras vidas en lugares diferentes. Será difícil, lo intuyo. Dos desconocidos que son hermanos y que no tienen nada en común salvo el misterio. ¿Rellena eso algún lugar del corazón?

No hay ninguna prisa. Hablaremos. Habrás llegado muy cansado y yo suelo dormirme pronto, a las ocho y media empiezo a quedarme mudo, sin ganas de hablar. Lo notarás en cuanto me veas. Quién sabe si eso lo hemos heredado de mamá. O de los abuelos. Serás tú también como yo una marmotilla, en palabras de la abuela. Te conduciré entonces por el sendero del río, aguas arriba, hasta el manantial que parece ser donde nace, aunque sea mentira. Es tras la montaña que guarda el sol donde una cueva da de mamar a la tierra. Allí donde también hubo un milagro. O eso dicen.

Te contaré la infancia, la adolescencia y la entrada en la madurez solo para que tú me cuentes las tuyas. Nada en común, salvo la sangre.

Mi colegio fue público y rural; el instituto, igual, pero más grande y con más patio; y la universidad, entre naranjos, como la novela de Blasco Ibáñez. Ahí reside el mejor recuerdo, con la llegada de la primavera y lo que hacía ella con los campos. Qué hermosura. A quién amé en ese mar de azahar para poder presumir en la pandilla, entre cigarrillo y cañas. Tal vez tú, en otras tierras, en otro punto del mapa, tuviste otra novia de estudios. Una con la que tener la primera vez en horas lectivas. Eso recuerdo para contarte. El olor de aquella tarde. El nudo en el estómago. Y las cartas en el verano que se fueron espaciando.

Te vendrás a tomar vinos por el Carmen, a sentarnos en el puerto, a pasear descalzos por la Malvarrosa, a ascender el Miguelete, a comprar caramelos de azafrán en el mercado central. Y, borrachos, nos burlaremos de esta madre que nos ha tenido separados por algún motivo que ni tú ni yo sabemos.

Todavía.

Todavía es hoy.

Hoy es siempre todavía.

Toda la vida es ahora.

Y ahora, ahora es el momento de cumplir las promesas que nos hicimos. Porque ayer no lo hicimos, porque mañana es tarde. Ahora.

Antonio Machado como primera lectura. Después puede ser Juan Ramón Jiménez. Te enseñaré mi colección de sellos. Quizá ese poema también te gusta, como a mí tomar el café con hielo y limón. No permitiré que nos quedemos sin helados. El verano es feo si no hay sándwiches de nata en el congelador, y ya te habrás acostumbrado a esta casa con la familiaridad que no hemos tenido, que nos arrebataron. Tu cama está lista, no es la que pensé de niño que sería. Tu cama hoy es una grande, por si eres alto como yo. En la cabecera podrás tocar con los nudillos y yo oírte. Jugar a morse como nunca hicimos. Daniela, la chica que limpia en casa, habrá planchado las sábanas de la abuela, las que están bordadas y son de buen hilo para dormir bien. No las uso jamás porque jamás ha habido ocasión de estrenarlas. Pero, si quieres, después de tanto cansancio, y de tantos años, será el momento. He dejado toallas nuevas. Yo prefiero las viejas, las que rascan, secan mejor. Podremos pasear después de la siesta para despejarnos en el camino del cementerio, es buen lugar, hasta la caída del sol. Sabré que te gusta por la mirada, por el regocijo que provocan estas tierras para ti ahora desconocidas, cuna de mis miedos y mis aventuras. Te mostraré la acequia donde se baña la perra cuando hace sol; no habrás visto animal más feliz en la vida, se dispone como si el canal fuera un mar y se lanza al agua a refrescarse las tetas y la pancita rosa. O quizá quieras hacer como yo. Me descalzo y meto los pies con ella, como ella, junto a ella. Y la hace feliz restregarse mojada en mis pantorrillas, salpicándolo todo.

Baja el agua alegre y limpia y se dirige a los campos de flores y a las huertas; algunas, campos de juego para la perra y para mí.

Te contaré cosas que no sabes. Que mamá sigue hablando del accidente de papá, en una víspera de Nochevieja de 1975. Él iba con otros compañeros camioneros hacia Girona, con un material con el que harían jabones por Figueres. Curioso, ¿verdad? Pues, hartos como estaban de tantas horas en esos tiempos en los que los jefes sobrecargaban a sus trabajadores, ellos cenaron en un bar de carretera. Y como no tenían cambio de mil pesetas dijeron que pagarían a la vuelta. Pero no hubo vuelta. No hubo regreso en camión, sino en ambulancias. Y no sabes con qué detalle relata mamá el olor de aquel hospital de monjas y cómo apestaba papá a sangre seca y gasolina. Hoy, Damián, el compañero de aquella noche, estaba sentado con Teresita en la plaza. Y volvió a salir el tema. «No lo recuerdes tanto, amiga —le ha dicho—. Que no hay que revolver el pasado». Pero es imposible que deje de hacerlo.

Te contaré con detalle cómo es mamá. Y cómo era papá. Te llevaré a Doña Rosita, donde hacen una paella estupenda, con pollo y conejo, a leña, con amor y al amor del patio interior desde el que se ve el campanario de la iglesia. Sonarán las campanas y, si te fijas, te fijarás porque te lo señalaré con el dedo, verás el nido de las cigüeñas listo para llenarse de vida. Y cuando lo hayas visto, preguntarás por las ramas verdes y te explicaré que sí, que es una higuera que ha crecido encima de las campanas, junto a la cruz de hierro que parece una veleta; que hubo un sacristán que se escapaba a merendar pan con higos maduros, y de aquellas pieles y semillas secas nació el árbol más alto de la comarca.

Verás el tren desde el mejor lugar, vendrás a la granja de caballos de don Victoriano y, como está cerca de la estación, te invitaré a hacer algo que hacía de niño, de niño sin hermano, para exorcizar la soledad. Pondremos una moneda en las vías hasta que pase el tren. Y cuando se haya ido, verás al rey aplastado, deformado y cómico con la nariz grande o las orejas de soplillo. Tendré con quien reírme esta vez. No será en la soledad de la infancia. Adultos ya, como dos jinetes, escuderos de uno mismo, saldremos hacia la taberna.

Hablando.

Pondremos, ya en casa, en la habitación que nunca compartimos, algún disco de Tom Waits. Si suena su voz, el mundo es infinito, la vida será irrompible durante tres minutos y cincuenta y seis segundos. Te escucharé mientras me cuentas todo con tu canción favorita, y así nos quedaremos dormidos. Como si fuéramos niños y nada nos hubiera separado.

Hasta que amanezca, hermano.

VEINTE

Ha sonado el timbre del telefonillo como un disparo en el silencio de la siesta.

—Creo que esto es tuyo.

Es la vecina, habla en voz baja.

—Bueno, no exactamente tuyo. Pero te pertenece. Tu madre me ha dicho que tirara la basura. Y una de las dos bolsas que me ha dado, al ir a lanzarla al contenedor, se ha abierto y han empezado a caer fotos. Todas estas.

—¿Qué dices? ¿Fotografías? ¿Nuestras?

—Bueno... No he querido husmear, pero parecen ser de la familia. Míralas tú.

—Gracias.

—No hay de qué. Estuve una hora charlando con ella mientras habías salido tú a pasear con la perra. La noté rara. Supongo que no te sorprende que te lo diga.

—Está mal. Es la demencia, que le está licuando el cerebro. A veces está perfecta, otros días está insoportable.

—Sí, tal vez. A la mía le ha dado por estar simpática, tu madre está algo agresiva.

—Enfadada con la vida, sí. Cierra los ojos e insiste en que quiere morirse.

—Se le va a disparar la tensión, como otras veces. Intenta que se calme.

—Más ya no puedo hacer. Está enojada, a veces es cólera. Se altera por todo; es una pataleta constante. Pierde la calma y saca de quicio a cualquiera.

—Te entiendo.

—Pero es tarde para pedirle cuentas a la vida. Ahora es tarde para enfadarse con lo que pasó y lo que no pasó.

—Los viejos se ponen así.

—No sé qué haré yo a su edad. Lo mismo soy igual. Vete a saber. Pero hace la vida imposible. Justo ahora que debería estar tranquila, disfrutando de la calma sin...

—Ni lo pienses. De momento, revisa las fotografías. Ya me dirás. Y si necesitas ayuda...

—Silbo.

Tal vez mi madre piensa que, tirando todas las fotografías, hace desaparecer el pasado que tanto la ha atormentado. O que, qué sé yo, la sigue angustiando todavía. Pero al no decirme nada de esas fotos, ni una sola palabra, confirma que es más que una simple reacción anecdótica de la vejez.

Espero encontrar alguna respuesta mientras, sobre la cama de mis padres —el inconsciente es así— me dispongo a ver una por una todas las fotos. No le digo nada. Traicionaría a la vecina. Y a mi madre.

—¿Qué haces en la habitación? ¿Escribes?

—Sí, mamá. Estoy con la traducción.

Puede decirse que no miento. Mirar las fotografías es una manera de traducir lo que no se entiende. La imagen del pasado no tiene sonidos, hay que dárselos al mirarla. De dónde vienen, adónde van. Qué se dicen, qué susurran, por qué se miran, quién es ese de detrás, qué casa es, dónde posan ahora o quién ha hecho la fotografía.

Alguna de las imágenes debería ofrecerme alguna pista sobre el pasado. No son las fotos de siempre, las que andan ordenadas en diversos álbumes como cromos. Estas son «nuevas», digamos. Por decirlo de otro modo: fotografías nunca vistas.

La mente desbaratada de mi madre lleva meses sacando a la luz a mi hermano, preguntando por él, nombrándolo a la hora de la comida y equivocándose de nombre si soy yo el que hace ruidos en el garaje o enciende el motor del coche. Yo mismo fantaseo con él, con su presencia.

Ese periodo de decadencia mental no solo consigue afligirme: la tristura se convierte en tormento cuando no están respondidas todas las preguntas.

—Félix.

—Soy Federico, mamá.

—¿Y Félix?

Los gazapos de mi madre son una insólita confesión. Sin embargo, no basta con eso. Me acecha la realidad. El médico fue claro:

—Disfrute de ella todo lo que pueda.

El alcohol protagonizó aquella frase. La bebida acaparó las tardes y las noches frente a la montaña, salía a pasear con la perra y guardaba una petaca en el pecho que agotaba sentado hasta que la niña se hartaba de dar vueltas y el sol se escondía en el horizonte. Primero fueron cervezas, unas cuantas, tres. Siguió el vino. Después pasé al tequila.

En una de las fotografías mamá aparece bebiendo. La tanteo sin resultar sospechoso y me dice que en las verbenas se tomaba un coñac con hielo, y que, palabras textuales, tardaba en apurarlo para que la fortaleza del alcohol se aguara y no le quemara la garganta. «¿Eso bebías?», le pregunto varias veces. En tono jocoso, que me resulta tierno, asiente como una adolescente a la que acaban de pillar fumando.

En la foto mamá está feliz, da la bienvenida a la juventud; yo, en la roca que mira al valle, bajo el olivo centenario, escondido en esa guarida donde solo pasaban volando palomas con alas de colores, intento paralizar la vida. Irónica forma. Ese lugar era mi barco pirata encallado en la playa. Quienes como yo han esperado aventuras en las copas de alcohol o han pretendido olvidar sabrán que eso solo genera una expansión del dolor y que también puede ser el final del viaje.

Me pregunto qué decían de mí las aves pintadas.

El color artificial de las alas parece una alucinación resultado de la bebida. Pero la realidad también tiene sus embaucamientos.

Los ojos inyectados en sangre, el vómito, la perra lamiéndolo.

Así respondía al miedo, al peligro de la muerte cercana, a la sospecha que me llenaba de angustia, clavos y desconsuelo.

De todas las fotos que amontono sobre la colcha de mis padres, una me llama poderosamente la atención. Mamá, siempre tan delgada, de cintura fina y faldas con vuelo, se ve sin su clásico talle de reloj de arena. Abrigo ancho, falda más larga y gesto serio. Me sorprendo ante ese cambio casi imperceptible entre las amigas. Una mirada circunspecta sustituye a la frescura de siempre y abre un punto de interrogación.

Compruebo las fechas que aparecen, casi siempre anotadas a lápiz, en el anverso de la fotografía. A partir de 1957 se registra una variación: empieza a posar, de manera constante, muy pegada a las amigas o tras ellas, sin esa deliciosa vanidad que la hacía única y que la llevaba casi siempre a colocarse en el extremo del grupo, desafiando al disparo.

Albergue de Vera de Bidasoa en 1957, Sección Femenina.

VEINTIUNO

—Mamá, hoy es nueve de noviembre, como en la canción de Cecilia. ¿La pongo?

Dejo que suene *Un ramito de violetas,* porque siempre asiente ante la palabra «demonio», sabiéndose ella dentro de la letra, como si fuera suya la composición.

—Demonio.

Lo hace, lo dice, y un extraño regocijo recorre mi cuerpo al confirmar qué sucede siempre ante los mismos estímulos. Acción, reacción.

Vuelve entonces, en esa hora tonta antes de la comida que llaman aperitivo, a recordarme que ella «siempre ponía las canciones en las fiestas», que era la primera en bailar y que la noche previa a un viaje fue abandonada por su amado. «Puse la canción y, al girarme, ya estaba bailando con otra».

—¿Te sigue doliendo, mamá?

—No. En absoluto. ¿Por qué habría de dolerme? ¡A qué santo, ahora! Pero tú te crees que yo voy a acordarme de... Mira, acércame la lupa, que quiero ver qué pone aquí. Y olvídate del dolor, qué dices.

Un no con muchas explicaciones es un sí.

La canción sigue su ritmo y ella misma se corrige. Rehace la frase que acaba de negar, reorganizando los verbos y los adjetivos como en una de mis traducciones. La justificación llega sola:

—Claro que me fastidió, me quedé sola. Sola en la fiesta y sola en la vida de aquellos días. Me miraba en los ojos de las amigas que tenían novio... Y yo iba del brazo del aire. ¿Sabes qué te digo? Me cago hoy en él, que se fue con aquella y me quedé abandonada.

Me sorprenden las palabras que utiliza, pero las tomo como normales. Ahondo en ese momento en la herida para saber más.

—¿Y cómo era él, mamá?

—Era guapo, de mi altura, delgado y muy muy educado. Pero ya ves. Eso no lo es todo. Había otra.

—...

—Me fui de allí tan enfadada... Qué desolación, abandonada. Salí con el abrigo en la mano, del brazo. La calle estaba desierta. Pero yo no sabes cómo estaba. Qué cría. Me fui a casa. Aunque antes de entrar me harté a llorar en la replaceta. Con lo que a mí me cuesta...

En el requiebro de su voz queda algo de resentimiento, o de rabia, por ella y por él. Sin embargo, cuando se da cuenta de que ha quedado desabrigada con los sentimientos, de que estoy masticando sus palabras, cambia de tema y pregunta qué vamos a comer. Ahí llega el silencio. El fin de la sesión. No hay más preguntas, señoría. Se enciende la luz de la sala y todo es diferente, es el murmullo de las voces sin la música, la gente recogiendo los abrigos, los amantes que no lo son ni lo serán, las copas vacías y las botellas medio llenas en la barra, alguien que busca las llaves, un adiós. Un nunca más.

—¿Nunca te han regalado violetas, mamá?

Silencio. Un mutismo que se traduce en: «Esa es mi historia, no tu historia. A ti no te importa».

Son entonces las fotografías que he encontrado en la basura las que me hablan, ante su mutis lacrado con iniciales. Son mujeres jóvenes uniformadas, en algunas están haciendo el saludo falangista, en otras sentadas en clase, en homenajes con coronas de laurel y abrigo de paño recto hasta la pantorrilla; y, sí, los arbustos que rodean los arcos de entrada a una parte del edificio de ladrillo son rosas caninas. Intuyo el color rosa palo. Dejando aparte la doctrina que se muestra, se pueden diferenciar los elementos rituales de esos Consejos Nacionales, como hormigas. En primer lugar, el orden, cada foto refleja con nitidez la jerarquía de la autoridad que prevalecía no solo entre las falangistas, también entre esas alumnas construidas con liturgias de misa, comedor y tareas del hogar para futuros maridos. Los abrigos son idénticos, también los peinados. Todas parecen aspirantes a Pilar Primo de Rivera. Están contenidas cuando se ve a una oficiala posando con ellas, relajadas en las que parece que han interrumpido el sistema. Hasta diría que, en alguna, felices.

VEINTIDÓS

Vera de Bidasoa aparece como una casa grande en la colina de una preciosa zona que se intuye verde en el blanco y negro de la imagen. Tejados a dos aguas y muchas ventanas desde las que asoman jóvenes de los años cincuenta. Todo son chicas.

En otra imagen está la casa de Pío Baroja, Itzea, impresionante casona de piedra, mansión familiar, llena de balcones de portones abiertos, hortensias en el muro, blasones imponentes y un exquisito entramado de madera bajo el límite de las tejas.

La parroquia de San Esteban Protomártir aparece escoltada por decenas de muchachas uniformadas. Todas iguales, mismo peinado, misma postura.

Una chica negra, guineana, se apoya junto a mi madre en el busto de Fermín Leguia, en la plaza de Vera.

Aquí durmió José Bonaparte, Pepe Botella, hermano de Napoleón y rey de España, leo en el escrito de una postal. El sello es de una peseta con la cara de Franco, junto a la dirección de la que podría ser una amiga de Valencia. Busco en internet el lugar, como si pudiera colarme en el pasado a golpe de clic.

Mamá está en una silla de la cocina mientras el perol hierve con patatas y verduras, callada como una tumba.

El humo del guiso se convierte en vapor y los cristales piden a gritos que escriba sus iniciales con el índice.

Lo hago.

Paso la palma de la mano para borrarlas. Como si temiera descubrir secretos. Abro las puertas, ventilo la sala, desaparece la nube y el frío limpia la cocina y los pensamientos. La perra aprovecha para salir a oler las plantas del balcón y hundir el hocico en la arena en busca de migas que han quedado tras sacudir el mantel. Ondea la tela de cuadros como una bandera cada noche, anunciando a los vecinos que sigue habiendo vida en esta casa solitaria. Es mi forma de decirles a todos los de la calle que estamos vivos. Que seguimos conviviendo entre paredes cuajadas de secretos.

La fotografía del salón comedor podría parecer un fotograma de una película española. Hay acción, se intuye, paralizada para quien tenía la cámara.

—¿Te acuerdas? —le digo a mamá con la vista puesta en esa pandilla de chicas.

—No me acuerdo de nada.

No la creo.

El laberinto está instalado en su cabeza, se sabe las salidas y conoce los recovecos para disimular antes de que la pillen. Otras veces, se pierde. Hoy mismo, al despertar, ha vuelto a preguntar por mi hermano. ¿A qué hora viene? ¿Ha pasado la noche fuera? ¿Sabes algo? ¿Cuántos días lleva sin llamar?

Callo y escucho para intuir en la retahíla de preguntas alguna respuesta que nunca llega. «¿No ha de venir a cenar, al menos? ¿Sabes tú algo de Félix? ¿Por qué no llama?, ¿hablaste con él?».

Cuando tocan al timbre con la comida que he encargado al bar del pueblo, croquetas y guiso de pollo con setas, se altera y viene acelerada con el andador hasta la jamba de la puerta. Allí se apoya y respira. Cuando subo las escaleras con la bolsa, pregunta:

—¿Era tu hermano?

No contesto.

Me mira.

—¿Eres tú?

Callo también.

—Me vas a volver loca.

Le doy un beso. Sé que en ese momento su tranquilidad se defiende con la mía.

La comida está buena, pero no se termina su plato, acaba en el cuenco de la perra cuando me despisto. Paso de la mesa al sofá y allí recojo el libro que se quedó volando boca abajo en el cojín. Mientras estoy leyendo, oigo su rezo. No vocaliza. No entiendo lo que dice. Sospecho la cantinela que mezcla un padrenuestro con un avemaría hilvanados y sin terminar.

Escucho con los ojos grapados en las páginas del libro que debo traducir. Mientras ella se va durmiendo, las chicas de la Sección Femenina se mueven por mi cabeza, un cura la persigue con la mirada, la chica negra la coge de la mano, parece que van a un bar de Vera, tiro de imaginación y las veo subiéndose la falda para convertirla en minifalda, es un acto juvenil y coqueto, ceden a la presión y se dibujan tatuajes con el bolígrafo en la piel. Lo cierto es que son nombres de chicos que les gustan, los que ven en el pueblo, cuando dejan de ser chicas y son jóvenes. Todas creen que se enamoran, que serán buenas esposas, estupendas amantes. Quién sabe.

Desde el sofá llego a Vera de Bidasoa, intuyo gente caminando, las nuevas uniformadas que han llegado son alegres y prudentes, educadas, formadas en el orden y en la religión en sus casas. No hay urgencia en sus caras, ni fascismo, ni nacionalcatolicismo, ni temor, ni dictadura. Hay juventud. Mujeres que han elegido estar, salir del pueblo, reírse, hacer excursiones, comentar intimidades, burlarse de la jefa, mirar de reojo a los guapos, hay seducción en las faldas de tablas, baile en el movimiento de los brazos, de las manos. Chaquetillas al hombro y zapatos planos, cómodos para bajar raudas a la plaza de Vera cuando hay hora libre. Nada en ese tumulto hace presagiar los tiempos de totalitarismo. Las fotos no tienen texto, pero hablan. Como los muertos.

La madre despierta y al despabilarse se restriega los ojos, le echo gotas para que no se le peguen, los tiene secos. Sé que le sienta bien, sonríe tímidamente, porque parece que resucita.

—¿Era bonito Vera de Bidasoa? —le pregunto mientras la ayudo a incorporarse en el sillón.

—Sí, muy bonito. Muy montañoso. Era montaña, montaña, montaña.

Me da alegría escucharla. En las palabras que escoge no hay tristeza.

—Cuando íbamos al albergue había un camino verde, de mucho verde. Era en pleno campo, plena montaña. Un poquito alejado del pueblo, pero no mucho, porque desde allí también nos íbamos a la fiesta.

—¿A la fiesta? —Me sorprende.

—Sí, eran fiestas. Había baile. Bailes típicos de la zona. Bailes de esos sueltos del norte. —Duda—. Eso es el norte, ¿no?

—Sí —asiento sin molestar.

—... Y mucha disciplina. Y yo la seguía muy bien. Tiene que haber libros de Vera por algún sitio. No existe la Sección Femenina ya, ¿no? Aquello se acabó, ¿verdad? —repite mientras la miro y ratifico—. Lo peor era el cura, no me acuerdo bien. No sé si era de rezar o de explicar cosas de Dios. Era un hombre aburrido, estábamos cansadas ya. Cansadas de las clases, todo el día... y llegaba él con sus monsergas. Venga clase de religión, otra más. Y otra. Cuando me llamaba mamá por teléfono me daba una alegría. Me llamaba casi todas las noches para ver cómo estaba. Solo salíamos el sábado. Y yo tenía la primera mesa, no me podía dormir. Y la Juli Sara me decía «¡No te duermas!». Qué dominanta era. Mandona como ella sola. Pero luego quedó en nada. Mi hermano se enfadaba con ella, porque me tenía envidia. Ella pensaba que era mejor que yo. Cuando a mí me mandaron a Onteniente como administradora, o como se nombrara ese cargo, a ella no la llamaron. A mí sí, yo era pura disciplina. Y aquella que dormía bajo mi litera era un horror, olía a sudor. Me giraba en la cama para un lado, olía. Me giraba para el otro, olía. La pillamos en la ducha, abría el grifo pero no pasaba por el agua, la muy canalla. Y la Juli olía a tabaco, ¡cuánto le gustaba fumar! Las de Canarias traían cigarrillos, los llevaban en la maleta. No sé quién se los mandaba. Y los vendían, cigarrillos sueltos. ¿Cómo se llamaba la de Canarias? Siempre decía: «Cuándo seremos dos, Luisito y yo». El novio. No recuerdo su cara. La Manolita Sansegundo llevaba todo eso de la Sección Femenina; vive en Madrid. Vera era precioso. Precioso. Qué bonito el albergue, encima de esas montañas tan verdes... Cuánto habría dado por volver a ver a mi Consuelo Tobileri, era de Guinea. A las de África las trajo Franco. Éramos tan amigas. Me quería mucho. Y yo a ella. Quería ser médico y estudiaba Medicina. Paseábamos juntas por los alrededores, con la falda azul y la camisa blanca, lo mismo de todos los días. Plantadas y oliendo a colonia. Éramos las más tontas, trabajábamos más que nadie.

Se queda pensando mientras le da vueltas a un anillo que se le ha quedado ancho.

—Tiene que haber fotos, pero no sé dónde. Yo llevaba un pañuelo en la cabeza, era San Ignacio de Loyola. Recuerdo...

—¿Quieres volver? Podríamos ir, mamá.

—...

El silencio llena el salón, se oye la leña de la estufa crepitar.

—¿No quieres, mamá?

—Sí, mucho —responde rotunda, sin ninguna duda en su voz—. Pero eso ya no estará. Eso será... ¡Váyase usted a saber lo que será ahora!... La mesa se sirve por la derecha y se retira por la izquierda. Tere Bas era la jefa, de Valencia. A lo mejor todavía vive... Mandaba Franco, ¿verdad? ¿O José Antonio? No sé. Salíamos a tomarnos un vino y veníamos mareadas. Las tascas... ¡Ay, qué bien! Un vino con algo. Con alguna tapa. Teníamos tantas ganas de salir los sábados... Y si acudíamos y ya estaban las mesas puestas para cenar, nos reñían. Madre mía, qué disciplina. Nos llevaban con varas de madera, tiesas. Pero veníamos tan contentas... Alegres de estar libres, aunque se nos hiciera de noche. Era un camino oscuro para volver al albergue. Sin luces. No había luces. Qué lóbrego todo.

De pronto, aparece el miedo en esa boca del lobo.

—Si quieres, podemos hacer un viaje juntos. Vamos tú y yo, mamá. Y me lo cuentas allí. Puede ser bonito el viaje, nos dará el aire, lo necesitamos. Tanta casa siempre, tanta pared...

—¿Cuándo quieres ir?

—Cuando digas tú.

—He esperado una vida, no tengo prisa.

En ese momento quiero decir «Yo sí, tengo necesidad de saber, no puedo esperar», pero no lo digo. Tampoco expreso el miedo a no tener tiempo, a que el reloj esté en contra de que madre e hijo hagan juntos un viaje por última vez. Me quedo mirándola, veo cómo cierra los ojos en el sillón orejero y vuelve a los rezos murmurados para sí misma. Imagino ese camino oscuro del que habla, a esas horas de la cena, cuando las jefas han ordenado servir por la derecha la sopa. Antes de recoger por la izquierda, las chicas suben desde el pueblo a toda prisa, con el relajo del vino y la risa que genera el miedo que se avecina. El camino no tiene apenas farolas que hagan sombras de las faldas azules que se mueven como mariposas borrachas. Una de ellas acelera el paso, benditos zapatos planos, otra la imita y la tercera muchacha se queda rezagada con la risa tonta. «Me meo, parad», chilla entre carcajadas. Las otras tienen contracciones en la barriga de pura diversión. Se contagian. Paran. Una se agarra a la otra. «¡Me voy a mear, cállate!».

Abren las puertas del salón, todas las miran, hay un rictus que anuncia tormenta. «A las literas, no hay cena». Hacen caso. El chiste está al girar el pasillo, subiendo las escaleras. Una de las tres eructa. «¡La cena!». «Que te aproveche», contestan al unísono con desenfado.

El sábado será otra vez, olvidarán que las han reñido por llegar tarde a la cena, que las han castigado con varias oraciones y sin ración de ternera. Pedirán perdón a Tere Bas y el cura les exigirá alguna palabra extra en la oscuridad de la confesión, queriendo saber más de la libertad que no conoce. La disciplina manda, como manda también la feliz osadía de la juventud.

LA AUTOCARAVANA

Se viaja no para buscar el destino,
sino para huir de donde se parte.

Miguel de Unamuno

VEINTITRÉS

En la puerta del taller donde mi padre cambiaba el aceite del coche, miraba las bujías y comprobaba el líquido de los frenos, me encuentro una autocaravana con el cartel de SE VENDE en la ventana trasera. Por seis mil euros, uno de los vecinos «se quita de encima el trasto» y desaloja el garaje para el nuevo coche del hijo. Así me lo dice el operario del taller.

—Me gustaría verla por dentro.

—Está muy bien, es vieja, pero la hemos remozado cada cierto tiempo. Es robusta. Las cosas de antes... Ya sabe.

—Duran más.

—Es así, las cosas como son. Lo bueno duraba mucho más. Esto que ve ha recorrido el Mediterráneo de cabo a rabo. Estuvimos en las Landas. ¿Sabe dónde? En Normandía. Atlántico. Donde el desembarco. Y por Castellón, Alcocebre, genial. Nos encantaba a la familia. Todo el sur. Portugal, también. Es que no ha parado. Una campeona. Esta autocaravana, se lo digo, podría contar mil historias.

Da dos palmadas en el lomo de chapa, como si fuera un perro.

—La veo bien —respondo, y me dirijo al mecánico—. Si ustedes me aseguran que todo está en orden...

El mecánico hace un gesto con el que parece decir que no se caerá a pedazos según la saque del taller.

—Sería incapaz de engañarte —me dice el dueño—. Mira, pensé en quedármela, por todo lo que hemos vivido en ella. Pero ya nunca la usamos, la familia... Bueno, supongo que todos nos hemos hecho mayores. Padres e hijos. Me gustaría que diese algún buen trote más. Antes de terminar en el desguace.

—Pues si el precio es el del anuncio...

—Nada cambia. Se la podría llevar ya, pero prefiero darle un agua primero; así la ve reluciente.

—A las seis —propongo.

—A las seis —repite.

VEINTICUATRO

Tres días después, la autocaravana está aparcada en mi puerta. He pagado seis mil euros por todo, limpieza y puesta a punto. El dueño me asegura que está lista para recorrer España y Rusia, si me lo propongo. «No se pierda las Landas», insiste.

Llamo a la academia y digo que tardaré un tiempo en estar conectado a internet, que los iré llamando, que mi madre y yo vamos a hacer un viaje y que los dos necesitamos descanso. Me entienden. «Aprovecha para respirar y duerme mucho, el sosiego te vendrá bien», me dice Daniela, como si fuera otra madre. A todo digo que sí. Que gracias. Que así será. Que no se preocupe, que yo me haré cargo de las comidas y que estaré pendiente de las pastillas. Pero ya ha colgado cuando me estoy despidiendo. Me veo en el vacío con el teléfono en la mano. Lo apago y lo dejo en el cajón de la ropa interior, junto a unas camisetas de felpa que nunca he estrenado. En la gasolinera compro uno nuevo, sencillo, «solo para llamadas», le digo al empleado sin dar más explicaciones. Por cuarenta euros me emancipo del mundo. En ese momento estoy desconectado de todo, me desenchufo de mi agenda, y al mismo tiempo que siento una liberación, me angustia la posibilidad de gravitar en la nada, de desaparecer para todos.

Es lo que quiero, me digo para convencerme.

El último mensaje que reviso es el de Amparo. No ha respondido. Tampoco al anterior. Ni al otro. Ninguno. Tengo que ir muy atrás para ver qué es lo último que me escribió:

Tuviste ya tu tiempo y no hiciste nada
por mí, no lo vas a hacer ahora,
ni lo pretendo. Deja de escribirme.

No hice caso. Contesté.

Lo intenté todas las veces que pude y que me dejaste. Y sigo intentándolo, porque hay amor. Y porque hasta hace cuatro días también lo demostrabas tú con los «Te echo de menos», con las risas, con el juego de canciones, con la complicidad... Y yo he ido acercándome a ti como he podido. Poco a poco. Intentando viajes, quedar o limar asperezas. Un desencuentro alargado en el tiempo. Un desencuentro que tiene cualquier pareja que se quiere. Qué pena romper así una relación tan bonita. Entiendo perfectamente que no pudieras vivir en casa; mi madre te hizo los días imposibles, y no supe arreglar ese desencuentro. Tú te fuiste. Te entiendo perfectamente. Y en lugar de hablarnos, nos quedamos callados. En nuestras rocas. Y dicho esto: te quiero con toda mi alma, como siempre. Incluso cuando parecía imposible hablar.

No recibí respuesta.

Desde ese día estoy muerto. Mi cuerpo es un papel de desahucio que nadie ejecuta. Sin embargo, nadie parece preocupado. Porque la imagen es la de un hijo que cuida a su madre y, automáticamente, todos aplauden o se compadecen de la situación.

Amparo era lo mejor que me ha pasado. Pero hace meses que estoy desgajado del tronco y nadie se ha dado cuenta. Los pájaros anidan en mis brazos, en ocasiones vuelan, luego regresan y esperan en esta parálisis a que florezcan las ramas. O que les ponga migas sobre la mesa, donde se acercan habitualmente a comer. Por momentos, les tengo envidia. Cuando se acercó el primero abrí la mano, como cuando le ofrezco las pastillas a mamá. Vino lentamente y se llevó la corteza de pan que le ofrecía. Pronto siguieron otros, más gorriones que, avisados por el hambre, llegaban a comerse las migas. Luego fueron palomas. Imaginé que después serían albatros, gaviotas, pájaros grandes que acabarían cogiéndome por los hombros y me dejarían caer en alta mar. Supongo que no estuvieron de acuerdo en aparecer, ni en llevarme a zona abisal, y solo se quedaron a mi alrededor. Las palomas atacaron mi tarta de manzana. Ni me inmuté cuando desapareció el último trozo, festín de aves con patas mutiladas, plumas pegajosas y picos ennegrecidos.

El final del amor es muy parecido a una amputación de guerra, algo se queda invisible, te quitan la mano y sin embargo la sientes, puedes mover los dedos invisibles y tocar la piel que no está. Los muertos se entierran, los amores se quedan en un limbo que es tierra de nadie. Es el final, nadie te dijo que acabaría así, ¿qué es esto?, ¿esto era lo que prometimos?, ¿no regresarás? Nadie te ha dicho que su nombre no volverás a escucharlo igual en la cara de otro, ni que la voz desaparece, como la de los muertos, ni que las fotos que andan por las estanterías se convierten en lápidas donde no pones flores. Va yéndose a plazos, poco a poco, el aroma, el espacio en la cama, las cosas de su mesilla, las prendas de ropa que usaba para quedarse en casa. Un día las tocas; otro, no puedes. Tienen uranio.

Amparo se fue de manera definitiva cuando se cansó de mi madre, de que le dijera que se aprovechaba de mí, de la lavadora y de la luz de la casa. «Qué barato te sale vivir, eh». Eso le decía. «Enciendes la luz y no la apagas». «Otra vez os vais de viaje». ¿Qué hacer? ¿Cómo defenderse de dos batallas? Una madre a la que la enfermedad vuelve arisca, implacable contra un enemigo que no es tal; una pareja que trata de aguantar, hasta que se harta de aguantar unos golpes que no ha provocado. Tomamos la decisión de separarnos. Entendí que sería sano, pero lo podrido se queda cuando alguien se va. Y vi el vacío como un precipicio imposible de saltar. Amar es fácil cuando todo es sencillo, cuando no hay obstáculos, cuando todo es viajes, brindis y hoteles, pero se hace gris cuando alguien detiene la canción que estás bailando. No puedes seguir la música, el paso tropieza, la letra se pierde. ¿Qué decías? ¿Sabes qué me ha dicho tu madre? Mamá es así, perdónala. No, no puedo. Cállate. ¿Y si me callo siempre? Mejor será que me vaya. Pues me voy. ¿Dónde vas a ir? El final del amor es un roto, no se descose la ropa, porque eso es fácil de arreglar. El final del amor desgarra la tela. Amparo tenía buen gusto, cambió la casa y decidió el color de las paredes y la tela de las cortinas, también dijo que sería mejor un colchón más grande, que el verano es horrible en este pueblo, pidió que reformaran el vestidor y puso plantas en la terraza y en los balcones. Coloreó todo a su gusto. Y, al irse, las tonalidades fueron cambiando a talco. Se fueron con ella los brillos, los colorantes, los tornasoles y los matices. Apenas tuvimos ocasión de reñir porque se fue.

Podría decir que la culpa era mía. Pero era de mamá. Pobre.

La última foto que le envié a Amparo fue una con la perra, en la que le mandábamos besos de parte de los dos.

Es la primera vez que apago el teléfono, y sé que esa muerte puede ser ahora verdadera: no me sé la clave con la que tendré que encenderlo a la vuelta. Ya está. Hecho.

Mamá y yo hacemos una maleta para los dos. Echo las prendas repetidas: un pantalón de chándal para ella, otro para mí; una rebeca, otra para mí; un jersey oscuro, otro para mí; una sudadera, otra para ella; unas zapatillas, otro par para mí; ropa interior, los medicamentos, los suyos y los míos, y la ropa de cama para los dos sofás que nos tendrán frente a frente en ese espacio que vuelve a ser útero.

En una bolsa aparte, pongo una mantita para la perra, colonia, champú, gel, toallas, algo de aseo y varios libros. Poco más.

—¿Están los medicamentos?

—Sí, ya está todo en la bolsa.

—¿El analgésico?

—Tres cajas, mamá. Todas las que había.

—Entonces son más.

—Sí, he cogido todas las que tenías en el armario. Se han ido acumulando.

—Pues dame dos. Dame agua.

—Mamá, qué te duele ahora.

—Ay, déjame. Dame dos pastillas. Me duele la cabeza.

Le pongo un vaso de agua y cojo la botella fría para dejarla en el salpicadero. Hará falta.

—¿Crema de manos?

—Sí. En tu bolso.

—Y las gafas de sol...

—En tu bolso, también.

—Mi pañuelo, el que bordó la abuela.

—Ese no está. Lo tiré.

—Lo tiras todo.

—Se te cayó a la taza del váter, mamá.

No es verdad, miento. Se limpió y se guardó. El pañuelo bordado con el que siempre se secaba los ojos.

—¿Y clínex?

—En tu bolso.

—Pues sí que caben cosas en el bolso.

Las fotografías que aparecieron en la basura viajan con nosotros en una caja de lata en la que he echado también toda la serie de la niñez. Nos harán falta. Intuyo que va a ser nuestra baraja, con la que echemos unos solitarios o intentemos descifrar el pasado. Todos somos videntes, adivinadores, echadores de cartas. Basta con saber mirar, fijarse en los detalles, notar qué duele, qué gesto hay en las manos, en los pies, o quién sonríe.

Mamá apaga todas las luces, desconecta la nevera, y lo que queda —queso, mantequilla y seis huevos— se lo pone en la mesa de la cocina a la vecina, que «después vendrá a revisar y cada semana a regar las plantas». Damos varias vueltas para comprobar que dejamos cerradas puertas, ventanas y persianas. Todo se va quedando oscuro, a pesar de que son las doce del mediodía. En la calle está la autocaravana, nuestra nueva casa.

—Sube aquí.

La perra, extrañada, salta de un brinco a los sofás, porque antes he lanzado la correa al interior. Eso le da seguridad. Olfatea el sillón y se acomoda. Mamá engancha su cinturón. Cierro las dos puertas. Miro por el espejo interior, para acostumbrarme a lo único que tendremos por seguro mi madre y yo en los siguientes días, sin saber aún si serán muchos o pocos. Miro, después, por el lateral, para despedirme de lo que hasta entonces ha sido el hogar que he dado por sentado. El que me parecía completo, a base de imperfecciones, alegrías y desconsuelos. Hasta que el nombre de un posible hermano resonó entre sus paredes.

Arranco el motor.

—¿Preparada, mamá?

—¿Adónde vamos?

VEINTICINCO

Al emprender la marcha, la perra me mira varias veces a través del retrovisor. Saco la lengua para que me imite, y eso hace. Así es como se tranquiliza y se queda dormida, entre mi chaqueta y la bufanda grande de mi madre. «¿Y qué tipo de viaje es este?», «¿Va a ser muy largo?», «Ah, qué bien que hagamos vacaciones», «¿Pones música?», «Esta no, cambia de emisora».

Me había prometido no parar con la autocaravana hasta que nuestra casa, nuestra comarca, nuestra tierra quedaran lejos; lo haría cuando el paisaje fuera distinto, para así sentarme a hablar con mi madre en alguna zona de servicio, de esas en las autopistas que parecen merenderos de playa. Pero mamá no tarda en decir que se hace pipí.

«Espera —le digo—. No tardaremos en encontrar una vía de servicio». «Pues no estoy para aguantarme», me responde como una niña que aprieta las piernas y tamborilea con los dedos en las rodillas.

Conducir un vehículo de esas dimensiones es algo diferente a lo habitual; siento que en las curvas me voy ligeramente hacia el arcén, que si me confío un poco me salgo de la carretera. Revisa el estado de los neumáticos, la presión, conduce con suavidad, empieza a frenar un poco antes, evitarás colisiones, mantén más distancia, te he puesto retrovisores más amplios. La retahíla de consejos que me dio el mecánico los cumplo a rajatabla. Así que avanzamos a una velocidad ridícula, a ochenta kilómetros por hora, incluso a setenta. Una madre, una perra y un secreto en el maletero.

—¿Te parece bien? ¿Paramos aquí, mamá?

—Me da igual.

—¿Cómo que te da igual?, ¿no querías mear?

—Creo que llego tarde.

Me cuesta bajarla del sillón, porque se lo ha hecho encima —«Un litro», precisa—, y al moverse se le calan las piernas y las zapatillas. Así que la primera parada de nuestro viaje es querer volver a casa.

—No debería haber salido; tú haz lo que quieras, yo soy un estorbo. Además, qué van a decir las vecinas. Pensarán que hemos desaparecido.

«Es que hemos desaparecido», estoy a punto de decirle. Pero prefiero mentir. Se me da bien y es un analgésico de efecto instantáneo.

—Ya lo saben. He avisado a todas. Pasarán a regar y a limpiar.

—Menudo gasto.

—Lo hacen por cariño.

—No me lo creo. Anda, llévame al baño de la gasolinera. O aquí mismo, que me dan mucho asco esos antros. Bájame de aquí.

De la puerta del copiloto volvemos a subir a la parte de atrás, a la casita. Así decidimos llamarla: la casita. Se quita la ropa húmeda y la pongo en una bolsa de plástico para lavarla después. Veo cómo se sube las nuevas bragas, el pubis de carne, y cómo se ata las cintas del recién estrenado pantalón de chándal con el que, dice, va más cómoda. Le lavo las piernas arrodillado, con las esponjas jabonosas que he comprado en la farmacia para evitar el gel en el estrecho aseo de la autocaravana. No me pongo guantes, me inclino como ante una Virgen a la que veneras y empiezo a lavarla con cuidado, como ella lo hizo conmigo cuando me cagaba encima. Pero no es lo mismo ser bebé que un viejo. Ver desnuda a una madre es ver cómo la vida se ha arrugado por ti, ante ti: las canas, las pieles secas, las manchas, las carnes flácidas que son de ella y también anuncio de las mías, las que alguien a mí me limpiará en alguna residencia. Sonrío para evitar la tensión que ha generado el asunto, le cuento que una vez me meé en el colegio y me fui a la fuente a salpicarme con agua para evitar el bochorno frente al resto de los alumnos. Fingí que me caía en el charco, me desplomé y me rebocé en el agua, así pude irme a casa a cambiarme. Le cuento que alguien notó el olor a pipí, pero le juré y perjuré que serían los orines de perro, de los que van a la fuente a beber.

Qué más le cuento inventado para que ella se sienta cómoda en esa situación tan incómoda.

Mueve las manos, gira el anillo, yo le restriego las piernas con varias esponjas y luego la seco con una toalla. Le pongo colonia.

—Mira qué bien, mamá. Todo listo.

—Sí, muy bien —dice con toda la sorna del mundo.

Se ajusta las bragas y pide más colonia para quitarse el olor de la cara.

Apoyo la ropa sucia entre el váter y el lavabo. La vida empieza a ser vida. Ahora sí que arranca el viaje. Mamá coge el frasco de colonia y se fumiga porque, según ella, las viejas huelen mal siempre. Y ella no quiere ser vieja ni oler a orines. Sonrío y me lanza un disparo en la cara, como si jugara a los vaqueros. «¿Quieres echarte más colonia?».

—Anda, dame.

Sabe que huele. Las zapatillas se han calado. Le pongo unas de estar por casa.

—Yo te pongo Nenuco —me dice—, como cuando ibas al colegio.

Me siento en el sofá corrido de la casita y empieza a mojarme el pelo con el espray. Luego me pasa la mano a modo de peine y repasa las patillas con saliva tras las orejas.

—Mamááá —recrimino.

—Ya estás, como siempre, como entonces. Quejándote.

—He salido a ti.

—A tu padre.

—Vamos, mamá, que no quiero que se nos haga tarde.

—¿Tenemos prisa? ¿Adónde vamos?

Es la segunda vez que me lo pregunta, pero no le digo nada. Pongo la música y tarareo la canción, ella me sigue. Nos gusta la canción de Domenico Modugno.

—*Vooolare...*

—*Oh, oh.*

—*Cantare...*

—*Oh, oh, oh.*

—*Nel blu dipinto di blu.*

—*Felice di stare lassù.*

No, no tenemos ninguna prisa. Pero me apetece llegar a un pueblo y cargar la neverita en un supermercado antes de que cierren. La casita va vacía de provisiones. Despensa vacía. Pero, al contrario de lo que pregona el refrán, siento que el corazón viaja lleno.

A mamá le gusta viajar. Nunca hemos hecho un viaje así, este es el primero. Seguramente, será el último.

VEINTISÉIS

Mamá había sido siempre una mujer callada, hermética incluso, se podría decir que tenía más vida interior que exterior. Y eso que trabajaba en una paquetería como encargada del papeleo y, sobre todo, cosiendo vestidos para las vecinas. Ella siempre tuvo las manos predispuestas para los demás, pero nunca esperó nada de nadie. Sabía tomar la medida de los otros, jamás acertó con la medida de su vida. Resultado: andaba sin deudas, pero también sin expectativas. Tiraba para delante. Hacía. Y hacer, de alguna manera, es crear. A mamá le gustaba pintar, pero dejó de hacerlo porque empecé yo a imitarla. Ella me miraba por la espalda —ese calor se nota— y me hacía alguna recomendación. Coge el pincel más ligero, no es un bolígrafo, haz que vuele, deja los oscuros, no aprietes tanto, ilumina con el amarillo. Mucho mejor verde para ese mar, no solo es azul. Atrévete con el rojo, que no muerde. Yo fingía no saber, ella me cogía el pincel, untaba el óleo justo de la paleta y mejoraba esos trazos en los que andaba perdido. Luego me daba un beso y se iba. Yo me quedaba satisfecho con esa fusión de pinceladas: madre e hijo en una misma barca, en un melocotón o en la piel de unas naranjas.

Mamá no se arreglaba; para ella nunca había domingos, ni sábados, ni festivos. Iba con la ropa que se cosía, faldas y blusas discretas, de telas que compraba en el puesto del mercado de los jueves, a un hombre con perilla y pipa que llenaba la esquina de la calle con rollos de telas, como en un mercado árabe. Enrolladas eran alfombras. Así me imaginaba el bazar de Estambul antes de conocerlo. Mamá era sagaz, recta y respetuosa. Jamás la oí quejarse. Quejarse del dolor de cabeza sí, eso muchas veces. Demasiadas. Cuando no sabía qué decir, sacaba una pastilla del armario de la cocina —Optalidón, creo recordar que se llamaba— y se la tomaba. Cerraba los ojos un rato después. Pero nunca se lamentaba de la acumulación de trabajo, ni de los madrugones, ni de los encargos que la tenían ocupada hasta altas horas de la madrugada. ¡Cómo podía coser casi a oscuras! ¡Cómo se despertaba con una sonrisa para dar los buenos días, ofrecer el desayuno, ayudarme a vestir y darme la mochila del colegio! ¿Cómo? Empecé a verla como una superheroína, y eso me convirtió en un niño vacilante. Porque depositar tu salvación en otro implica dejarse, abandonarse a la flaqueza.

Dice muchas veces mamá que quiso ser cantante, que le habría gustado ser locutora de radio, poner discos y gritar los estribillos con el micrófono cerrado, sin que se enteraran los oyentes. La puedo imaginar. Tarareaba la letra de muchas canciones en la cocina. Ahora mismo, con los ojos cerrados, con el ritmo suave de la autocaravana a ochenta kilómetros por hora, va en una duermevela feliz. Canturrea algo que no distingo. He bajado la música de la radio a un volumen discreto, imperceptible, para averiguarlo. Sin embargo, mamá musita su canción para sí misma. Está con las manos cruzadas sobre las piernas, con su anillo de la piedra violeta que le queda grande y un rosario de su madre. No lleva pendientes. Para este viaje, dijo, mejor ir sin joyas, «que vete a saber dónde nos toca dormir. Con que no nos roben ya tendremos suficiente. Está la cosa muy mal, lo he oído en las noticias. Al volver no tendremos ni casa, habrá okupas de esos que ponen gallinas en los balcones». La realidad es que ha escondido las joyas en un bote de colacao. La vi antes de salir vaciándolo todo como si estuviera robando. Disimuló apretando los labios y haciendo burbujas. Una niña. La dentadura se le afloja cuando duerme plácidamente y le crea una especie de sonrisa inexplicable, muy Mona Lisa. Cuando la veo, sé que la Gioconda de Leonardo no tiene dientes; se le nota en el hueco de los pómulos, no hay muelas, solo es aire vacío. Eso, o los lleva negros, que no es el caso de mi madre. Me gusta verla así, en paz. Se olvida de los okupas y de mi hermano invisible.

Mamá también quería ser conductora de autobús de colegio, yo creo que para llevarme y traerme, para tenerme vigilado, pero nunca se sacó el carné de conducir y envidiaba a las mujeres que conducían porque, para ella, eso significaba la libertad. Tengo la sospecha de que, si se lo hubiera llegado a sacar, se hubiera ido de casa un día y no hubiese regresado. Creo firmemente que se habría escapado y no habría regresado jamás. Lo creo de verdad. Se ríe cuando ve uno de esos coches que no necesitan carné de conducir, y lo hace con una risa genial, con carácter retroactivo, por todos los años que, dice, ha perdido.

Ahora despierta y me llama por otro nombre. No la corrijo. Félix, otra vez. Ignoro si son los sueños. La dejo equivocarse, para ver si en esa anestesia se le escapa alguna pista que desconozco y que nos ayude en este extraño viaje a Vera de Bidasoa.

—¿Y aquí —despierta del todo cuando una curva muy cerrada me obliga a hacer un movimiento un poco brusco— dónde nos lavamos?

—Hay un pequeño aseo.

—Bueno, pues me limpio por parroquias. Primero, las piernas, y luego, lo demás. ¿Trajiste... toallitas?

—En un súper cargamos lo que sea necesario. Tenemos que llenar la nevera también. Y sí, hay toallitas.

—Alcánzame el bolso. ¿Dónde lo he puesto?

Con el brazo derecho lo agarro del asa, con tan mala suerte que se abre y caen sus cosas. Pero ella no se da cuenta.

—Toma.

—Mira. Chocolate. He cogido turrón. Qué rico está. Es lo mejor del mundo, chocolate. ¿Quieres?

—Dame un poco.

—¿Quién es más goloso, tú o yo?

—Yo creo que tú, que eres la que ha cogido el turrón de chocolate.

—Pues lo cojo para ti, porque eres más goloso que yo.

—Habrá que comprobarlo. Si está empezado es que eres tú, mamá. Si está por estrenar, soy yo.

Como se ve descubierta, lo termina de abrir por donde está empezado y parte con la mano dos trozos. La perra no tarda en acercarse en busca de su parte.

—Que no coma dulce, mamá. Que se va a quedar ciega.

—Pero si es vieja como yo, ¿qué vista va a perder? Ninguna. Déjala que coma. Pobre perra. Anda, bonita, ven. Toma.

—Con el «pobre perra», se está poniendo como un morcón. Mira qué tripa tiene, parece que la estés engordando para la matanza.

—Pues mira, como no hay comida...

—¡Mamá! Qué cosas dices.

—Que era broma. Pobre perra. Cómo nos la vamos a comer, si es tan bonita... —La acaricia y le da chocolate disimuladamente—. ¿Sabes que se comen a los perros en China? Por eso yo no quiero chino, ni se te ocurra parar en un chino, que me dan asco.

—Sabes que a mí me encanta la comida china. Y te he dicho muchas veces que eso no es verdad.

—Bueno, no hay gatos donde hay chinos.

—Mamá, eso es racista.

—Eso qué va a ser racista, si no son negros.

—A ver, mamá. No se comen a los gatos. La mayoría de los platos son de pollo rebozado con salsa agridulce, soja...

—Gato. Sabe igual.

—¿Cómo sabes que sabe igual?

—Porque no sé quién hizo una paella con gato en lugar de conejo.

—¿Quién?

—No sé quién.

Mamá nunca quiso animales en casa, pero cuando recogimos a la perra cambió de opinión en dos horas. Ese fue el tiempo que le llevó mirarla, hacerle los primeros mimos, recibidos con entusiasmo, y darle macarrones; la chucha los devoraba, del hambre que tenía, y poco después se acurrucó en sus pies, para no dejar de hacerlo ya nunca. Ahí comenzó el delirio de amor, ambas se hicieron inseparables, tanto que en el pueblo las mujeres le preguntaban por la perra si se la dejaba en casa. Un día se la olvidó atada en la valla del mercado, salió cargada con bolsas y con el carrito, no se acordó del animal hasta llegar a casa y, al ser consciente de la ausencia, tuvimos un disgusto.

Ahora son inseparables.

De hecho, en este momento, a riesgo de que nos pare la Guardia Civil, va sentada en sus piernas, mirando el paisaje de esta insólita ruta en la que andamos embarcados.

Los naranjos son ahora pinos frondosos, y la carretera recta se ha convertido en una curva constante y sinuosa que se ofrece bella y perfecta para una fotografía. Vamos entretenidos. Callados. Contemplando el paisaje. Es un día fresco y despejado. Avanzamos hacia el norte, dirigiéndonos a Vera a través de una noble tierra de buenos campos, de azahar y de olivos, de árboles fuertes en soledad y empresas azulejeras que se anuncian con letras aristocráticas. Me imagino paseando por esos naranjos en floración, hundiendo los pies en la tierra y la nariz en el azahar.

Con la cámara desechable que he comprado en la gasolinera hago una foto. «Seguro que está movida», me dice ella. Seguro. Desde que todas las fotos las hacemos con el móvil, ya no hay recuerdos. Todo va a la basura de la memoria, allí se almacena como en un cementerio nuclear. Nunca serán vistas, nunca ocuparán un marco en la chimenea, nunca habrá copias que repartir entre la familia. Morirán con el teléfono, amontonadas unas sobre otras. Por eso he cogido dos de estas cámaras cuando he ido a llenar el depósito de gasolina. Allí estaban, abandonadas. «Qué raro, ¿cámaras de fotos?», le he dicho a la chica. «Sí, algunos chicos las compran ahora. Están de moda».

—¿La probamos, mamá? Ponte aquí.

—No me saques fotos, que no salgo bien. Háztelas tú, yo no quiero verme.

—Pero si es para verte luego yo.

—¿Luego cuándo es?

No respondo a esa pregunta, y ella sigue.

—Mejor que me imagines así. O cuando era joven.

—Yo no te conocí de joven, mamá.

—... De las que estoy en blanco y negro en las fiestas, con mis amigas, en la verbena. Esa soy yo.

—¿Ahora no eres tú?

—Verás si eres tú a mi edad.

Disparo la foto sin que se dé cuenta.

Las fotografías de las que habla no tienen contexto para mí, solo dudas. Desconozco quiénes son, dónde están, qué hacían, son solamente instantes paralizados en el tiempo, capturados por no sé quién que en este viaje debo de alguna manera descifrar. Tras el disparo, qué pasa. Qué pasó. Qué se dijeron. ¿Tomaron algo fresco o siguieron cada uno para su casa? ¿Qué tiene de verdad una fotografía?

Recuerdo esa en la que mamá está apoyada en un árbol, con la raya del ojo bien pintada con *eyeliner*, pelo ligeramente cardado y jersey de manga francesa que deja a la vista unas preciosas muñecas y un reloj de pulsera tan pequeño que no se distingue la esfera. ¿Quién se lo regaló? ¿Un chico o su padre? ¿O ella, con el trabajo de la costura? ¿Dónde está ese árbol? ¿Marcó un corazón con otro nombre? ¿Ha regresado alguna vez a ese lugar de blanco y negro?

—¡Sonríe!

Hago clic.

—Seguro que salgo con los ojos cerrados.

—No lo sé. Habrá que esperar al revelado.

—La perra saldrá bien. Los animales siempre salen bien en las fotos, ¿no te has dado cuenta?

—Tú también sales bien, mamá.

—Venga. Vámonos. La perra ya ha hecho de todo. Está anocheciendo.

La gasolinera está a la entrada de un pueblo pequeño que ocupa la ladera de la montaña; parece bonito, no se oyen ruidos y el viento silba canciones. Preguntamos a un viejo que camina con un bastón y que ha parado al ver la autocaravana. Bajo la ventanilla y lo saludamos.

—Disculpe, señor, buenas tardes. ¿Hay alguna tienda abierta? ¿Algún ultramarinos?

El hombre observa con curiosidad; no a nosotros, sino al vehículo. Lo repasa con la mirada sin recelo, con un respeto callado. En los dos segundos que tarda en contestar, puede haberse imaginado al volante de un automóvil así, recorriendo el país entero, u otras tierras que nunca ha tenido oportunidad de conocer. O puede haber recordado los viajes que sí ha hecho, el mundo que llegó a descubrir cuando no tenía que apoyarse en un bastón y caminar con paso lento.

—El de Encarna. Es su casa. Seguro que tendrá la puerta abierta. Suba esta calle, recto. La verán, es en la misma plaza. A la derecha.

—Muchas gracias. Y buenas noches.

El hombre asiente con la cabeza. Al arrancar y mirar por el retrovisor, veo que ya ha retomado el paso. Puede que dos segundos hayan sido suficientes para soñar. O puede que las ensoñaciones en las que el bastón se convierte en una palanca de cambios se alarguen hasta que llegue la noche.

Encarna tiene todo lo necesario para llenar la pequeña despensa y la nevera: leche, embutidos, queso, una botella de vino, sobrasada, café, azúcar, latas de atún, pan y un rollo de papel de cocina que nos servirá para todo. Compro también jabón y algunos productos de limpieza.

—Compra chocolate.

—... Y dos tabletas de chocolate.

—¿Es su madre?

—Sí. Mi madre. Vamos de viaje.

—¿Se puede saber adónde? Por aquí hay pocos hoteles.

—Ya, no nos importa. Vamos con la casa incorporada, podría decirse que la llevamos a cuestas.

—*Hippies.* Los *hippies* también llevaban la casa a cuestas.

—Y los caracoles —responde mi madre desde la ventanilla—. Somos caracoles.

—Buenas noches, señora. Que vaya bien.

—Mi hermano me lleva de viaje.

—¿Es su hermana? —La mujer me mira desconcertada.

Niego discretamente para que mamá no me vea.

—No me meto en nada. Perdone. A mí no me importa. Cuídense. Y tengan buen viaje.

—¡Buenas noches, caracoles! —grita mi madre, subiendo la ventanilla.

Cuando ha cerrado, se queda en silencio.

—¿Y mamá? —pregunta mirándome fijamente con los ojos húmedos—. ¿Dónde está?

—Nos espera al final del viaje. Ella ha llegado ya.

VEINTISIETE

Mi madre me habla, desde la silla de *camping* que he desplegado en un área de estacionamiento gratuita, de una película, *Las campanas de Santa María,* con Ingrid Bergman como protagonista. Está con los ojos cerrados porque le molesta el sol. Tiene las manos apoyadas una sobre otra y, de vez en cuando, da vueltas al anillo de la abuela. Un sello al que, al reformarlo en la joyería, cambiaron por error las iniciales. ¿O no?, pienso. Tal vez la abuela quería que llevara las suyas, para recordarla eternamente, y se lo dijo al joyero. «Ponle a mi hija mis letras, como si fuera una confusión». Así regresó el sello de oro, con otras iniciales. Dice Javier Marías que los muertos, a falta de un lugar más confortable, se quedan en la cabeza de los seres queridos. Pero a lo mejor eligen los dedos, porque así rezan con nosotros, comen, se lavan, acarician al perro o se secan las lágrimas. Los muertos se quedan en los dedos, estoy seguro. La abuela lo hizo.

Empezamos a hablar, cada uno en su silla de playa, frente a frente, para no perdernos lo importante de la conversación: los gestos.

—Qué guapa, la Ingrid Bergman.

—No le pongo cara, ahora —le confieso.

—Pues bien guapa que era.

—¿Te peinabas como ella?

—Un poco lo que se llevaba.

—Pero le pedías a la peluquera que te hiciera ese pelo de actriz.

—Yo no tenía esa tontería. Eso lo hacía la Trinidad, que tenía un ojo imposible.

—¿Cómo es eso?

—Un ojo que se le iba. Y era muy difícil mirarla. Así que lo mejor era ir de ganchete por la calle, para no mirarnos.

—Siempre de frente.

—Calle arriba, calle abajo. Yo creo que podía controlar los escaparates y también a los chicos que pasaban por mi lado.

—Como los camaleones —le digo.

—Pues eso, no quiero criticarla. Que hablar de los muertos es feo.

Lo dice con el anillo de la abuela en la punta de los dedos, como si una hablara por la otra. Le digo que me gustaría ver aquellas películas que ella disfrutó cuando se estrenaron, en aquella época, «en su momento», matizo para explicarme. Y me responde con su ramalazo mordaz: «Haber nacido antes».

La carcajada despierta a la perrilla, que hasta ese instante estaba a la sombra de la rueda, y se pone a ladrar hacia todos lados como si viera un fantasma.

—Pequeña, ven aquí, no pasa nada, veeen —la llamo a mi lado—. No hay nadie más, estamos nosotros. Pequeña, ¿qué ves?

Miro en su dirección, no hay duda de que algo la tiene sofocada. «¿La abuela?», pregunto en voz baja. No se puede ver a quien no quiere ser visto. «¿Mi hermano?». El ladrido pierde intensidad y me siento ridículo con la pregunta en la boca frente a una perra vieja que me mira ambigua, en esa nebulosa de los animales que se hace inescrutable. Mamá no se inmuta, ni me escucha, ni siquiera se alarma ante los ladridos que parecen una sede de la casa o caravana de los espíritus; ella, tranquila como un horizonte de árboles bien podados, está narrando el argumento de la película, y cuando acaba explica la situación de aquellos años en los que yo no estaba porque «nací después».

—No me gustaba que las chicas no pagáramos en el baile —dice de pronto—. Ellos sí. Eso es machismo. Pero me doy cuenta ahora. Nos juntábamos las amigas y nos íbamos a la pista, a escuchar a la orquesta desde las mesas. Si surgía, nos sacaba alguno a bailar. Nunca me puse tacones, la Teresín sí, y se los quitaba bajo la mesa a patadas. Me compré unos en Gutiérrez, en Valencia, para la boda de María Elisa Maldonado, la rubia alta de la calle Escalera. Negros, de charol y piel, y un traje verde manzana bonito bonito bonito. Precioso —precisa, abriendo los ojos mucho en medio del monólogo—. Me lo hicieron en una tienda de Valencia. Me lo puse con un jersey fino color rosa palo. Alguna foto debe haber por ahí...

—No se verán los colores.

—Pero yo los recuerdo.

—Tienes razón.

El recuerdo tiene color. Qué obviedad.

—¿Tienes crema de manos? Las tengo secas. Mira a ver si hemos traído. Esta casa no sé yo si tendrá espacio para todo. No la entiendo.

—Es una autocaravana, nos llevará hasta donde tú querías. Y no tenemos prisa, así vamos parando donde nos dé la gana.

—No he tenido prisa nunca. Ahora, menos.

Se queda con los ojos cerrados al sol, las sombras marcan sus arrugas profundas, y disimulan sus heridas con la luz cegadora. La miro desde el primer escalón, parece feliz. Tranquila, mejor. Está relajada. La perra, afortunadamente, también. No hay fantasmas. Esta me mira de reojo, con aire confidencial, hermética y sibilina, mueve el rabo y roza los tobillos de mamá hasta avivarla.

—Toma, la crema de manos.

Se la extiende con la delicadeza de Ingrid Bergman en *Secretos de una esposa.*

—Esta es buena, se absorbe bien. La abuela se ponía mucha de Nivea, y tenía las manos preciosas, cuidadas, siempre con las uñas nácar. ¿Recuerdas? A mí me decía que no me cuidaba ni me pintaba, que todas mis amigas eran más feas, pero como se arreglaban... Qué manía. Es que a mí no me ha gustado nunca maquillarme, ¿cuándo me has visto tú pintada? Nunca. Bueno —salta—, una vez. La tía Anita me pintó en Alicante para no sé qué boda y yo parecía una mona de circo. No gesticulaba por si acaso. Entré al baño, me lavé la cara y nos fuimos a la ceremonia. Pero ¿sabes qué te digo? A lo mejor ahora... me da por pintarme.

—Si quieres, compro maquillaje en el próximo pueblo.

—A la vejez. Anda.

—Pero si dices que ahora te puede dar...

—Las viejas pintadas son payasos. Yo no quiero ser una de las que se burlan.

—Pero si quieren ir así... Si son felices...

—Ni felices, ni felizas. Las viejas pintadas somos como los cuadros del museo, esos que están cuarteados para el restaurador. Un horror. Se ven las grietas entre los colores.

—Pero eso es historia. Un cuadro viejo es hermoso y... valioso.

—Que no te digan tonterías. A las viejas no nos exponen. Tráeme café con leche.

—No deberías pensar así. La vejez es inevitable, yo quiero ser también mayor.

—Lo ves. Evitas la palabra «viejo». No la dices.

—Vale, pues quiero ser viejo.

—Viejo es viejo. No lo adornes. Los viejos solo tenemos pasado. Y mejor no recordarlo, porque te deprimes.

—Mamá, ya lo viviste.

—Pero no lo viviré de nuevo. Déjate de milongas. No-lo-viviré-de-nuevo.

Me subo a la autocaravana para preparar un café con leche y la dejo excitada en la silla de rayas, hablando sola. Da vueltas al anillo y mastica algo invisible, mueve la dentadura y se atusa el pantalón de chándal. «Hay hormigas», me dice sin girarse, con su voz poderosa y bella, a modo informativo, para que lo sepa.

—Verás la perra —contesto desde el interior—. ¿Te acuerdas de cuando se comió una avispa?

—Casi se muere. La boca hinchada. —Estira la mano y la perra acerca su pata—. Pobre. Bonita, ven aquí.

La niña se acerca con andares de pereza. A la orden de amor, amor ofrece. Se quedan las dos, como un cuadro, llenas de grietas. El sol descansando, y la noche, anunciando que será una pausa tranquila. Un hilván entre día y día. Y, al mirarlas, redescubro su belleza efímera.

VEINTIOCHO

—He soñado con Ingrid Bergman —me dice al despertar.

—Entonces ha sido un bonito sueño —le contesto.

Le doy un beso. Y pone la cara.

—Ingrid estaba aquí también, en la autocaravana, le prestaba las zapatillas para salir a mear. Decía que aquí dentro no quería, que se quedaría el olor, que prefería orinar fuera. Yo le dije que no eran horas, que vete a saber la noche que hacía; pero Ingrid salió con mis zapatillas. Y ahora...

—Qué pasa, mamá.

—Pues que no las encuentro. Y como ella no está, lo mismo las ha perdido por ahí afuera. Eran las nuevas que me compraste para el viaje y, aunque resbalaba la suela, eran de paño bueno y abrigaban. Mira a ver dónde está Ingrid, que no quiero perderlas. Lo mismo ni se ha dado cuenta de que son las mías. Ahora no voy a calzarme con zapatos, voy más cómoda con mis zapatillas.

—Ahora la busco y se las pido. No se habrá dado cuenta de que se las has prestado.

—Es buena mujer. Me cae bien desde que la vi en la película. Ella dice que le recuerdas mucho a su hijo.

—¿Yo, al hijo de Ingrid?

—Sí, tú.

No tengo internet para buscar la cara, me miro en el

espejo del aseo. Si soy como él, tendrá ojeras, barba sin arreglar y cansancio. Me arrastro por el interior estrecho como un alacrán, en busca de las zapatillas.

—Robertino.

No sé quién es Robertino.

—¿Sabes que querían llamarte Roberto? —salta mi madre con una pregunta que nadie esperaba—. Pero yo dije que no, que Roberto no te bautizaba.

—Y tú, ¿cómo querías llamarme?

—No lo sé. Como entonces no se sabía si era hijo o hija lo que llevaba en las entrañas, pues no lo pensé. Tampoco me dio tiempo. Cuando me enteré de que estaba embarazada, ya iba de tres meses; imaginé que con el hambre se me había ido la regla. ¿Tu nombre? Estaba yo para pensar en nombres... Pero no me habrían dejado ponerle el mío a la niña, con lo bonito que es mi nombre, ¿verdad? Aurora.

—Sí, mamá.

—No me dejaban nada. Ni tu padre ni sus hermanas. Me dan miedo los tacones desde entonces.

—¿Por qué?

—Siempre iban calzadas con tacones. Tacones altos para ser más altas. O para parecerlo. Eran muy antipáticas. No solo conmigo, eh. Con todos. Se creían las Kennedy. Y no eran nadie, solo unas orgullosas, envidiosas y presuntuosas con más maldad que tacón. Y eso era difícil. Presumían mucho de abolengo... ¡Ridículas! Pero si eran pobres como nosotras... Pobres como ratas.

Hay un silencio.

—Ratas con tacones malos —zanja.

Me río inevitablemente al escucharla, porque imagino a los roedores calzados mordisqueando pan seco que huele a queso. Es lo que murmura. «Fanfarronas de medio pelo...».

Sigue hablando sola mientras la miro.

Entonces levanta la cara y regresa a aquella casa grande con jardín, rosales y mujeres en tacones.

—La madre conocía todos los chismes y no salía de casa. ¿Cómo se enteraba? Pues por ellas. Le subían las habladurías para entretenerla, como quien distrae a la abeja reina. Qué malas eran. Las cuñadas más diabólicas del mundo. Si no cambiamos de casa, me muero. Por cierto —para en seco y la cara muta en preocupación—, ¿no nos habremos dejado alguna luz encendida? Es que ahora no sé si apagué la nevera o no. La tenía que haber dejado abierta, cuando regresemos apestará y no habrá quien saque ese olor. Una nevera cerrada es como un perro mojado, es olor a pobre. ¿Tú lo recuerdas?, ¿recuerdas si la apagamos? ¿A quién llamamos?

—Luego llamo a la vecina, y así te quedas tranquila.

—No deberíamos haber salido de viaje. Qué necesidad, con la edad que tengo. A la vejez...

—Vida.

—Ni vida ni vido. A la vejez, viruelas.

—¿No tienes frío, mamá? —pregunto para despistarla. Basta con volver a la normalidad para que se aferre a lo que siente en la piel.

—Abrígate. ¿Y las zapatillas?, ¿las encontraste? ¿A quién se las he dejado?

—A Ingrid Bergman.

—¡A Ingrid Bergman! No me trates como si estuviera tonta.

—Perdona. Era una broma. Me estaba acordando de una película que vi de ella.

—¿Sabes que te pareces a su hijo?

VEINTINUEVE

El viento hoy sopla con la fuerza de un huracán y nos quedamos dentro de la autocaravana, que se mueve como la cuna que me balanceaba de niño.

Mañana será el sorteo de la lotería de Navidad y el invierno ha llegado hoy como un invitado principal. Enciendo la cocina y pongo leche a calentar en un cazo, como entonces, como cuando se salía y se desbordaba la nata en los fogones. No hay microondas. El olor de la canela inunda el espacio de la nave espacial en la que vivimos. Una nave vieja y algo destartalada que nuestras pertenencias más íntimas han convertido en hogar. Una casa sobre ruedas que tiene como objetivo unirnos en este viaje en busca de un hermano que tal vez exista y tal vez no.

La miro, aprovechando que tiene la vista fija en la ventana, más allá del cristal. Y me ahoga ese silencio en el que nada. Nada.

«¿Mamá?», suelto como una campanilla para despertarla. «¿Qué?», responde sobresaltada. El diálogo se desliza como por la superficie de un río manso. Has dormido bien, yo no mucho, ¿y tú? Creo que hacía frío. ¿Te has abrigado? Ponte algo. Yo debo de estar enferma. No me siento las manos. A ver. Déjame ver. ¿Nieva? No creo. Será aguanieve.

Las palabras se enredan en cadeneta, una tras otra, como una puntilla de ganchillo; palabras sin sentido, sin más fin que comunicarnos y desovillar la madeja. Primero hierve la leche, después el café. Y en esa placidez de madre e hijo a esas horas, nos vamos quedando callados, recostados frente a frente, ella entre dos almohadones, como un sillón improvisado, y yo, recostado con un libro de John Boyne.

—¿Qué lees?

—*La casa del propósito especial.*

—¿Ese lo he leído yo?

—No. No creo.

—Yo me acuerdo de *Matar a un ruiseñor*. Me lo regalaron los primos de mi padre. ¿Lo guardas? Seguro que lo tienes en algún sitio. ¡Era una chiquilla, debieron regalarme *cenicientas*! Recuerdo aquel lugar, todo lleno de libros y, al fondo, la imprenta. Tenían un patio y había mucha luz, allí estaban las bobinas de papel. El tío Remigio atendía. Y solo se le ocurre al buen hombre regalarme aquel drama. El libro más duro que debía de tener en los estantes acabó en las manos de una niña debilucha. Así me fue.

—No creo que los libros dirijan una vida. Será al revés. Según la vida, así elegimos el libro.

Ignora lo que digo y tuerce la boca.

—Yo tenía muchos libros —arranca a decir—, pero debí de prestarlos. Los perderían en el campo las vecinas, como a Blancanieves. ¿Sabes que la madrastra de Cenicienta le cortaba los dedos a su hija para que entrara en el zapatito de pie de loto? Me lo contó la mujer del tío Remigio, que se casó con él cuando enviudó. A Genoveva de Brabante le arrancaban los ojos, ¿sabes? Pero no eran sus ojos, eran del ciervo. Y a la Bella Durmiente no la besa un príncipe, la viola un viejo. Y tiene gemelos.

—Qué espanto, mamá.

—Pues los asesinan, los trocean, los cocinan y los sirven en el banquete real.

—Pero qué infancia, con la tía contándote eso.

Levanta los hombros. Le da absolutamente igual.

Fuera, suena el viento, algo golpea en la pared de nuestra casa.

Abro la puerta y salgo a comprobar.

La calle donde hemos aparcado está fría como el demonio, corren papeles y sale el humo de las chimeneas. Huele a leña, dos contraventanas en la fachada de enfrente golpean en el marco, y en la pared, caen desconchones de cal a la acera. Las hojas hacen chirriar las bisagras como si fueran a romperse. Doy la vuelta a la autocaravana, en una especie de reconocimiento militar, y miro bien en busca del ruido que nos alerta. Las ruedas, los retrovisores, la parte trasera...

Ahí está el golpeteo.

Uno de los cintos con los que amarro la silla de ruedas en la parte trasera está bailando. La hebilla hace de campana en el metal. Dong, dong, dong. Pero la silla se mantiene firme con la otra cuerda. Amarrada como si nunca fuera a usarse, y bien visible para demostrar su condición de imprescindible en este viaje. El mecánico del taller lo dejó todo bien preparado cuando expresé mis dudas por que dentro no hubiese espacio para guardar la silla. «Hay quienes llevan a la intemperie sus bicicletas, y créeme que han invertido en ellas mucho más». No le dije que la bicicleta podía ser una pasión para cualquier persona, pero que esa silla era un sostén para una madre a la que cada vez le costaba más moverse. Una manera de no rendirse a la inmovilidad perpetua de un sofá, de una cama, de un féretro.

—¿Pasa algo? ¿Hay alguien ahí fuera? No me asustes...

—¡No! —grito desde el exterior, para hacerme oír—. Ya está solucionado. ¡Entro ahora mismo!

El broche no hace corchete, no se ajusta bien y me cuesta que la pieza haga de macho en la hembrilla. Al final, acabo por hacer un nudo con la cinta en las ruedas de la silla.

—¿Qué era? —insiste cuando entro—. Estamos tan solos que cualquier ruido me asusta. Empieza a darme miedo esto de estar encerrados aquí. Aunque, a decir verdad, quién va a venir.

—Es una zona segura. Un pueblo sin más. Tranquila, mamá.

—Seguro en la vida no hay nada. Mira las hermanas de Cenicienta, con los dedos amputados. O mira la perra, está atenta otra vez, igualita que el otro día, mira hacia algún lugar y me pone nerviosa. Como si viera fantasmas.

—Está deseando salir.

—Pues sácala. Que mee, no vaya a calarse. Y si son fantasmas, que les orine encima.

—Mamááá.

—Cierra bien.

TREINTA

Desde ayer mamá respira mal y tengo miedo a no llegar a destino, ese lugar del que salió hace muchos años y al que necesitamos regresar: Vera de Bidasoa.

Miro por la ventanilla.

Acabamos de despertar. Ella sigue con los ojos cerrados, tosiendo fuerte, con la mano en el pecho, sujetándose el corazón. Los médicos han dicho que tiene el corazón muy grande.

INFORME CLÍNICO DE ALTA

Antecedentes personales: Mujer de 85 años

No reacciones alérgicas medicamentosas conocidas. No hábitos tóxicos. Hipertensión arterial. No diabetes mellitus ni dislipemia. Úlcera gástrica con *H. pylori* positiva. Insuficiencia renal aguda multifactorial, mayoritariamente prerrenal. Anemia normocítica. Probable medicamentosa. Ca basocelular en tratamiento. Soplos valvulares cardíacos. Ventrículo izquierdo: hipertrofia. Aurícula izquierda: de diámetros y superficie aumentados (46 mm, 25 cm2).

Conclusiones: masa redondeada en anillo posterior mitral más llamativa en comisura medial (19 x 24 mm), que podría corresponder con calcificación caseosa de anillo mitral. Esclerosis aórtica.

Síndrome depresivo.

Osteoporosis severa con fractura vertebral asociada.

Si aumento de fatiga o edemas en miembros inferiores, acudir a urgencias.

Situación sociofuncional: Vive con su hijo.

Calculé que serían ocho o nueve días hasta llegar a la meta para poder disfrutar del recorrido y de la compañía, juntos en este caracol. Tal vez más, con las pausas y las posibles visitas a algún centro de salud para poner oxígeno y broncodilatadores.

Calculo el dolor y los kilómetros.

La paciencia en horas y en silencios.

La vida en segundos.

—La enfermera fue cruel, tenías que ver su saña de niñata consentida.

—Yo vi que te trataba bien, mamá. Con un cuidado exquisito.

—Porque tú no eres al que pinchaba, ni al que le ponían la vía esa que me clavó varias veces. No encontraba la vena, dice que las tengo como culebrillas, que se le salía. Yo sí que me hubiera salido.

—Pero tú siempre has tenido las venas difíciles, mamá.

«Y el carácter», pienso.

—Pero no debería haberme preguntado la edad. Qué manía tienen los batas blancas con decir el año de nacimiento o volver a recalcar mis años en mi cara, como si les engañara, como si estuviera tonta. Y delante de todos. Yo ya sé qué años tengo.

—Pero ella necesita un informe. Necesita apuntar todo para los tratamientos.

—¿Cuántas veces? Llevan el DNI desde que he entrado, basta con mirar el ordenador. Lo pone todo, ahí está todo. No solo radiografías y analíticas. Además..., ¿qué es tercera edad?

—La tuya —contesto seco, ante la tiranía que se avecina.

—Pero yo ya sé que soy vieja, no quiero que me lo recuerden. Tercera edad de qué, ¿hay segunda edad?, ¿primera?

Se calla.

La imito para frenar la riada.

Hay dolores que no los calman las palabras, ni siquiera el silencio, pero prefiero amordazarme.

—No me vuelvas a llevar a ningún médico.

—Vale.

—¿Prometido?

—Prometido, mamá.

Releo el informe de la paciente 3498391.

F. N.:12-Aug-1937
Cardiomegalia, redistribución en campos superiores, con engrosamiento peribroncovascular perihiliar. Signos de insuficiencia cardíaca. Sin otros hallazgos.

Mamá tiene el corazón muy grande.

Ignoro si era una niña a la que el pecho se le salía a borbotones o si es una adulta, de la tercera edad, que ha ido acumulando desdichas, ahogos o ajuares nunca utilizados en su corazón.

Llamo al hospital, pregunto por la doctora Lara. Es una mujer de mi edad, acostumbrada a enfermos y a padres viejos. Sabe qué quiero escuchar.

—Deberías saber que tu madre es una mujer mayor, con una salud delicada, y que cualquier día se irá. Intenta que no se altere. Que nada debilite ese corazón agotado, ni alimentación ni emociones. Y tú tampoco, ¿vale? ¿Llevas toda la medicación? Si está muy nerviosa, dale por la noche la quetiapina. Se calmará. Y tú no tomes café, pasea y, si no, un relajante. Tú debes estar también fuerte, ella lo está. Eso es lo importante.

—¿Cardiomegalia, has dicho?

Pienso en un globo.

Había un niño en la escuela que, con una aguja, los pinchaba. Y estallaban todos en enormes carcajadas para seguirle la corriente. Los chulos siempre han sido así, han contado con el beneplácito de la belleza.

Me entretengo con un mandala mientras la doctora me habla por el auricular, en altavoz.

—Cardiomegalia. El agrandamiento del corazón de tu madre puede deberse a daños en el músculo o a alguna afección que hace que el corazón bombee con más fuerza de lo normal. Sucede con el embarazo, pero tu madre... A veces, el corazón se agranda y se debilita por motivos desconocidos. Pero tiene otro nombre: miocardiopatía idiopática.

Cambio de lapicero. Uno violeta.

—¿Cuánto tiempo puede vivir una persona con un corazón grande?

—Como la cardiomegalia puede ser ocasionada por diversos factores, no es posible determinar el tiempo de vida que tiene la persona afectada.

—Hablo de mi madre.

No me gusta esa frialdad. Quiero que consiga decir «tu madre».

—Dependerá de qué haya ocasionado que el corazón aumente de tamaño, y también de su condición general de salud. ¿La encuentras más o menos bien estos días?

—Está sentada en una silla plegable, mirando el horizonte de la sierra. La he abrigado con una manta de ganchillo que hizo su madre. Bueno, la hicieron las dos. Me la quedaré yo, después. Mi abuela también tenía el corazón grande. Era una maravillosa mujer.

—Entiendo.

¿Qué entiende? No entiende nada.

No sabe que esa mantita de ganchillo de muchos colores fue haciéndose poco a poco, que es una de las pertenencias que con más cariño guardo, porque ha sido tejida por cuatro manos que me acunaron y me alimentaron, me abrigaron cuando hacía frío y me sacaron a pasear con el sol de la primavera. Ese primer sol de azules imposibles.

—Es muy amable —le digo.

Sabe que todos se lo dicen.

Como siempre.

Como tantas veces.

Me pongo en ese momento tras la espalda de mi madre, la abrazo por detrás y se asusta, como si hubiera quien viniera a abrazarla en esta soledad de campo y casas ausentes. Siento palpitar su corazón grande en el mío; solo se consigue si te abrazan así, de espaldas.

Las personas mayores de sesenta y cinco años son mucho más propensas que las más jóvenes a sufrir un ataque cardíaco, o a desarrollar una enfermedad cardíaca coronaria e insuficiencia cardíaca. Las enfermedades cardíacas también son una de las causas principales de discapacidad, limitando la actividad y erosionando la calidad de vida de millones de personas mayores.

El informe habla también de arritmias.

Latidos cardíacos rápidos, lentos o irregulares.

La música también lo es, se compone de notas que van cambiando el tempo.

Grave, muy despacio y pesado.

Larghissimo, muy despacio.

Largo, despacio, amplio.

Larghetto, despacio.

Adagio, lento, con comodidad.

Adagietto, menos despacio.

Andante, pausado.
Andantino, menos pausado.
Moderato, con moderación.
Allegretto, animado.
Allegro, animado, aprisa.
Vivace, vivo.
Vivacissimo, más veloz.
Presto, muy rápido, apresurado.
Prestissimo, máxima velocidad.

Debemos ir *rallentando* todo: comidas, paseos, ruta y vida. Sosteniendo la música que tenemos, y evitando apagar el sonido. *Non troppo.* Poco a poco. *Tempo di Valzer.*

El corazón es muy grande.

Podría comprar una autocaravana más grande, más cómoda, más espaciosa, donde quepamos nosotros, la perra y el corazón. ¿Eso te parecería bien, mamá? No tener que desplegar las almohadas, quitar la mesa y poder tener nuestras camas hechas mientras viajamos. No tropezarnos con la butaca, ni con la cuna de la perra. ¿La podemos buscar en la primera ciudad que tengamos a mano?

Necesito espacio para el corazón.

TREINTA Y UNO

En la radio se oye la cantinela de la lotería nacional: dos locutoras, que parecen afortunadas por el tono de voz, narran los tópicos mientras los niños cantan. Es la primera vez que seguimos el sorteo por la radio; imaginamos las falditas plisadas grises, las medias rojas, las pajaritas, el ir y venir de izquierda a derecha, los señores viejos tras los bombos, vigilantes. Las manitas cruzadas cuando esperan a que giren los números tras finalizar otro alambre. Nada varía. Solo parece cambiar la vida de algunos que, de vez en cuando, gritan con estallido de botellas de cava en la conexión con los reporteros.

En la papelería del pueblo de nombre desconocido compro un mapa de España para dibujar una ruta hasta el norte, trazo una línea en zigzag que alargará el trayecto para disfrutar del primer viaje que hacemos juntos así, de esta manera tan extraña e ilusionante.

No necesitamos nada más, le digo al de la tienda. Me ofrece unos rotuladores fluorescentes para ir marcando en el mapa. Los acepto. Intuyo que soy el único que ha hecho esa compra desde que abrió el negocio: un mapa. Sé que al desplegarlo ya no podré volver a doblarlo; forma parte de la vida, cuando uno viene, se queda, con los pliegues que haya descubierto, y poco a poco esos fuelles se irán convirtiendo en arrugas, desgarros y rotos. Hasta que, al final, ese país serán varios países con carreteras conectadas.

Le pido celo.

Mientras, mamá espera somnolienta en la terraza de una cafetería en la que tienen puesto el sorteo. Está pegada a la estufa de butano que han conectado para ella. El gas la tiene sedada y el calor, cuajada. La bolsita de poleo menta flota rota en hojillas sobre la laguna de la taza, en cualquier momento el cadáver ascenderá a la superficie y llamaremos a la policía. Por ahora, sin que se dé cuenta, pido otro poleo caliente y la camarera —parece también dueña del bar— me lo sirve.

—No hay problema —me asegura.

—Le pagaré los dos —insisto.

—Deje, deje. La abuela está tan quietecita en la silla que he pensado que era mejor no despertarla.

—Es mi madre.

—¿Qué edad tiene?

—Ochenta y cinco. Pero, si despierta, no se lo pregunte —bromeo en una extraña confianza con la camarera—. Detesta que le digan lo bien que está para la edad que tiene.

—Pues yo no la veo mal.

—Pero ella no soporta verse mayor. Y menos que se lo digan. La edad no existe, dice siempre.

—¿Viajan solos?

—Sí. Bueno, con la perra.

—Ya la he visto, qué bonita. Le he puesto un cacharrito con agua. Aquí los perros beben en los charcos, pero me da que el suyo no es de los que van sueltos.

—No, no, jamás. Al anterior lo atropellaron, y esta viejecilla no va suelta más que en casa, ¿eh, pequeña?

Es maravilloso ese instante en el que la perra mira a dos personas que hablan de ella. Se lame la pata y vuelve a apoyarse en los pies de mamá.

—Mire, parece que se está despertando.

—Dígame cuánto es.

—Ya ve, no es nada. Enseguida se acaba la calma. En cuanto salga el Gordo, vendrán los de las fiestas y me harán gasto. Déjeme que les invite. Me parece hermosa la imagen de los dos, madre e hijo de viaje. ¿No tiene hermanos?

—No lo sé.

La señora me mira asombrada, como si un pájaro se hubiese estrellado contra el escaparate donde hay calamares pintados que parecen pulseras.

—¿No lo sabe? ¿Cómo es eso?

—Por eso viajamos. En busca de la respuesta.

—Ah.

No sabe qué decir. Yo tampoco. El silencio es incómodo y revelador. En misa, ese intervalo servía para el sosiego de pensamientos, para que el ruido bajara, para viajar por dentro hacia algún lugar. La abuela y yo nos escuchábamos la respiración, incluso el roce de las medias o los huesos del oído al tragar saliva. Las elipsis eran saludables, también en la siesta. Reducir una duda al silencio era bueno.

—¿Y adónde van? —suelta de pronto, mientras pasa el paño mojado por la mesa.

—Hasta Vera de Bidasoa. Allí vivió durante un tiempo mi madre, y seguramente alguien sabrá decirme algo que yo no sepa.

—¿Ella no le cuenta?

—Tiene demencia —respondo en voz baja, casi inaudibles las últimas sílabas—. Y a veces... se despista, pero cuando está lúcida es una mujer maravillosa. Como siempre lo ha sido.

Los dos nos quedamos mirándola. Es en ese momento cuando se despierta y, ajena a nosotros dos, coge la cucharilla y remueve el agua del poleo menta.

—¡El Gordo! ¡¡El Gordo!!

Un hombre avisa desde el interior, asomado a la barra

como si avistara tierra por fin, grita el número que ha salido en la novena tabla. Son las 13:13 horas.

—¿Dónde ha caído? —pregunta la mujer.

—Repartido por el norte. Han dicho muchas ciudades. Desde Coruña hasta Irún. Sí que ha tardado en salir este año, madre mía.

—¿En qué termina?

—En cero.

Tenía razón, todo se llena de pronto de bulla; los de las fiestas, una asociación, llegan y colapsan el interior y la terraza del bar.

Dejo unas monedas y salimos discretamente a la calle hacia la iglesia. Las puertas están abiertas, y desde dentro se intuye un belén pobremente iluminado que tiene movimiento y música de villancicos antiguos. Le doy la vuelta a la silla y salvamos el escalón para poder entrar. Dentro nos paseamos en la penumbra de los templos que mantienen esa media luz ofrecida por las vidrieras altas, por las que el sol se cuela en diagonal hasta la cara exacta de santa Rita. Se oye el bisbiseo de alguna confesión en la capilla, y el agua del río del pesebre cae en una poza que devuelve un molinillo hasta el nacimiento. Es el ciclo de la vida. Mientras mamá reza frente a un Niño que duplica en tamaño a María y a José, yo pido traducciones y salud. La cara de la santa parece moverse gracias al juego de los rayos del sol que, templado, entra y nos bendice.

—¿Se ha movido?

—¿Quién, mamá?

—No sé. Alguien se ha movido.

—Estamos solos.

El sol deja de iluminar a santa Rita y da paso a un cuadro en relieve del vía crucis que cuelga de una columna de piedra: IV Estación, Jesús encuentra a María, su Santísima Madre.

TREINTA Y DOS

Mamá detesta la Navidad, dice que yo he heredado el espíritu navideño de la abuela Carmela, que siempre adornaba con piñas pintadas la mesa del salón. Después encendía la misma vela roja gastada de todos los años que, incomprensiblemente, jamás se consumía. A ella he salido yo, asegura, bajando el volumen de la radio que emite villancicos en inglés. «No los entiendo».

La cena me la proporciona la dueña del bar que hemos encontrado abierto en un pueblo de la ruta marcada en el mapa: unos huevos rellenos que había hecho para su familia, dos filetes a la plancha y dos longanizas. Me pone algo de mojama en unas servilletas y varios trocitos de queso. No tiene nada más. «Este pueblo cocina en casa, mucho más en noches como esta». Mientras mete todo en una bolsa, «también estos dos flanes», yo termino de colocarle las sillas sobre las mesas para que, como me ha dicho, pueda «pasar el *fregasuelos* cómodamente».

—Póngame una caña, mientras.

—Y yo acabo de fregar. Mi familia me está esperando.

—Me la bebo de un trago.

—No te preocupes. Me da... ternura verte.

—Bueno, un hombre solo, una cerveza y alguien que lo espera. No es algo raro.

—Pero bueno, ese alguien es tu madre. Ojalá mi hijo me llevara de viaje.

—Este es el último. No creo que haya muchos más.

—Te dará pena volver a subir después a la autocaravana.

—No lo había pensado.

Pienso en la autocaravana sin la silla de ruedas a la espalda, sin el bolso, sin los medicamentos, sin su olor, sin sus silencios, sin sus idas y venidas por el pasado y el presente. Siento que esa imagen no tiene sentido. No es ya un lienzo inacabado, es una representación absurda. Para qué quiero yo una autocaravana si ella no está, si no hay un camino que recorrer juntos en busca del reencuentro con una historia contada a medias o de un delirio fruto de la enfermedad. Para qué voy a subirme a esta casa con ruedas si no será casa, solo un nido vacío abandonado por la madre. Caigo en la cuenta de que también para mí el primer viaje en autocaravana será el último. Tendré que malvenderla a la vuelta, o dejarla abandonada en una cuneta, como hacen los desalmados con los perros cuando se cansan de ellos. Pero no es probable que me suba de nuevo a ella. Solo tiene un camino que recorrer, y ya hemos empezado a hacerlo.

Al cerrar la puerta, cuando el bar está ya a oscuras, me quedo mirando el pequeño árbol de Navidad que está junto a la ventana. Teníamos uno parecido en casa, alambres forrados de espumillón que se abrían como un paraguas y que había que sobredecorar para que pareciera algo navideño. Los de las películas siempre nos hicieron mirar de reojo al nuestro, pero también esos excesos de abrazos y besos nos pusieron contra las cuerdas en una casa en la que costaba quererse bien.

Me despido de la dueña del bar, deseándole todas las buenas palabras que es obligado decir en estas fechas, a las que ella corresponde con los mismos automatismos. Pero el intercambio es sincero, y tras eso nos desea a mi madre y a mí que encontremos todo lo que hemos ido a buscar. Me doy cuenta de que estoy en desventaja, de que no sé nada crucial sobre su vida, así que me aferro a la esperanza de que su bar y su amabilidad sigan encontrando a mucha gente que emprenda un viaje. Y dando cobijo a todos los parroquianos, por descontado. Ella se despide con una sonrisa, yo con la esperanza de que haber dado con una persona desprendida y generosa sea buen augurio. Eso hace la Navidad conmigo, infundirme un optimismo nada proporcionado. Será que sí he heredado el espíritu navideño de la abuela.

A mamá y a mí nos parece suficiente la cena. El embutido nos recuerda al de siempre. Y ese «siempre» es una fortuna en la estrechez de la autocaravana. Coloreo con vino la gaseosa, suavemente.

—Parece vino rosado —dice mamá al brindar.

—O champán rosé —le respondo—; se lleva mucho ahora.

—Ponme un poquito más. Me sentará bien. ¿Hay bicarbonato para después?

—Hay flanes, mamá.

—Pero, si buscas, habrá bicarbonato en el botiquín.

Efectivamente, en el armarito donde he dejado las medicinas hay un frasco azul.

—Pon la mano y te echo un puñadito. Eres igual que tu hermano, siempre andáis con el bicarbonato.

—¿Nuestro hermano o tu hermano?

La Navidad puede enredarse igual que las hebras de un mantón. Por eso no respondo, sirvo los dos flanes que me ha dado la mujer del bar y apuro mi copa de vino. Sin embargo, lejos de volver al presente, mamá sigue en la confusión del pasado revuelto.

—La abuela me hacía unos camisones tan largos que me enredaba entre las sábanas, y acababa acurrucada como un canelón. Qué gustico. Tú dormías con tu hermano, en la misma cama, los dos llevabais pijama de franela. Qué calenticos. Él era más guapo que tú, pero tú me querías más. Antes.

—¿Ya no te quiero?

—Sí, pero ahora no nos lo decimos.

—Pues... te quiero.

Evito decir «mamá» en ese momento, aunque tengo ganas de abrazarla en esta rara Navidad que puede ser la última. Ella abre la boca con sueño.

—Ahora mismo nos acostamos —reacciono solícito al bostezo—. Pongo un poquito de leche caliente, y así nos quedamos dormidos. Me lavo los dientes. ¿Quieres un vaso de leche?

—Voy al baño este tan estrecho. Si me tiro un pedo, se abre la puerta.

—¡Mamá!

—¿Mamá? —Se queda paralizada en medio de todo—. ¿Está mamá? ¿Ha vuelto mamá?

La mirada está vacía y al mismo tiempo llena de espumillón, de nieve, de zapatitos de charol y de paja recogida del corral en los pesebres. Los zapatos son merceditas, y el abrigo, granate, a juego con los leotardos, el pelo, recogido en trenzas tensas, anudadas con lazos de terciopelo. La niña madre me mira como una chiquilla que espera algo que no se atreve a pedir, que duda un largo rato, jugueteando con los dedos, y que se responde con un «No sé» entrando al aseo.

Cuando sale, ya tengo los dos bancos convertidos en sendas camas, con una manta de más en cada una. En la televisión canta Raphael y mamá repite todas las estrofas del tamborilero por enésima vez. Yo espero su comentario final, el de siempre, aquel que me lleva contando desde niño, la anécdota de los vecinos yendo a ver la actuación en la misma pantalla, llorando y emocionados con la canción. Pero no. Ya no hay anécdota. Me mira tranquila y se descalza, la ayudo con el pijama y le pongo las pastillas junto al vaso de leche.

—¿Todo esto? —pregunta.

—Sí, mamá, todo sirve para algo —le digo, acercándole las pastillas con el revés de la mano.

—La mamá se ponía gorro de lana para dormir, ¿te acuerdas? Uno que se hizo ella con las madejas sobrantes. Tenía frío en los pies y en la cabeza. Se hacía peúcos, también. Y yo creo que tengo su temperatura. ¿Eso se hereda?

—No lo sé —le respondo.

—Lo que sí debo de tener en casa son algunos peúcos que me hizo. Estarán guardados, todo lo escondes. O lo pierdes.

Pero el caso es que la noche es fría y el radiador no calienta lo suficiente. Me preparo otro vaso de leche y pego las manos a la taza hirviendo.

—Teníamos bolsas de agua, deberíamos haber traído. Yo me la ponía entre las piernas y pasaba la noche tan a gusto. Tu hermano hacía lo mismo. Tú has sido siempre más caluroso.

Es difícil llevarle la contraria en este momento.

Mi madre es ahora mi hermana, o yo soy para ella su hermano, uno más. No soy insensible a la confusión, pero si rompo esa realidad en la que se ha instalado, tranquila, imaginaria y apacible, puede desordenarse. La última vez que preguntó por la abuela, «mi madre», dijo claramente en su ilusión, respondí que hacía ya veinte años de su muerte. Su expresión, estremecida, sigue en mi recuerdo. Empezaron a humedecérsele los ojos, aterrada sin abrir la boca, en un silencio que no conseguía romper porque, para ella, mamá estaba en misa.

Ahora le hablo, le digo que en el próximo pueblo que visitemos compraremos en alguna ferretería bolsas de agua para la cama. No responde, está dormida. Apago la tele, la abrigo, le retiro el pelo de la frente, acaricio a la perra que duerme a sus pies, la perra me lame la mano y miro la hora. Todavía no ha nacido Dios en las iglesias.

A oscuras se está bien, me acurruco con la manta y el profundo silencio parece un cascabel de gato que avisa que fuera está pasando algo: nieva.

Mañana estará todo blanco.

TREINTA Y TRES

En el mapa desplegado sobre la mesa señalo la próxima parada. La Navidad es esto: una carretera blanca, una madre y un hijo de camino a algún lugar que guarda respuestas.

—¿La Mariajosé se volvió a juntar con el marido?

—Sí.

—¿Y tuvieron otra hija?

—Sí.

—¿No tienes ganas de hablar?

—No es eso, mamá. Iba mirando la carretera; está preciosa, deberías disfrutarla. Parece una postal, mira por la ventanilla —sigo diciendo—. Lo de Mariajosé ya me lo has preguntado más veces.

—Bueno, pues lo siento.

—No es eso. Es que... Nada. Da igual.

—La carretera así es peligrosa, tu padre tuvo muchos accidentes por culpa de la carretera. Bueno, eso decía él. Yo creo que era por los bares. No tenía fondo. Era un no parar. Y si paraba, peor.

—¿Peor?

—Nada. ¿Dónde tengo los pendientes de aro? Los que me regaló mamá...

—Estarán en el bote del colacao.

—¿Cómo lo sabes?

—Porque te vi ponerlos ahí.

—Ni que fueras espía. A ver si me estás controlando todo lo que hago o dejo de hacer.

—Bueno, lo que sea, mamá. Ahí estarán. Luego los busco y te los cambias. Ahora voy conduciendo...

—Estos me dejan la oreja negra. Son malos. Me los compraste en una feria de *hippies*.

—Un mercado medieval.

—Son de latón. Te dijeron que eran de plata. De la que caga la vaca. La oreja negra. Y ahora no me puedo poner nada, me han dado alergia.

—Te gustaron entonces.

—¿Cuánto te cobraron?

—No me acuerdo, mamá. Lo que fuera. Te gustaron y punto.

—Abre un poco la ventana —me insiste.

—Hace frío, nos vamos a helar. Mira cómo está todo, nevado.

—Abre.

Acepto.

En ese momento tira los pendientes por la ventanilla. Los veo desaparecer desde el retrovisor: dos puntos negros sobre la capa nívea que en primavera sorprenderán a algún pastor que recorra los caminos hacia Zaragoza. Tal vez tendrá mujer, y esa mujer se sentirá dichosa al ver el regalo inesperado que encontró el marido en el sendero. Eso si las cabras no se los comen antes, camuflados entre la hierba que tapice los campos con florecillas y anís.

En la belleza que crea la nieve, borrándolo todo para volverlo a imaginar, hay algo magnético. Nada es aquello que habías visto, todo parece pintado por talco del que ponían en el pañal, harina sobre la tabla para empezar a amasar. No sucede lo mismo con la memoria. Los árboles olvidan que tienen raíces.

Un día las madres dejan de ser un seguro de vida. Se da la vuelta el contrato y tú lo eres para ellas. ¿Vienes? ¿Me necesitas? Puede que cuando despiertes al día siguiente no esté, ahí comienza la verdadera infelicidad. No habrá más besos por la noche, ni el tacto del brazo, ni los buenos días. La capa de nieve que parecía hermosura se empieza a derretir y todo ahora es barro, deja de ser lindura, infantil y cándida; solo es explícitamente sucia. Se rompe la pureza que embellecía la vida, la realidad está hecha pedazos, como alguna figurita del belén. Rezas en desorden, lo honesto en ese momento es pedir que pase el tiempo lentamente y que, cuando vuelva a nevar, borrando otra capa, se alivie la gangrena de la memoria. La vida amputa. Lo hace poco a poco. Y cuando te das cuenta, eres solo cabeza.

Pero yo siempre he creído que me moriría antes que ella, que vendría una enfermedad que se convertiría en letal. Como un día que me caí por el barranco con la bicicleta y vi a los muertos que se habían caído antes que yo. Pero luego ves que no quieres morirte, que no quieres que se muera nadie. Cuidado con el gas, ¿cerraste la puerta?, dame un Nolotil, mejor dos. Otro día que te agarras a la barandilla para no resbalar.

«¿Quieres que ponga música?», le digo. «No, se está bien», me contesta.

Vale. Seguimos así, callados.

Está en pausa. En un año, la enfermedad ha avanzado de manera implacable. Mi madre se olvidó de apagar la cocina, se quemó el café, la placa crujió como un terremoto. Se abrió el cristal, por ese lugar se coló su memoria. Un día se marchó a comprar y regresó horas después sin nada, lo había olvidado. Los médicos dijeron que había entrado el gusano, ella también lo notó, vio esa oscuridad que, de pronto, desordenaba todo y nublaba la casa y los pensamientos. Se inventó repetir todo en voz alta. Voy a hacer café, voy a hacer las camas, voy a regar las plantas. Y planificaba lo que iba a hacer entre semana, también la película del cine de los viernes. Lo cotidiano empezó a ser nuevo. Y la película no empezaba nunca. ¿Qué me he olvidado ahora? A mí me ofuscó y me enfadé con la vida, pero la sombra cuando llega no se va. Hay estaciones en las que ya no sale el sol nunca más. Lo dijo también el médico.

Vaya acostumbrándose.

Esto es así.

Se irá acelerando.

Entonces pienso en la ladera por la que me caí con la bicicleta y en la que no había forma de parar, golpe a golpe, heridas, la piel de los codos levantada, la sangre. Mamá me curó rasgando el mantel, hizo dos trozos y me vendó los brazos para frenar la sangría.

Dice que me quiere sacando una servilleta nueva, recomendándome que me abrigue para salir de la autocaravana, que me ponga la bufanda, que coja guantes, que traiga pan. Todo eso son «te quiero».

En el desayuno, untamos las rebanadas del pan recién hecho con mantequilla y mermelada de melocotón —«La de fresa no sabe a fresa»—, y poniéndonos tres cucharadas de azúcar, en contra de todos los consejos médicos, en la taza de leche.

—Que sí, que lo sé, mamá, que la abuela tenía la excusa perfecta: el azúcar era un lujo. Pero era 1950.

Salgo a pasear en esta mañana de Navidad con la perrilla hasta la salida del pueblo, donde está el cartel con la barra roja, finiquitándolo. Los árboles me parecen distintos, la hierba y el azul del cielo. Cuando estoy sentado en un muro de piedra, húmedo todavía por la nieve, para un *jeep* a lo lejos de la carretera y tres perros salen hacia el campo. Agarro a la mía para que no corra, para que no lance ni un gruñido. Supongo que va de caza porque lleva la escopeta como un arquero del hombro. Se pierden entre los árboles de lo que pretende ser un bosque. Me pregunto en qué pueblo de España estoy, mi memoria solo retiene anécdotas del pasado y los nombres que va diciendo mi madre como cantinelas de misa. Creo que esta memoria algún día aparecerá, la de hoy, la de este viaje. Miro las montañas, tan imponentes a lo lejos, lo mismo es Albarracín, le digo a la perra. Mientras la acaricio pienso en el trayecto que llevamos recorrido, en los pueblecitos y en los campos que de pronto se han convertido en arboledas cada vez más frondosas. Las casas son otras, castigadas por el frío y las nieves, algunas aparecen aplastadas y desiertas, abatidas por los años, los inviernos, las muertes de los dueños que ya no tienen herederos. Los árboles han recuperado terrenos perdidos, por donde antes habría caminos de ganado. Y un disparo a lo lejos me habla de la caza. Con eso vuelve el miedo a mis pies y a las patitas de la vieja perra. «Volvamos», le digo. Atravesamos un puente de hierro oxidado bastante alto que no recuerdo haber pasado, con un arco como un sombrero de copa, y un poco después un puente de piedra que tiene forma de S, y después, el pueblo. No puedo creer que los caminos de vuelta me parezcan tan distintos a los de ida. ¿Será así la vida?

Un señor me da los buenos días y me felicita las fiestas y el año nuevo. Todo del tirón. No debe de haber hablado en días, pienso por ese tono de voz hondo que despliega. Así que invito a la perrilla a que juegue con el hombre, que descarga en tierra dos sacos de piñas de los pinos para encender la leña, para que prenda bien, según me explica, y se acuclilla para dejarse besar por la perra, haciéndole todos los cariños. En ese rato hablamos de nada, de banalidades que son rutinas felices y que poco a poco nos llevan hasta la puerta de su casa. La vida es fácil, explicada a un desconocido. No se puede vivir sin esa costumbre, y sin embargo tienes la sensación de cierto exhibicionismo cuando hablas de ti. De manera casi poética, restas anécdotas y resumes orgulloso lo que te trae por el mundo, añades mentiras, refuerzas lo que parece interesarle al otro, entras en salones de la memoria que no recordabas y te dejas llevar por el paseo de las palabras ajenas. Hablar con otro que no sabe nada. Del que no sabes nada.

—Aquí me quedo, si quiere pasar con su madre. Tráigala, el hogar está caliente y estoy preparando una buena sopa de cocido.

Sale a nuestro encuentro la mujer del hombre, que nos mira a la perra y a mí con una curiosidad sincera. No pide saber quién soy, solo se une al diálogo ya iniciado, sin extrañezas, sin recelos. Quizá se deba a que en los últimos días del año todos tenemos el propósito de mostrarnos amables y abiertos, para atraer así la buena suerte de cara al siguiente. O quizá sea cosa de los pueblos, uno de los pocos lugares donde algunas puertas no se cierran con llave, porque todo el mundo es bienvenido.

El hombre insiste en su invitación, pero como rechazo su amable oferta varias veces, es su mujer quien insiste en que me lleve un táper con caldo y unas morcillas de cebolla secas, sobre todo cuando se entera de que en una autocaravana me espera mi madre.

«Gracias», les digo. Se lo digo de corazón.

El hombre lo sabe. La gente de campo tiene un radar para la verdad que no da lugar a la mentira. Y si la hay, es que es necesaria. Santa mentira. Mis manos reciben con un regocijo mudo el calor del recipiente, envuelto en papel de aluminio.

—Seguro que a mi madre le gusta. Yo ya estoy empezando a hacerlo. Gracias por su generosidad, otra vez. Pasen unas felices fiestas.

—Igualmente. Sigan con su camino, supongo que

este de ustedes es como el de Santiago, como los peregrinos.

—Más o menos. Sin albergues ni heridas en los pies.

La perra salta una y otra vez hacia el aroma a tocino y chorizo que desprende el regalo. Saca la lengua con una expresión parecida a una sonrisa cuando me despido de ese matrimonio generoso. Desandamos nuestros pasos por la fina capita de nieve que ya es solo un mantel sucio, ahora es ella quien marca el ritmo, esperanzada con que ese propósito de ser generosos y amables la alcance también a ella, y que de esa manera algo de lo que contiene el recipiente que quema y sigue caliente hasta que llego a la autocaravana vaya a parar a su delicado estómago.

Mamá está dormida. Al principio me asusto, como otras veces, porque creo que ha muerto, pero hay en su gesto una paz que es de sosiego, apacible y equilibrada, con la agitación ligera de la respiración que me da la vida. No quiero pensar en ese día en el que la nieve esté también en su aliento.

—Llevas horas durmiendo —le digo, para despertarla—. Venga, mamá.

—Ay, ¿qué hora es?

—Hora de tomarte este caldo que me han regalado mientras paseaba a la perra.

—¿Ha meado?

—Sí.

—¿Caca?

—Dos veces.

—Y... esto que traes, ¿de quién es? ¿Hay bar abierto?

—De un señor muy amable y de su mujer. Me lo he encontrado a él, estaba recogiendo piñas para el fuego y nos hemos hecho amigos, me ha contado su vida, y supongo que yo a él la mía...

—¿Le has hablado de mí?

—Contarle mi vida es hablar también de ti, mamá.

—Para quejarte, seguro.

Frunce los labios, como un niño pequeño que descubre lo que es la decepción.

—No digas eso. Hemos compartido las cosas buenas, como deben hacer dos desconocidos en la mañana de Navidad. ¿Te acuerdas de cuando hacíamos lo mismo con la abuela por los campos de los Ricote para encender la chimenea?

—Es que son lo mejor. ¿El marido de la Mariajosé no era carpintero?

Asiento.

—Mira, como san José. Acércame los dientes.

TREINTA Y CUATRO

Sobre la mesa extiendo de nuevo el mapa y marco con el rotulador algunos lugares por los que quiero pasar hasta llegar a Vera. Al doblarlo, soy consciente de que ese plano nunca será ya un mapa normal, se va gastando en cada parada, en cada duda. Segorbe, Montanejos, Daroca, La Almunia de Doña Godina, Olite...

Mamá me pide buscar una cabina. «Para qué», le pregunto.

—Para llamar a mi hijo.

En ese momento callo y le digo que ahora mismo salimos a pasear, en busca de un teléfono. Podría sacar el móvil que he comprado para el viaje y hacer todo esto igual de doloroso, pero más rápido. Sin embargo, ella ha pedido una cabina. Una cabina y una llamada a su hijo. Y quién soy yo para negarle ambas, a pesar de que no queden cabinas, a pesar de no saber qué hijo soy. Quién soy yo para ella ahora mismo, esa es la pregunta que me arde en la garganta, y que la abrasará, si hace falta, porque no me atreveré a formularla en voz alta.

Voy callado mientras empujo la silla, ella va abriendo la agenda en la que tiene escritos todos los teléfonos sin orden ni concierto; los ha ido apuntando según aparecieron en su vida. «¿Lo tienes ya?», le pregunto. Asiente sin verbalizar nada.

En la calle principal de Aguaviva hay un bar en el que desayunan dos viejos, damos los buenos días y acerco a mi madre a una mesa. La señora, atenta y todavía dormida, me ofrece lo que tiene para comer. Dos tostadas con tomate, eso pido. Y dos cafés con leche.

—¿Tiene teléfono público?

—Sí, puede usar el nuestro. No hay problema.

Mamá, entonces, se altera.

—¿Puedo llamar ya?

La señora, apañándose el delantal de puntilla blanca, nos acompaña a la parte privada de la barra, allí donde los camareros, supongo, se apoyan para relajarse. Tiene una cestilla con cosas de costura y una caja con botones. Vuelvo a ver a mi abuela en esos gestos. Nos acerca el aparato. Es un góndola de toda la vida, color aguamarina, desgastado y sucio, y con el cable más enredado de lo normal.

Mamá se apresura a abrir la agenda.

Aligera sus manos y se activa, pasando páginas.

—No lo encuentro. No veo de cerca.

—Lo tendrás, no te preocupes.

—Les dejo aquí —nos avisa la señora—, voy a la cocina. No tengan prisa. Están en casa.

Mamá despabila y me pide el auricular, lo dejo colgando para que dé vueltas y pierda algo de la maraña que es la espiral. Cuando para de girar, se lo doy.

—¿Lo tienes?

Asiente.

Veo, entonces, cómo marca los números.

Dos, cinco, cero, uno, uno, seis, tres...

En ese momento da llamada. Nadie lo coge. Yo rompo a llorar. Ella también. Pero cada uno llora por un motivo.

—¿Dónde está mi hijo?

Mamá, por primera vez, no me reconoce en absoluto, me mira como a un camarero.

—¿Me puede dejar sola?

Me aparto sin decir nada, medio metro.

Quiero gritar que estoy aquí, con ella, que la quiero, que no busque, que no tema, que soy yo. Pero no digo nada. Solo disimulo como puedo las lágrimas.

Me mira, molesta.

Me voy hasta el final de la barra. Veo cómo insiste en la llamada, una y otra vez. Le pide ayuda a la señora, y ella marca lo que le dicta mamá, pero no hay señal. «Debe de estar mal», le dice. Cuando la veo buscar con la mirada algún apoyo, perdida como un animal sin su madre, me acerco. Se coge de mi brazo y nos sentamos. Ella guarda su libreta en el bolso, allí donde también lleva su móvil sin batería. Está profundamente abatida, remueve el azúcar con la pena más profunda. No sabe qué decir.

Ni yo tampoco.

—Mi hijo no me coge el teléfono —salta de pronto—. Hace mucho que no hablo con él.

La ficción regresa, sin mirarla a los ojos arranco a hablar como puedo, lo que puedo.

—Seguramente está trabajando. Estará de viaje —justifico—. Ya sabes cómo es. Le gusta viajar...

—A lo mejor está en París.

—¿En París?

—Sí, le gusta mucho. Siempre dice que ha querido vivir ahí. Yo no lo entiendo, porque allí me llevó una vez y hace frío todo el día. Y es gris. Pero a mi hijo le gusta. Un tiempo estuvo viviendo allí, se quedó en una casa prestada, no pagó nada, ¿sabes? Un amigo suyo se la dejó y me enseñó fotos de la ventana, de lo que se veía por la ventana. Era el Sagrado Corazón. Tenía fotos de día, de noche, al amanecer... Tenía muchas. A mí todas me parecían bonitas pero iguales, aunque mi hijo se emocionaba. Tenía otra cara.

—Y... cuando fuiste con él, ¿lo pasaste bien?

—No sabes qué paseos dimos. Mi hijo quería enseñármelo todo, todo, todo... Qué dolor de pies. Estuvimos en un hotel que estaba cerca de donde se mató la princesa inglesa, la del árabe, y nos sentábamos en una cafetería desde la que, en las sillas esas que ponen en la puerta, veías la torre Eiffel. Eso sí me gustaba. Es muy grande. No sabes lo monstruosa que es. Cuando me llevó a verla de cerca, me quedé debajo, mirando hacia arriba; impresionaba tanto hierro, tanta altura...

—¿Subisteis?

—No, dijo que desde arriba no se ve la torre, que daba igual. Tiene razón.

—Entiendo.

—Y caminamos, caminamos mucho. Yo tenía los pies destrozados, se me rompieron las medias, pero no le dije nada, porque él estaba ilusionado. Era como si me mostrara su casa.

—Pero a ti te parecía gris, la ciudad.

—La ciudad es gris, no me lo parecía. Pero él no la veía así. Al final, hasta me terminaba pareciendo más bonita. Bueno, algunas zonas. Pero porque parecía iluminarlas con la devoción con que las miraba. Supongo que habría sido muy feliz viviendo allí.

—Seguramente lo fue, durante ese tiempo.

—Viviendo allí para siempre. Igual tendría que haber hecho eso. Mudarse. A mí me habría partido el corazón. Pero una madre tiene que estar siempre dispuesta a eso, a que su corazón se rompa cuando el hijo se va de casa para no volver. Eso es ser madre. Dejar de serlo cada vez más.

—Pero él no se quedó allí.

—No. Igual tendría que haberlo hecho. Sí, habría sido más feliz. Allí es donde debía estar. Aunque no estuviera su madre. O precisamente por eso. Las madres se hacen mayores, se convierten en una carga y destrozan los futuros de sus hijos. Los futuros en los que ellas mismas han volcado toda su vida.

—Eso no es así. Todos... nos hacemos mayores. Y es justo cuidar de quien siempre cuidó de nosotros.

—Mi hijo habría sido muy feliz viviendo allí. Quizá por eso no llama. Porque no vive allí. Porque no es feliz.

—...

—¿Por qué lloras?

TREINTA Y CINCO

Me había propuesto usar el teléfono solo para lo indispensable. Una llamada a las vecinas de confianza, para confirmar que todo estuviese bien por allí, para garantizarles que todo estaba bien por aquí. Pero las cosas han cambiado radicalmente. La llamada que mi madre no ha podido hacer me ha dejado pensando en aquellas que también anhelo hacer yo. Ojalá los dos pudiéramos escuchar la voz deseada al otro lado.

La madre y el hijo son ahora dos desconocidos. Comemos en silencio. Se cambia de ropa cubriéndose con pudor, esconde las bragas entre el colchón, también las sucias. Me pregunta qué hay para comer en la nevera. Se preocupa por mis gustos. ¿Te gusta el arroz meloso? Puedo hacer una fideuá. A mi hijo le gusta mucho. Voy a descongelar las pechugas de pollo. Si quieres, lo hacemos a la plancha. Eso y una ensalada está bien.

En la siesta, rebusco en su bolso, cojo la libretilla, borro mi número de la agenda y anoto el nuevo número.

Seis, dos, uno, siete, tres, cuatro, cero, uno...

Acabo de morir.

TREINTA Y SEIS

En aquellos días, cuando mamá y yo paseábamos por las calles del pueblo de tienda en tienda, éramos la envidia del resto de las familias. Nadie podía romper esa unión tan hermosa que, sin darse la mano, andaba de un lado a otro con una conexión invisible —tan visible para nosotros—, de casa a la farmacia, de la farmacia al economato, del economato a la pescadería, de la pescadería al pan... Una ruta en la que ambos íbamos compartiendo la normalidad de la rara vida que nos había tocado vivir.

En aquellos días, cuando llegaba el domingo, nos vestíamos con lo más nuevo y más limpio del armario, y nos sentábamos en la bancada trasera de la iglesia, donde pasábamos desapercibidos entre los muy fieles que estaban en las primeras filas y los obligados que ocupaban los bancos centrales. En ocasiones nos entraba la risa, bien porque me quemaba con la cera de las velas o bien porque alguna beata daba cabezadas de sueño. «Mírala, mírala, cómo se duerme», nos decíamos por lo bajini.

En aquellos días, cuando se acercaba mi cumpleaños, mamá me preguntaba mil veces qué quería ese día para comer. Y siempre había pastel de manzana, del que tanto me gustaría ahora volver a catar una porción. O pasteles de boniato que amasábamos en el mármol de la cocina. O calabaza asada. O destapábamos un bote de leche condensada Nutricia, que tenía a una mujer muy parecida a ella en la etiqueta.

En aquellos días, como ahora, cuando se acercaba la Navidad, nos poníamos a pensar en la cena que haríamos para Nochebuena. «Tú te encargas del pica pica y yo hago el plato principal». El cocinero que habitaba en mí de niño había guardado recortes de revistas en las que un poco de sobrasada y algo de miel resultaba un entrante exótico puesto en el horno. Descubrí los dátiles con beicon. Y el queso fundido sobre champiñones. O los sorbetes de limón. Mamá hacía zarzuela de mariscos y perdiz escabechada, y solomillo relleno, y tantas cosas. Poníamos el mantel de las fiestas, uno que sigue guardado en el tercer cajón del aparador, con bordados de los que se enganchan los botones de la camisa. La vajilla de adornos geométricos salía a escena, y los turrones, en los platos de cristal azul que habíamos heredado de la tía Eduvigis.

En aquellos días escribíamos juntos postales para la familia, tarjetas de Ferrándiz en las que yo felicitaba las fiestas con alguna frase ensayada previamente en un papel hasta conseguir buena caligrafía y que mamá iba firmando una tras otra. Esta para la tía Soledad, esta para la Fernanda, esta para la Josefina y su marido, esta para la tía Rosita, esta para tu maestra, ¿esta para quién?

En aquellos días, sin ánimo de ofender a nadie, queríamos ser los más felices del mundo.

Ahora, en días parecidos, solo parecidos, insisto, andamos con los restos de lo que fuimos. En el naufragio de un barco que nos lleva a la deriva.

Mamá se duerme y yo conduzco esta isla que habitamos dos desamparados.

Kilómetros sin prisa, a la velocidad permitida por carreteras secundarias en las que no nos cruzamos con nadie; a veces, un tractor, otras, una motocicleta vieja que conduce un viejo con un hatillo de sarmientos a sus espaldas. El tubo de escape combustiona mal y el anciano va como puede, haciendo equilibrios; me sonríe, y correspondo con otra sonrisa desde el vehículo. No creo que se cruce con muchas autocaravanas, debe de ser el exotismo de la comarca.

La perra ladra. Le asustan las motocicletas.

«Cálmate», le digo.

«Calla», le dice mamá.

Y la perra, poquito a poco, se cuela hasta sus pies, donde una botella de agua baila de lado a lado con las curvas.

—Mira, qué frío —digo, abriendo un poco la ventanilla.

—¡Cierra, que me hielo!

—Es que la perrilla se ha tirado un pedo.

—Querrá hacer caca.

—Pues paramos.

Y en una entrada de un camino rural, donde se distinguen las huellas recientes de algún tractor, estacionamos. Aparco hundiéndome un poco en el labrado y salimos con los abrigos y la bufanda, que vuela desde el cuello en horizontal, como la del personaje de Saint-Exupéry.

> —¿Qué es la soledad? —pregunta el Principito.
>
> —Es un reencuentro consigo mismo y no debe ser motivo de tristeza, es un momento de reflexión.

Allí nos quedamos, mirando el paisaje aragonés de algún lugar del mapa, con la sensación de que cada uno, dentro, tiene una historia que jamás compartiremos. Pero esta, la del viaje a alguna parte, es nuestra. Pongo las sillas plegables unidas, para darnos calor, y el sol frío nos calienta un poco las caras y las manos. Le cojo la izquierda, la de su corazón, y no tarda en retirarla para meter ambas en los bolsillos del abrigo. La miro con una ternura que ella no entiende, porque ya no soy su hijo, soy su hermano.

Un hermano suyo que, curiosamente, tiene mi nombre. El que ella quiso.

Soy algo que no soy: el hijo duplicado.

En ese momento me pregunta por mí; dónde andará, se inquieta. Por qué hace días que no nos llama. Crees que estará enfadado. Lo echo de menos.

A todo le respondo como puedo, fingiendo que no siento dolor, cuando por dentro arde todo un infierno de tristeza.

—Claro que te echa de menos, mamá. Todos los días me pregunta por ti. Dice que te quiere mucho, que tiene ganas de verte y de encontrarte en Vera.

—¿Mi hijo está allí?

—Sí, mamá.

—Pues vámonos, ¿qué hacemos aquí, en medio de la nada?

En eso, recojo y pliego las sillas, la ayudo a subir los escalones de la autocaravana porque titubea, pero la noto fuerte, hay un impulso que la mueve, el que imagina en destino, ese que la hace estar de pronto más decidida. Aun así, se queda enseguida dormida. Es entonces cuando me acuerdo de mi teléfono, el mío de verdad, que duerme entre la ropa interior de la casa que hemos dejado atrás.

TREINTA Y SIETE

Lloré con retraso la pérdida de Amparo. Fue tres meses después de que decidiera irse de casa y dejarme con mi madre. Tenía reunión con un autor francés que lanzaba toda su obra en español, en el hotel de las Letras, el que había elegido seguramente por el nombre. Era el inicio del verano y Madrid tenía ya ese aroma a vacío que se pega al asfalto como los chicles, los autobuses turísticos empezaban a cargar extranjeros con sombrero para el sol, algunos paraguas, las terrazas servían ya helados y los abanicos removían el aire caliente de la ciudad. Decidí esperar dentro del hotel, en la cafetería, para no sudar la camisa que había estrenado.

La vi pasar por delante de la cristalera.

Era ella.

Amparo.

Había jurado a mi mejor amiga que me sentía bien, que la había olvidado y que las últimas semanas de relación habían sido tan virulentas que la nueva soltería me daba oxígeno. «No puedo estar todo el día replicando, aguantando enfados, malas respuestas». Le aseguré que, aunque me la encontrara de nuevo, no sentiría nada, ningún dolor. «El desapego se ha abierto en una brecha insalvable», le expliqué. «Eso lo sabrás cuando la veas», me dijo.

Sucedió así.

No sé si habrá lugar para la culpa en alguna plataforma petrolífera del océano, no sé si habrá espacio para el dolor.

La vi. Pasó con su bolso por la acera del hotel. Llevaba también una bolsa de una tienda cara.

El camarero se llevó el vaso vacío. El perfil de Amparo, la Gran Vía, los coches, el sonido de la cafetera, el nudo en la garganta. «Lo siento», le dije a un cliente que entraba. «*Putain*», respondió. La voz me quebró, era el autor francés y acababa de pisarle un pie con las prisas. Di la vuelta y me justifiqué atropelladamente con una mezcla entre francés y español que poca seguridad le debió de generar como primer encuentro con su traductor. Probé a recuperar mi tono y entré con él en la cafetería, defendiéndome de mi torpeza. Me olvidé así de volver a verla. La cara del escritor, que hasta ese momento se alegraba de su visita a Madrid, cambió. La imagen de Amparo había desaparecido entre la gente de la Gran Vía, y en ese momento sentí que la estupidez humana no tiene límites, que la amaba como el primer día, pero no habíamos sabido, ni ella ni yo, deshacer el desencuentro que habíamos construido en semanas frente a años de relación.

Hubo un tiempo en el que mi vida era ir de su brazo. O ella del mío. No sé quién se cogía de quién.

El francés fijó la mirada en mí por primera vez y acertó.

—¿Desamor?

—¿Cómo lo has adivinado?

—Soy escritor. Reconozco a los personajes.

Guardé silencio un segundo, luego le conté mi historia. Y entonces me eché a llorar, desbordado y sin consuelo, en brazos del autor, en el mostrador de la cafetería. Me sentí ridículo, pero tampoco podía parar; era algo natural, espontáneo y gratuito. Tal vez era la primera vez que alguien me abrazaba de verdad desde que era pequeño. Me separé de él y forcé una sonrisa cínica, de perdedor, me mordí el labio para atajar el llanto. Sentí que debía hablar, descongestionar. Amparo. Mi madre. El enfado. Las faltas de respeto. Los disgustos. Las tiranteces. La enemistad entre una y otra. Mi posición entre las dos. Entonces, el escritor me miró con ternura, la cordialidad que surge entre desconocidos, profunda y cómplice, y pidió lo mismo que estaba tomando yo. «El ser humano es así, débil». Eso me dijo.

«Yo lo soy —le aseveré—. Mucho».

«La vida no es fácil, pero tú al menos la sabes traducir».

Me arreglé la camisa y por fin nos saludamos correctamente. «Perdona por recibirte así». «No, no, perdóname tú por el insulto cuando me has pisado. No sabía que estabas mal». «Nunca lo sabemos». «Por eso hay que ponerse de vez en cuando en los zapatos del otro, o como decimos nosotros, *se mettre dans la peau d'un autre*».

Con el talón en el taburete se descalzó un pie, después el otro; lo imité. Los zapatos cayeron al suelo como en la entrada de una mezquita. Así nos quedamos durante un largo rato, desprovistos de armaduras y complejos. Y en ese momento, una tras otra, en torrente, mezcladas, francas y espontáneas, fueron surgiendo las palabras. Es fácil así desarrollar una conversación de trabajo, porque no lo parece.

La calle, en el reflejo de sus gafas, se veía como siempre, cuajada de gente que no era ella.

TREINTA Y OCHO

Mamá despierta y hablamos sin mirarnos, como en un confesionario donde no hay pecados que declarar.

—¿Te acuerdas de *Cuerpos y almas*? Ese libro debes de tenerlo en tu habitación. ¿Te lo has traído?

—No he traído libros.

—Con lo que me gustaba esa novela...

—En el próximo pueblo, si hay librería, pregunto. Aunque dudo que lo tengan, es muy antiguo. Estará descatalogado. ¿De qué autor es?

—Van der Meersch.

—Qué memoria, mamá.

—No sé cuántas veces lo habré leído, nos lo pasábamos entre las amigas, así gastábamos menos. Era tremendo. A la abuela también le gustó. Lo leyó. El abuelo no, no le gustaba leer; bueno, no creo que le enseñaran. Lo justo para vivir entonces. A lo mejor se quedó en la casa que vendimos; lo tenía en el armario empotrado, donde estaban las telas y las labores de ganchillo.

—Cómo olía ese armarito...

—A cerrado.

—¿Puede ser que oliera a dulces también?

—No sé. A lo mejor. La abuela escondía bombones de frutas que le traían de Zaragoza.

Pausa.

—¿Estamos cerca de Zaragoza?

—Podemos acercarnos, vamos por Aragón, Teruel. Si quieres...

—Pero... ¿adónde vamos?

A vivir un tiempo juntos, mamá. A disfrutarnos en este recorrido lento. A saber qué hay de cierto en el pasado y qué nos queda por descubrir.

Pero no lo digo, cojo la primera salida que anuncia una población cercana y cruzo la localidad que despierta de la siesta. Esta España que duerme, que espera la llegada de un mañana efímero y que ronca los dolores en un sofá de escay. Aquel verde de casa era frío y caliente, a destiempo. Glacial en invierno, pegajoso en verano.

TREINTA Y NUEVE

—

Cuando nos tomamos las uvas, lo hacemos en pijama. Los dos remedos de catres los he arreglado con sábanas nuevas y limpias para despertar en el año nuevo como si la vida empezara otra vez. Mamá se queda un rato en el baño y me pregunta desde dentro si le he dado las pastillas, que no se acuerda.

Al salir, apago la vela que nos acompañó durante las campanadas y enciendo la lamparita de la mesita para quedarme un rato leyendo. Al final, sí encontramos libros en una papelería minúscula, la única del último pueblo que dejamos atrás. Pero no tenían, como me temía, la novela que había venido a la memoria de mamá.

Al verme, se echa a llorar.

—¿Qué te pasa, mamá? ¿Es por la fecha?

Deduzco que vuelve a transitar por los recuerdos de la infancia que siempre se desatan con mala fe en estas fechas, pero no.

Mamá me mira como quien mira a un extraño.

—¿Por qué no me ha llamado mi hijo?

«Tu hijo soy yo» son las cuatro palabras que encierro entre los dientes para no agrandar el dolor.

La confusión durante los últimos días ha sido habitual, y cada vez que intentaba corregirla se asustaba un poco más. Así que amarro mi dolor hasta que la luz está apagada y le digo que, justo cuando estaba en el baño, su hijo ha salido a bailar, que es Nochevieja. Pero no le convence. «No me mientas, no ha cenado con nosotros, desde ayer no viene, ni me llama, ni me dice dónde está», lamenta amargamente.

—No te preocupes... —Susurro «mamá», sin saber si para ella esa palabra tiene ahora mismo sentido—. No tardará en decirte algo. Acuéstate.

Me siento fuera de la autocaravana con el teléfono en el bolsillo, como un arma con la que suicidarme.

¿Lo hago o no?

Tecleo el número de su teléfono.

Mamá tarda un poco en contestar.

—Hijo, ¿dónde estás?, ¿por qué no has llamado?

—Estoy de viaje —respondo en voz baja.

—¿De viaje? No me dijiste nada.

—¿Recuerdas que tenía un viaje de trabajo? Seguramente, tendré que estar unas semanas más sin pasar por casa. ¿Tú cómo estás? ¿Estás bien?

—Voy a echarte de menos.

—Pero... ¿estás bien?

—Bueno, con tu hermano. Dice que me lleva a Vera de Bidasoa, a la casa donde estuve estudiando. ¿Te acuerdas de cuando te hablaba de los talleres y de mi amiga de Guinea? Pues allí. Tardaremos un poco, porque vamos con un trasto muy lento. Él se ha empeñado en ir, a mí me daba igual, pero ya sabes cómo es tu hermano, más débil que tú. No sabes cómo está, me mira como si estuviera enfermo. Anda triste, no sé qué le pasa, pero algo le pasa.

—Tal vez está triste y tienes razón.

—Pero si no tiene motivos... Qué motivos va a tener para estar triste.

—Sus cosas tendrá.

—No sé, no dice nada.

—Te quiero mucho, mamá. Y... él también te quiere. Te quiere mucho.

—Bueno, me alegra haberte escuchado. Dime que me llamarás mañana...

—Mañana te llamaré, mamá.

—Duerme bien.

—Y tú.

Me quedo un largo rato sentado en el escalón de la autocaravana, con los pies helados en la hierba mojada. En el lapso de colgar, fui consciente del frío que me subía por las piernas hasta las tripas, hasta el pecho, los hombros. Estaba aterido, me sentía pequeño, era nada. Solo una voz. Lo sigo siendo.

Al entrar, mamá está plácidamente dormida. La abrigo y le quito el teléfono de la almohada. El fluorescente va apagándose como mi ánimo, hasta que la oscuridad inunda la caja de aluminio que es nuestro hogar. Su respiración es suave, con la paz que, seguramente, le da haber hablado con su hijo.

Quién soy yo en ese otro lado de la cama. Quién.

El hijo duplicado.

Llorar a oscuras es bañarse en la noche, desapareces en la inmensidad de un lugar que crees conocer y que, en ese momento, se hace pozo. El dolor ahoga, despliega poco a poco todos los miedos, y uno se agarrota, estrangulado, sabiendo que si muere en ese instante nadie lo encontrará, ni preguntará por él. Por mí.

La noche es larga en la asfixia, eterna mientras los recuerdos felices van descolgándose como higos que se estampan en el suelo del camino. Uno tras otro. Si te acuerdas de la abuela, aparecen las magdalenas, y entonces, las tardes de merienda, y las manos rápidas con el ganchillo, el sonido de la plaza en la que juegan los niños, el kiosco del cojo, la verbena, el tararear de mamá y la abuela, su falsete, el mismo que en misa, la comunión, el cielo de estrellas pintadas con ángeles rollizos como empanadillas de tomate que estallan al salir del horno. El horno. El timbre. El «¿Nos vamos a casa, que la abuela nos espera?». La excursión. El autobús del colegio. Y la vida pasa, en ese paso de misterios que ofrece gratuitamente el rosario de la noche larga hasta que uno se duerme. Porque el dolor también se cansa.

El dolor también se cansa de doler.

—Mamá, ¿estás dormida? —pregunto en voz muy baja. Inaudible hasta para la perra.

Su respiración responde a mi miedo.

«Mamá, soy yo. Ese que no reconoces... Al que abrigabas bien cuando tenía fiebre y no iba al colegio. Soy ese niño que te miraba embobado, con el uniforme todavía puesto, mientras cocinabas, y que se ofrecía para poner los piñones en las albóndigas, pero se los comía. En el paso a nivel que daba entrada al pueblo siempre cerrábamos los ojos y nos cogíamos la mano entre el asiento y la puerta del coche. Me mareaba y siempre llevabas una bolsa de plástico, pero yo insistía en merendar y volvía a vomitar a la salida del bar de carretera. Me sentabas en la barra para subirme los calcetines y atarme los zapatos. Sabías que me quitaba el pantalón de pijama por la noche, pero me abrigabas bien, como una carta en un sobre para enviar a Dios, decías. Así soñaba bien. Y sí, soñaba cosas bonitas. Las malas se evaporaban porque en el desayuno me ponías mucho chocolate y hacías pan frito para mojar los tostones. Este anillo que llevo es tuyo, el que te regaló la abuela, el de las iniciales cambiadas. No habíamos terminado de comer y ya estabas preguntándome por la merienda, y después por la cena, mientras cantaba con los de la tele las canciones y dibujaba en los márgenes de los libros globos de colores.

¿El domingo que llegamos pronto a misa y estaba cerrada la iglesia, lo recuerdas? Pero qué ha pasado, dijiste. Pero si es la hora. Ay, Dios. Y la risa que nos dio, eh, mamá. Había cambiado la hora y nosotros no. Porque el tiempo era el nuestro, no el de los relojes. Y dijimos: pues nos vamos y ya no venimos, que si hay un Dios nos perdona seguro. Y no sé si nos perdonó o nos castigó, porque mira que nos han pasado cosas. Por cosas digo desdichas, infelicidades, malaventuras, penalidades y unas cuantas calamidades propias de una novela mal traducida. Esto solo nos pasa a nosotros, decías. Pues la verdad es que sí. Solo nos pasaba a nosotros.

Sin embargo, ese «nosotros» ya no sabes a quiénes incluye.

El primer día del año, por la noche, la vuelvo a llamar. La voz es la mía. Pero para mamá es la de Félix. «Es mi hijo, es mi hijo», vocifera para que me entere de que el otro la ha vuelto a llamar, mientras paseo a la perra alrededor de la autocaravana con el teléfono en la mano. Y así es como hablo con ella otra vez, con la distancia física de comunicarme desde otro cuerpo, como en otra dimensión. Quiere verme enseguida, ruega que vuelva a verla, que la acompañe en el viaje, que si no «se hace aburrido, porque el otro solo lee». En los diez minutos de conversación la siento alegre y me animo, completamente desquiciado.

Espero después en la puerta para entrar, con la perra en los pies, mirándome sin entender nada. Me mira hipnotizada. Le acaricio la cabeza y me lame los dedos, en los que quedan restos de azúcar del cruasán. Debería entrar y abrazarla, y decirle «te quiero» y mi nombre a gritos, como si fuera una primera vez.

«Cuidado, los escalones resbalan», me dice.

Y noto un amor de madre.

A mis cincuenta y tres años, yo no soy yo.

—Quiero volver a casa —dice acariciando la tapa del teléfono.

—¿No te gusta viajar conmigo?

—Es que he hablado con mi hijo y dice que me quiere, que me echa de menos. Así que es mejor que regresemos.

—Claro que... te quiere, cómo no te va a querer, te quiere mucho. Y yo también te quiero mucho.

—Pero tú no eres él.

Soy yo. Soy ese niño que se quejaba en exceso por no tener pegamento para llenar el álbum y que se alegraba con solo apoyarse en la ventana a esperar gorriones. Entonces había muchos y poníamos miguitas para que vinieran a merendar. El día que nos trajeron la lavadora —te lo recuerdo, mamá, para que me mires como me mirabas antes— nos pusimos frente a ella como si fuera una televisión, concentrados y callados, escuchando el tambor de hojalata dar vueltas como un pollo *a l'ast.* «Qué invento, dejar de lavar», dijiste con desahogo. Te dejabas las uñas con el jabón de aceite que hacía la abuela. Y con el Flota, el Viker, el estropajo de esparto, las escamas en bolsa, ese etcétera de química de los setenta. Todo eso que hoy no es nada y que entonces lo fue todo, como el poema de José Hierro.

> Después de todo, todo ha sido nada,
> a pesar de que un día lo fue todo.
> Después de nada, o después de todo,
> supe que todo no era más que nada.

—Es bonito el poema, ¿cómo se titula?

—«Vida». Se titula «Vida».

—Por cierto, ¿adónde has dicho que íbamos de viaje en este caracol?

—A Vera de Bidasoa, mamá.

Repito conscientemente «mamá» una y otra vez, mientras ella rocía con colonia las sábanas que dobla con mimo para la próxima noche. Coge la lima de las uñas y se las arregla con delicadeza. Le pongo un vaso de leche.

—Está caliente —me dice.

—Pues esperamos —le respondo—, no tenemos prisa. Adonde vamos no es necesario correr.

—Léeme ese poema de Hierro.

No me lo sé de memoria, quiero decirle. Así que me lo invento con los recuerdos que me quedan.

> No queda nada de lo que fue nada.
> Había una ilusión que me parecía todo
> pero que era la nada.
> Qué más da que fuera nada la nada
> si después de todo será nada
> después de tanto.
> Después de tanto para nada.

—Después de tanto para nada —repite mi madre, bebiéndose ya la leche, que se ha templado—. Es bonito eso. No tiene sentido.

Se ríe.

—Ese hombre de dónde era, ¿de El Hierro? ¿La isla? Tu hermano ha ido allí, ¿verdad?

—Creo que... mi hermano fue a Lanzarote, pero no a El Hierro. Pero Hierro es un apellido, mamá. José Hierro, de Madrid o de Santander, no recuerdo.

—Santander debe de ser bonito.

—Podemos ir después de Vera. Si quieres...

—Léeme poemas. ¿Te sabes más?

Y de memoria voy recitando los que recuerdo, inventando estrofas, añadiendo sonetos, multiplicando la rima y restando versos que se me caen de la boca. Mamá atiende con los ojos perdidos en la ventana.

Yo no vengo del mar,
vengo de la tierra.
Una tierra seca, de vides, de callejuelas, de candiles y de
[olivos.
A veces echan lavanda por los adoquines,
por el asfalto.
Otras, las copas.

Hay un gato maullando
en la memoria.
Otro gato
y otro gato.
Demasiados gatos
que tapan los gritos
de la inocencia.

Yo no vengo del mar,
pero huyendo de la casa encalada
llegué a tu orilla
y busqué caracolas
y subí en los barcos,
eché anclas,
tatué heridas
y canté con las sirenas para callar
la historia.

Hay un yo marinero,
hay un yo pastor,
hay un yo caminante,
hay un yo que se ahoga.

Yo no vengo del mar,
vengo de la tierra.
Y de ella huyo hasta que me caiga toda.

Kilos de tierra húmeda de sal.
Volcad ya el carro
sobre la memoria.
Si no, me ahoga.

—¿De quién es?

—Mío.

Para protegerme del dolor que había en casa, me encerraba a escribir, así me convertí en escritor de una situación insostenible y de una felicidad inaccesible. En las noches de la infancia en las que el miedo embadurnaba las paredes de gelatina y los muebles de crujidos espantosos, había un lugar tranquilo: los libros. Esa forma de abrir la portada, idéntica a la de una puerta, daba paso a la habitación de ficción. Ahí, junto a árboles que hablaban y duendes con barba que se pisaban pero que no tropezaban, había mariposas de alas como sábanas, gigantes de cara bonachona, dulces en mesas pantagruélicas, juegos nuevos y montones de golosinas. *Alicia en el país de las maravillas* hizo mucho para que mi oscuridad fuera de su color, y también Astrid Lindgren con su Pippi Långstrump. *Los cinco* me cogían de la mano y éramos seis. Julio Verne me llevaba de viaje al centro de la Tierra y al fondo del mar, donde los pulpos me guiñaban el ojo, cómplices de ficción. Las montañas verdes de picos nevados eran para rodar por la colina hasta la casa del abuelo, donde la chimenea expulsaba humo blanco como nubes, y allí, con un poco de suerte, se podía flotar y viajar a otros mundos sin miedo. Miedo solo me daba el Principito, tan solo, con serpientes que tragaban elefantes o sombreros. Repugnante como la barriga de la ballena de *Pinocho*, con esas tripas llenas de carne y de restos del naufragio. Eran aquellos cuentos de mantas agradables, camas con dosel, alfombras voladoras, algodones de azúcar que se pegaban en la cara, gatos que hablaban y desaparecían de un lugar a otro, saltando como ardillas, tan listas, de copa en copa, de rama en rama, cruzando el país de Nunca Jamás donde Peter Pan se quedaba a vivir con Mary Poppins y los siete enanitos. El río del pueblo era un río de cuento, por el que descendían barcos imaginarios, y los piratas cortaban ramas para hacerse hueco en la selva bajo el puente viejo. Corríamos hasta el horno donde olía a azúcar quemado, tostado sobre galletas de anís.

—Ese lugar del que hablas, ¿dónde es?

—Donde nacimos, mamá.

—No. Tu hermano no nació donde tú. Tu hermano nació y nunca lo volví a ver, por eso tarda en volver. Tal vez esté enfadado, tal vez no quiere verme vieja. A mí me gustaría que los tres estuviéramos juntos de nuevo. Como entonces.

—¿Cuándo es entonces?

—En Vera.

—No tardaremos en llegar. Hoy comemos en algún bar que nos guste. Decides tú. Iré atravesando pueblos y allí donde huela a comida rica, paramos.

—Pero la ventanilla debe ir cerrada. Hace frío. Y no podré oler el menú si pasamos cerca de un bar. Pero si la dejo abierta, tendré frío.

—Bueno, nos lo imaginamos. Y por la fachada sabremos si cocinan bien. ¿Te parece, mamá?

Mamá levanta los hombros y siento que se burla de mí. «Este niño es tonto», se oye bisbisear, mientras gira su mirada hacia el arcén por donde caminan en fila unas perdices.

Llevamos días de ruta, encajados el uno en el otro; la nave huele a cerrado, a goma de zapatillas y al café con leche, en ocasiones recalentado, una mezcla familiar. A pies, a orines de la noche y a ropa caliente. A comida de lata volcada en los platos. A últimos suspiros y a aliento de perra.

A nuestro alrededor, poquitas cosas y necesarias, revueltas como un cuarto de juegos: aquí la manta, allí las zapatillas, aquí las medicinas, los vasos y las chaquetas. Nada molesta porque nadie se queja, para qué. La vida es ir en este trasto que no pasa de noventa y cinco por la carretera y que gasta el combustible justo. La vida es esto con ruedas. Todo lo que veo es un pequeño mundo, gigantesco en la imaginación, incómodo, si lo pensamos. Pero no pensamos.

Aquí no nos gusta pensar. Pensar duele.

Escribo mientras ella duerme, conduzco y busco lugar para aparcar porque el motor hace un ruido raro. La ropa cuelga de una percha, una prenda sobre otra: su jersey sobre mi camisa, su abrigo sobre mi bufanda, sus bragas limpias sobre mis camisetas a secar. Así ganamos algunos centímetros, y podemos considerarlo hogar. Abro el capó y echa humo, las tripas al aire esperando a que se enfríen como en la matanza de los cerdos.

La última vez que fuimos algo parecido a esto que describo, iba yo en su vientre y tampoco me importó el espacio. Ni el supuesto desorden de tripas, estómago y vejiga.

Iba. Estaba. Esperaba. Viajaba.

A veces toco su piel para memorizarla. Y también la chapa fría de la autocaravana, del modo en que ella se acariciaría la barriga cuando iba yo dentro. Ahora es al revés, en este revés de la vida.

—¿De qué sirve viajar? —dice, uno de esos días, mientras miramos al frente en la carretera—. Esto cansa. Y adonde vamos ya no existe.

—Piensa en los días de descanso que tendremos allí. Será algo nuevo.

—¡Qué tontería! —replica—. Yo pienso en los días pasados. Y esos no están ni aquí ni allí.

Es la voz de la razón.

—Pero si te empeñas —añade escéptica—, seguimos.

—Algo habrá en ese lugar que nos dé respuestas.

No me contesta.

CUARENTA

Si existe alguna respuesta, habrá que rascarla en los muros de la casa de la Sección Femenina, en los archivos del ayuntamiento de Vera o en la plaza donde se fotografiaba con sus amigas.

Esta mañana vamos a ver a un sacerdote. La casa parroquial no es ni nueva ni vieja; el bajo de un edificio de ladrillo rojo, en contraste con la pureza encalada de la localidad, que tiene los balcones sujetos con plásticos y las persianas bajadas. «Tiene aluminosis». Lo expone sin venir a cuento la dueña de la droguería, contigua al bloque, que me ve como un cazador de chollos rurales. «Con un buen arquitecto lo tiene listo; es cosa de las vigas, que se carcomen. Sería una buena casa rural; en este pueblo nos hace falta, no viene nadie». Me pregunto si es esa la impresión que doy, el aspecto que tengo. Un hombre que persigue oportunidades hechas de ladrillo y cemento. Preocupado solo del revestimiento, no del calor ni de lo que palpita dentro, de lo que hace que las construcciones se vuelvan hogar. ¿Sería más feliz si esa fuese mi vida?

—Tiene usted pinta de comprador. Es de la ciudad, ¿verdad? Pero no parece de Teruel, ¿es de los Madriles?

—No exactamente.

—Pero busca algo para comprar. Esto está bien. La aluminosis y ya.

—Pues como nosotras: calcio —revela la amiga que se acerca a la tienda—. Menudos tengo los huesos.

—Estos remos no cruzan ni el río.

—Busco al cura —consigo decir.

—¿Aquella es su madre?

Espera en la silla, con el bufandón puesto como Esquilache, para atracar bancos. Las dos mujeres se ofrecen a acompañarnos hasta la nueva casa del cura. No parecen tener muchas visitas, ni visitantes con tan poco aplomo para poner freno a su ímpetu. El camino es un discurso sin pausa que componen entre ambas, como si hubiesen ensayado mil y una veces la escena. Temo que mi madre deje salir el sarcasmo que le pica en la boca para hacer callar a aquellas dos guías autodenominadas, que apenas cogen aire mientras dan por sentado todo lo que les apetece sobre nosotros.

—Aquí es.

—Muchas gracias por la compañía. —Les regalo los oídos a pesar de la monserga que nos han dado mientras empujaba la silla de mi madre, que afortunadamente no ha abierto la boca.

—Menos mal que se han callado —suelta mamá cuando las dos vecinas todavía están en un radio de escucha—. Qué pesadas. Y qué manía con preguntar la edad que tiene la gente. Pero si son igual de viejas que yo.

Toco el timbre.

—Han dicho aquí. Este es.

—Ya verás como es nada, pero es que prefiero que me vea.

—Y... ¿no será mejor un médico, mamá?

—¡Un médico! Qué sabe un médico del cielo.

—Pues no sé, mamá. Un médico te puede recetar algo para ese «nosequé» que tienes. ¿La espalda, esta vez?

—La espalda era ayer. Hoy es el pecho. Esto se está inundando.

—¿Esto qué es, mamá?

—El cuerpo. Cuando se inunda, chas. Adiós.

—Mamá, no seas agorera.

—¿Quién es?

Es la voz del párroco. Los curas tienen la misma voz.

—Somos una madre y un hijo —digo a bote pronto. Qué puedo decir—. Venimos...

—Dile que estoy mal.

—Mi madre está mal. Querríamos verle.

—En la iglesia. Está a dos calles, a mano derecha. Si se apartan de la acera la verán. Voy en nada.

—Vale, padre.

Recuerdo que cuando hicimos la comunión, el párroco decidió que no fuéramos vestidos «ni de marineros ni de princesas». «¡De civil!», apostilló. Y de civil que fuimos. Mamá compró un pantalón beis y una chaquetilla tipo rebeca de color granate, con camisa blanca y corbata vino tinto. Los zapatos también, gra-na-te. Mis amigas fueron vestidas como un domingo normal, con algún volante de más y varias flores de tela en el pelo. La fiesta discurrió en casa, entre la cocina y el baño, porque al tío Vicente le dio por vomitar los huevos rellenos. A él le seguimos todos, uno tras otro, sacados de un catálogo de reacciones alérgicas al huevo o por la salmonelosis. La tía Rosita dijo que eso le venía muy bien, que, aunque era primavera, perder esos kilos de más que había cogido en Navidad y que estaban «pegados al culo como un cojín de fallera» era un regalo de Dios. Se burlaron de ella. Le dio igual. Era la única que regresaba con buena cara del baño, sonriente. No he visto cosa igual. Me pareció que en sus ojos había un halo de tristeza oculta, porque su marido le dijo que no le vendría mal, en voz baja, pero yo lo escuché. Y en eso entendí que la llamaba gorda. Su autoestima se engordaba al paso que arrojaba huevos rellenos, pavo con salsa y tarta de merengue con limón. La teoría de los vasos comunicantes en versión primera comunión.

El baño quedó para que los bomberos lo precintaran.

—No me ha sentado bien el desayuno —dice mamá, llegando a la iglesia—. Pregunta por el baño; en la autocaravana llevo días sin hacer nada, tengo atasco.

—Mamá, no he visto nunca un aseo en un templo. No es un bar. Luego buscamos uno.

—Lo que te digo. Pregúntale al cura cuando lleguemos. Me estoy muriendo.

La iglesia es bonita. Tiene un pasillo central ordenado con sillas a los lados, como las iglesias francesas, sin bancos. Las hornacinas con los santos, pocos, preciosistas en un falso barroco postizo sobre piedra románica. Y varios ramos de flores secas en la pila bautismal.

El cura no tarda en llegar. No hay en su rostro un gesto acusado de curiosidad o de censura. Es una cara neutra, en paz. Seguramente, aunque no trasluzca, no desea que nadie perturbe esa paz. Ni siquiera una madre y un hijo que han llamado a su puerta sin unas razones claras.

—Qué bonita es, padre.

—Hemos tenido un bautizo hace poco, y el niño ha venido a ser la fiesta nacional del pueblo. No hacía uno desde hace veinte años.

—A ver si se animan y aumenta la población, siempre es bueno que un pueblo no se muera —digo, mientras mamá me hace señas para que le comunique lo suyo.

—A decir verdad, no creo que les venga ya la regla a las feligresas. Como no vengan inmigrantes a parir, esto es el final de este pueblo.

—Una solución es.

—¿Qué querían? —se ofrece piadoso, por fin.

—Primero un aseo, no puedo más. ¿Puede ser, padre?

La cara del religioso es digna de Santiago matando moros. O de san Jorge con el dragón. Si hubiese salido de mí esa petición, no dudo de que me habría echado a empujones de su santa casa. Pero la pregunta la hace una mujer mayor postrada en una silla de ruedas. Y por el tono y la expresión, parece dispuesta a admitir una única respuesta.

—¿Han venido a buscar un baño en una iglesia?

—No, no, no, padre —trato de excusarme.

—Primero sí. Luego lo importante, pero esto es urgente.

Levanto los hombros y le hago una señal al párroco, tocándome la cabeza, para que me entienda. Por fortuna, me comprende. Cuando mamá se encierra en el aseo de la sacristía, me siento con el cura.

—Mi madre está con demencia.

Pensé que no sería capaz de decirlo tan claramente.

—Está perdiendo el juicio y ya no sabe si soy su hijo, me suele confundir con su hermano o con alguien que no podría decirle, como si tuviera otro hijo; y yo, un hermano. Vamos de ruta hasta el norte, hemos parado aquí y lleva horas diciéndome que se encuentra mal, que quería ver a un cura.

—Pero parece que es cosa de médicos, no de Dios.

—Ya, lo sé. Pero muchas veces ustedes las entienden mejor a esta edad.

—Eso es cierto. La Iglesia acoge bien a las viejas.

—Siempre ha sido así —apostillo para ponerme de su lado.

—¿Tú crees? —me pregunta sin preámbulos.

—Mmm..., sí. Creo en Dios.

—Pero ¿eres practicante?

—Sinceramente, hace mucho tiempo que dejé de ir a la iglesia. Iba con mi abuela y mi madre los domingos, también en la misa del gallo y en entierros, claro. Bueno, y en celebraciones.

—¿Crees?

—Creo por ella. Me gustaría creer más.

—Eso es bonito, está bien creer por las madres. Ellas son la casa de Dios. Nuestra casa de Dios.

—Prefiero pensar que habrá otro lugar, por ella. Ella ha sido un Dios. El mío, al menos. Quiero creer que habrá un cielo para las que tuvieron un infierno. Creo, a mi manera. Que tampoco sé si es la correcta.

Se lo digo así, sin pensar mucho, sin ordenar la frase, tal como se dicen las cosas que no vienen preparadas. El párroco me abraza como se abraza a un niño que en ese gesto se rompe por dentro. «Mamá se va», digo entre dientes. No sé si me escucha.

—Sonríe. Sonríele siempre.

—Siempre no puedo.

Nos quedamos en silencio, en esa afonía que tienen los templos, donde la piedra parece que amortigua los secretos y el dolor. «¡Ya estoy!», se oye desde dentro en ese momento.

—¿Y? ¿Has dicho que ibas en... autocaravana?

Asiento, mientras me levanto con él para volver a la sacristía.

—Paras en gasolineras a llenar el depósito, ¿no?

Vuelvo a asentir.

—Pues hazlo con ella. Su cabeza se ha ido, conozco bien a las viejas y sé cómo funciona Dios; se está despidiendo. Y para que no te duela, se va poquito a poco. Como las olas...

—... Como las olas.

—Soy de un pueblo de Tarragona. Perdona la comparación. Pero es así, se va como esas olitas suaves que dejan mojada la arena, y luego la humedad se evapora.

—Pero las olas regresan...

—Regresará su recuerdo, pero será otro mar, otra agua.

—Mi madre era... buena.

—Recuérdala así. Hazte el favor. Sonríe y para en la gasolinera sin esperar a que esté el depósito en reserva. Será malo para el motor, tu motor.

—Le entiendo.

—Mírala. Ahí viene.

—Ahora quería hablar yo —lanza con ímpetu—. Espero que mi hijo no le haya dicho nada. ¿Puedo quedarme con usted sin él?

Me aparto ante la mirada cómplice del sacerdote. Voy recorriendo las imágenes del templo: san Pedro, san Juan, santa Rita, el Corazón de Jesús y una pequeña talla de Santiago con el pie de los caballos y los moros ensangrentados tapado con flores de plástico, por incómodo, por cruel. Pienso que es una buena forma de envolver el dolor. Claveles.

Al salir, arranco unos geranios de unas macetas y se los pongo a mamá en las manos. Me gusta ese olor a hierba rota y jabón.

—¿Qué le has dicho, mamá?

—No te importa. Vamos a buscar un bar. Quiero un café con leche, las iglesias me destemplan.

CUARENTA Y UNO

—

En la gasolinera del siguiente pueblo, paro a llenar el depósito. Lloro en el baño y me lavo las manos durante un rato.

Al salir, mirando a mamá, sonrío.

CUARENTA Y DOS

Anoche salí a dormir con una manta al exterior.

Helado de frío.

Es como si, cuando se va la luz, la cabeza se inundara de fantasmas empecinados en bailar dentro.

Salí para no oírlos.

CUARENTA Y TRES

Cuando has dejado de amar, o han dejado de amarte, y la cabeza taladra una y otra vez que jamás volverás a encontrar pareja y te ves a ti mismo viejo y vacío, cuando el colchón es una extensión de Siberia y pasas la mano por la sábana para encontrar alguna frontera, y duermes a fuerza de cansancio, entonces la soledad es la compañera. Se hace física.

Mi perra me da lecciones de autoestima, le encanta rebozarse como una croqueta en la hierba que, a lo mejor, huele a algún animal de la zona, come cuando tiene hambre y orina donde le sale del coño. Yo la veo ir y venir, sin esperar grandes alegrías. Trata de arrancarme una sonrisa con un lametón y sigue su rumbo o vuelve a dormir. No tarda en pedir comida. Y no les da vueltas a las palabras en busca de una traducción. Elige siempre la fácil; el lugar fácil, la caricia fácil, la palabra fácil. «¿Quieres agua?», le pregunto. Y si hace falta, bebe del suelo. Un charco.

«Creo que la perra es más de fiar que Amparo», dijo mi madre con una crueldad humillante. Por más que le explicara que estaba enamorado y que se venía a vivir a casa con nosotros, no hacía sino evitar la mirada y las conversaciones. Así fue durante semanas. Ella necesitaba que estuviéramos solos, que nadie perturbara nuestra tranquilidad y nuestras rutinas. Mostraba su sarcasmo y su ternura a partes iguales, siempre con una intención clara: hacer daño o provocar pena. Y mientras en el despacho buscaba palabras para traducir a autores que me daban igual, en la cocina ellas dos afilaban cuchillos con otros sinónimos.

Mamá necesitaba marcar el terreno como la perra, orinándose en las esquinas que eran suyas. Apenas pasaron tres meses desde que Amparo se quedó en casa. No me di cuenta de hasta qué punto una y otra se sentían incómodas. A Amparo le gustaba la comida sin sal, a mamá le parecía soso el plato que acababa de preparar. Con entusiasmo hacía buñuelos para desayunar los domingos, pero mamá los encontraba aceitosos. Qué punto intermedio encontraba yo. Qué necesidad calmaba. Oriente u occidente.

Cuando ya había sido suficientemente hiriente, bajaba el fuego y atravesábamos un prado de bienestar. Se cuidaban, hablaban e incluso salían a pasear juntas. ¿Acaso no eran dos buenas mujeres? ¿No estaban luchando solo por un amor, el mío?

De todos los dolores que una debió de provocar a la otra, me especialicé en no enterarme.

Cuando conocí a Inmaculada, mucho antes, percibí el mismo comportamiento. La cancelaba una y otra vez. No parecía hacer nada bien; sus palabras eran desacertadas; sus gestos, inapropiados; sus intenciones, quién podía saber, pero seguro que nada buenas. Mamá no me culpaba directamente a mí, quizá porque bien sabía ella que el amor no es una elección. Pero no hacía el esfuerzo de entender que su hijo pudiera estar enamorado, que mereciera ser querido y amado por alguien que no fuera ella. Como si el hecho de compartir ese amor, un amor distinto, a fin de cuentas, fuera una trampa que la dejara sin nada. Que se lo fuera a arrebatar todo.

Al final, uno acaba cansándose o encontrando motivos para no querer seguir. Se suspende la función aunque esté llena de público, no actúas, no puedes más. Se cierra el teatro. Clausuras la felicidad, porque ya no se parece en nada a lo que era.

Amparo era peluquera, trabajaba por la mañana en un centro comercial de la capital, y por la tarde en un centro de yoga; convenimos en abrir un pequeño negocio en el pueblo para que pudiera sentirse útil en algo que le gustara. «Así tengo mi sueldo y puedo comprarme mis cosas». De todo se encargó ella, desde la parte estética hasta la parte económica; yo solo puse el dinero para la inversión en un garaje de mi padre que acabó siendo un coqueto salón de yoga para jubiladas con tiempo. «Te va a sacar todo lo que tienes», dijo mamá.

Me encantaba verla trabajar en lo que más le gustaba; además, le iba bien. Nos iba bien, podría decir. Me gustaba ir a verla y, si no había clientas, nos tumbábamos en las esterillas a mirar el techo de estrellas que había pintado sobre «azul Majorelle». Así lo definió. Ahí, bajo un cielo con letras y símbolos hindúes, hablábamos de la nada o preparábamos nuestra próxima escapada. Cuando estábamos juntos, éramos un equipo y el mundo real, el que hería, no tenía posibilidad de ganarnos. El hilo rojo, decía ella. «Estamos unidos por un hilo rojo que nos conecta, almas gemelas». Según Amparo, los dioses atan un cordón rojo alrededor del tobillo o del dedo meñique y los que han de conocerse en un momento concreto lo harán. Es invisible, pero nos compramos uno en un puesto callejero y nos lo pusimos en la mano izquierda.

—El hilo se puede estirar o contraer, pero nunca romper.

—Estaremos juntos siempre.

Una de las leyendas cuenta que un anciano que vive en la luna sale cada noche y busca a aquellas personas que son almas gemelas y que están predestinadas a unirse en la

Tierra. Cuando las encuentra, las ata con el hilo rojo para que no se pierdan.

Cuando conocí a Amparo sentí eso, percibí el grado de atracción que decían los dioses de Japón. ¿Acaso no podía ser cierto? De todas las parejas que conocía, éramos la mejor. A los diecinueve años, cuando empecé a estudiar en la universidad, solo perseguía el enamoramiento que terminara en el jardín de naranjos. Una tras otra. Las réplicas de citas se repetían en bares diferentes. No me atrevía a amar, solo estaba dispuesto a dejarme querer. Durante las primeras semanas, meses, del curso recorría con dos amigos los pasillos de la universidad con la suerte en el bolsillo. Tenía facilidad para memorizar, así que contaba con todo el tiempo para enamorarme aquí y allí. Cuando nos acercábamos a un grupo de chicas y encendíamos un cigarrillo, ardía también la conversación. Ofrecerle un pitillo a la más guapa era una demostración de seguridad. En ese momento rendía homenaje a todos los hombres del cine que tanto nos habían sugestionado las tardes de domingo. Cuando decía «¿Fuego?», mi voz transmitía una seguridad y una información de la que no era consciente: me gustas.

Sí, luego mis amigos se echaron pareja y se prometieron, se casaron y tuvieron hijos. Yo dejé de ligar, no de fumar. Me recordaba a aquellos días de fascinación y diversión en el bar de la facultad donde hilvanábamos cafés y cañas. Vivía solo, leía, estudiaba idiomas, viajaba. Tenía la libertad que ellos, de pronto, envidiaban.

—No, no nos podemos quedar. En casa me esperan...

Tragedia. Ese tipo de frase cortaba la cita de amigos y evidenciaba que las vidas se habían instalado en terrenos diferentes. El mío, quizá, ilegal, sin líneas en el mapa y por escriturar. La emoción de los pasillos de la facultad, donde todo bullía, pasó a ser la soledad en las calles y en las barras de bar.

Pasó mucho hasta que conocí a Amparo. Fue en un tren. No me gustó. Ella tenía asiento de ventanilla. Estaba a mi izquierda, inclinada sobre el cristal. Quién sabe qué habría pasado sin la avería del tren en la nada de la Mancha, pero sucedió. Amparo se quitó la rebeca y su brazo desnudo erizó el mío cuando ese vagón era ya irrespirable. Desató, o despertó, una energía que nunca antes había estado en funcionamiento: el amor y el deseo juntos. Volqué la botella de agua que tenía en la mesilla plegable.

—Por favor, perdóneme.

—De tú; si vamos a pasar aquí nuestra primera noche, mejor será tutearse.

—Federico.

—Amparo.

Había timidez, osadía, aburrimiento, y también una voz extremadamente cálida que hizo eco en todo mi cuerpo.

Tal vez habría seguido preguntándole si no hubiera aparecido el revisor, que iba explicando vagón por vagón la avería. «Se puede retrasar, estamos esperando información». Amparo movió la cabeza en un gesto de irritación antes de volver a apoyarla en la ventanilla. Un instante más tarde, saqué la libreta y empecé a garabatear a gran velocidad.

—¿Qué escribes? —me preguntó.

—Anoto ideas que me pueden servir para una novela —dije—. Se me ha ocurrido algo que podría utilizar en un futuro.

—¿Este percance da para novela?

—Puede ser un inicio interesante. Estaba sopesando mentalmente las posibilidades que da un contratiempo.

—Lo siento..., Federico. No lo veo. Lo único que tiene esto de bueno es que llegaremos tarde. Y ya.

—No lo niego.

Levanté la libreta y la blandí en el aire con expresión de rendición.

Abrieron las puertas del vestíbulo del vagón y allí nos sentamos, en el escalón. Saqué la caja de cigarrillos y me puso cara de asco. En ese momento supe que debía dejar de fumar. Amparo hizo que yo la siguiera, bajé del tren y nos pusimos bajo un árbol; el resto de los viajeros se desperdigaron entre quejas y bostezos. Ella y yo comenzamos a enamorarnos sin saber que eso era el principio de una relación hecha de caramelos de miel y limón (los que sacó de su bolso para cenar). Ya de noche avisaron que continuaba el viaje, se rompió así nuestra conversación. Y como si fuera un juego del destino, en lugar de avanzar, el tren se vio obligado a regresar a origen, como si esa fuera la pista para empezar.

Nos vimos al día siguiente, y al otro. Y al otro. Cine, cena, mi casa, su casa, viaje, hotel, planes de futuro. Su forma de mirarme, parpadeando lentamente, su forma de acariciarme sin tocarme y cómo se tumbaba con sus auriculares mientras yo leía en silencio me hicieron feliz desde el principio. Decidimos sin dudarlo un instante, tranquilos y seguros, que no nos separaríamos nunca. Por eso sonrió cuando le dije que se viniera al pueblo, que la vida se había complicado con mamá.

—Todos los lugares se parecen.

Tenía razón Amparo. A veces buscamos la diferencia en las ciudades que visitamos, como si hubiera que coleccionar particularidades.

—Las plazas se parecen, las panaderías se parecen, los niños que juegan se parecen... Tú y yo.

Habíamos encontrado el lugar común. Nosotros.

En contra de lo que criticaba mi madre, ella no venía a por ningún dinero —¡qué dinero!—, sino a compartir todo. Trabajó como una jabata para que los pintores y los electricistas acabaran pronto la obra del garaje. Desdoblaba las horas, estiraba el día, planchaba, cocinaba y arreglaba a mamá, que se dejaba pintar las uñas y masajear las piernas por ella. A veces le cortaba el pelo y le ponía el tinte. Por la noche, hacíamos el amor. Sexo, decía ella. Y caíamos rendidos cada uno en su lado, con el hilo rojo convertido en mano entrelazada. Me despertaba y ya estaba ella con el desayuno, la perra paseada y las pastillas de mamá en la mesa.

«Amparo, tiene que haber métodos menos agotadores para que seamos felices, no hace falta madrugar tanto». «Olvídate, no estoy cansada», decía. Y era verdad. Siempre estaba guapa. Luminosa. Radiante. Fluorescente, incluso.

Entre Amparo y yo, la comunicación empezó a fallar. Cuando nos enamoramos, nos prometimos irnos a la cama felices, sin un titubeo, con derecho a tanteo antes de dormir. Fue un flechazo tímido, de poco a poco, de cita y vino, de cine y paseo, de teatro y café. La ruptura fue idéntica, mansamente; tampoco supe interpretar los signos de decadencia, de caída y de crepúsculo. Estaba demasiado centrado en mamá, en buscar las citas del médico y en su salud, y, esto lo he pensado muchas veces, fui dejando caer la pasión. El pacto de las noches se esfumó, a ratos nos quedábamos callados en el sofá, sin complicidad alguna, hasta que uno decidía irse a dormir. Yo no distinguía los lunes de los domingos, ni el cansancio mental del físico; ella se quedó más horas en su centro de yoga porque tenía «muchas cosas que hacer». Y toda aquella juventud del principio fue de pronto vejez. Nos habíamos convertido en desconocidos que saben todo del otro, en niños que juegan con el mismo juguete, enfadados, aturdidos por la vida de casa. Ya no compartíamos ratos íntimos, ni nos hablábamos en las cenas; no salían conversaciones nuevas, buscábamos en las antiguas; no hacíamos el amor al mínimo roce, ni me preguntaba por las traducciones; no se interesaba por la reunión en Madrid, ni yo le consultaba los asuntos profesionales. Ya no iba a por ella al yoga, ni volvíamos paseando juntos por la vereda del puente. Ya no había cines, ni juego de manos, ni ponme la crema en los hombros. Se fue perdiendo así el imperio, y otros ejércitos entraron a labrar sus tierras.

Me imaginé el vacío sin ella, pero carecía de los códigos para salvar la relación.

Que todo había terminado lo descubrí en una amargura profunda en su mirada. Y en la mía en casa. La tristeza se había venido a vivir conmigo. Nos besamos el día que se fue y le ofrecí acompañarla al aeropuerto. Les comuniqué a los amigos más íntimos la ruptura definitiva, sin dar opción a conversación. «Se ha ido. Pedid unas cañas, por favor».

A través de mensajes de móvil, intenté recuperar las piezas que conformaban nuestra pareja. Y lo que encontré fue un erial. Se habían extraviado todas. O casi todas. Cómo decirle que echaba de menos el marrón dorado de sus ojos, cada gesto de sus manos, esos dedos finos de los que todos los anillos se caían, su fuerza, la espalda erguida en los tacones, la mirada cómplice, culpable y erótica. Que echaba de menos su sola presencia, la apasionada vida de la normalidad en nuestros viajes, en una terraza de Lisboa o de un pueblo de la costa. La certeza de que me esperaba en la puerta cuando aparcaba el coche, su alerta de «Cuidado, radar» en mis acelerones, contarle mis ideas para su negocio o buscar palabras a medias para las traducciones que me torturaban frente al ordenador. Todo eso se había hundido, lo habíamos detonado los dos, por voluntad propia y sin orden de desalojo.

Lo complicado de sobreponerse fue recibir una y otra vez sus negativas a volver. «No me escribas más», me dijo.

No me escribas más. A mí, que solo sé hacer eso.

Quien no ha perdido a quien ama, no sabe el dolor profundo que se instala en el motor izquierdo del cuerpo. Y en el centro del pecho, bajo el esternón. Y en los pies. Y en las manos, plúmbeas. Aun así, aquel día tuve que conducir al hospital. Mamá se había vuelto a poner enferma.

CUARENTA Y CUATRO

Qué guapa está mamá cuando duerme: la cara en paz, desencajada por la siesta, las manos recogidas en la tripa, la respiración —por fin— suave como la de la perrita, patiabierta en la calma de un jersey que se ha caído y que sirve de cama. El sol marca tres monedas de luz en su rostro, otras tantas en el pecho y varias en las manos sin anillos. Son los tatuajes fugaces que se cuelan entre el cielo y la ventana, y que ponen hora a la tarde en la autocaravana. No la despiertan, porque el sol de invierno no calienta.

La abrigo y salgo con su rebeca de lana a la calle. La perra se despierta y me sigue. Me quedo en la silla y la niña corre a oler ramitas del campo aragonés.

—Ven aquí, pequeña —la llamo en voz baja, para no despertar a mamá.

Y la perra levanta la cabeza de las hierbas, anunciando un ladrido.

—Shhh... —susurro para callarla—. O despertarás a la abuela.

Cierro los ojos y saboreo esta oscuridad que me invade de nuevo, esta certeza de que un día no habrá ladridos ni mamá que despertar dentro, en la autocaravana. Será solo un cacharro, la concha de una caracola que, si el viento la toca, acercará el mar. Esta certeza dolorosa tiene colores ocres, sepia y aceituna, los árboles secos, los pueblos dormidos, roncando, rozagantes, con chimeneas que escupen humo que huele a leña de carrasca. Me duermo. La perra hociquea en el suelo algún hueso viejo, enterrado hace tiempo por otro perro, sin carnes, áspero y olvidado. Debió de morir algún animal y no lo buscaron. La perra desgarra el terreno con las dos patas, veloz, hundiéndose en el país, sacando tierra, heredando un vacío y saboreando un pequeño hueso extraviado, blanco como la cal.

De repente, la perra se acelera. Es su alegría ante otro descubrimiento.

Deprisa, el hueso de la perra es ahora un trapo, una camisa vieja que sale de la tierra. Ahí está. La tela es de cuadros, todavía se distinguen los colores: verde y rojo. Puede ser una bata de señora, un delantal. Es como el que tenía mamá. Aquel que tenía bordadas sus iniciales en el pecho, junto a dos flores. Salen también las flores. «¡Para, perra, estate quieta!». El grito desde la autocaravana me despierta, y es ella, vestida de cuadros verdes y rojos, la que me llama. Está en pie, en la puerta del vehículo.

—¡Félix! ¡Fééélix!

No soy yo al que busca.

—¿Y mi hijo? —me pregunta asustada, despeinada y con la dentadura en las manos—. ¿Por qué no me llama?

—No tardará en hacerlo. Ya verás. Siéntate, que cojo a la perra y entramos. Hago un vaso de leche, ¿te parece? ¿Quieres un vaso de café con leche?

Se queda mirando el paisaje, con la mirada perdida en un horizonte que parece entero de sabinas, verde y espeso. La imito, y entiendo la belleza que sorprende cuando no esperas nada, ni siquiera la leche que calentará tu hijo. No hay hijo, solo hay cielo, distancia y un confín que no conoces. Hay un aroma balsámico que huele a leña, a hojas y a frutos invisibles, amargo y rústico, áspero y embriagante. La parálisis nos afecta, una calma improvisada en la que no hay culpa ni culpables, solo una superficie que corta el camino y la carretera por la que seguiremos la ruta.

CUARENTA Y CINCO

En la Nacional 330 hay un pueblo llamado Libros que va paseando por el Bajo Aragón junto al río Turia. Ahí descansa en un juego de colores que conecta los Montes Universales con la sierra de Javalambre. El único viejo que está sentado en la plaza mayor cuando aparco junto al árbol me pregunta si soy escritor. «Aquí solo paran escritores, a verse», dice, hundiendo el bastón entre dos adoquines. Las calles tienen nombres de autores que alguna vez regalaron libros a Libros o inauguraron la placa que lleva su nombre. «No me digas que os habéis perdido», lamenta al ver a mi madre andar con dificultad en busca del sol de invierno, sin dejar de observarme, sonrisa socarrona ante mi sombrero. Mi forma de mirar es más o menos la misma. «Me gustaría picar algo en algún bar —le explico—, luego daremos una vuelta para ver las calles». «Mejor que haga la vuelta usted solo —me corrige—, puede que estas calles no estén para recorrerlas a ciertas edades». Ni siquiera contesto yo. Lo hace mi madre.

—No presuma de joven, caballero.

—Disculpe, señora.

Ella levanta la mano y señala el cartel de un bar que hay en la esquina, y, como si hubiera recuperado la juventud, se dirige hacia el local con más dignidad que fuerzas.

Me despido con la mano del hombre, que hunde la cabeza hacia el suelo.

En el bar no hay gran cosa, pero nos atienden bien. Nos tomamos dos bocadillos de tortilla de patata, que seguramente la camarera se había hecho para ella, porque somos la única clientela de un pueblo con poco más de un centenar de habitantes. Mientras mamá se toma un descafeinado solo, traigo la silla de ruedas y damos una vuelta por la carretera, mirando el agua del río que baja alegre, los árboles amarillos, verdes y dorados, luminosos, rivalizando con el airoso sonido de la corriente y los pájaros.

«Voy a bajar con la perra al río, te dejo aquí. Mira qué vistas».

Libros dispuso un buen día de invierno para nosotros, fresco y despejado. ¿Por qué estaba tan poco preparado para la belleza de esta tierra, para la variedad de plantas, de acentos, de paisajes y de ríos? No esperaba que el panorama cambiara tanto, el horizonte. Incluso el sabor del agua.

Suelto en la orilla a la perra, que no tarda en meter las patas y beberse todo el caudal como si fuera la primera vez que prueba el agua. La imito. Me arrodillo con ella y hundo la cara, sin recordar que llevo las gafas. Es la perra la que pone la pata para pisarlas y rompe el cristal. Podría cabrearme, pero la acumulación de ansiedad se convierte en risa. Creo que hacía tiempo que no me desternillaba con tantas ganas, sin sentido, ridículo. «Qué ha pasado», grita mamá.

Subimos por una veredita, guiñando un ojo para comprobar las distancias. No tarda en darse cuenta de que me ha destrozado las gafas.

—Llevo otras en la guantera, no pasa nada.

—Así me recuerdas al hijo de Ingrid Bergman. ¿Sabes quién es Robertino? ¿Has visto la película *Las campanas de Santa María*?

—No.

—Es de un sacerdote y una monja, no quieren que cierren el colegio de Santa María. Era un musical, a mí no me gustan los musicales.

—¿Entonces...?

—No sé. Me acuerdo. Era una ingenua. Supongo que me gustaban las cosas sencillas. Los años cincuenta, qué quieres.

Quiero besarla, aunque no lo intento, porque a mi madre no le han gustado nunca los besos. Levanta la mano y se da por besada. Tengo que trasladar el amor contenido a la perra, la cojo en brazos y me la como a besos.

—Uf —dice mamá—, con las cosas que va chupando por ahí.

CUARENTA Y SEIS

Mamá coge la caja de las fotos antiguas donde está ese pasado que no logro descifrar.

Se queda mirando una.

Desde mi sillón, todavía cama, no logro adivinar cuál es, pero algo me hace pensar que es la que más inquietud me provoca.

Me levanto con el vaso de leche y distingo a la chica entre las chicas, tapándose detrás de ellas en una mañana de marzo de 1957, en la valla del albergue de la Sección Femenina.

Tendría que haber escondido esa foto; cuando me giro, la ha roto, por eso debería haberla guardado.

«No estaba guapa», dice cuando le pregunto el porqué.

Y aparece un trozo en el suelo, un preciso fragmento en el que su barriga asoma entre los abrigos ligeros de las compañeras.

Está bellísima en la sonrisa que queda.

No hay mirada. Los ojos se los ha arrancado, como la bandeja que lleva santa Lucía.

Mi madre piensa en la mujer que fue, en la que no será nunca más.

Vuelve a levantarse hacia la puerta. Pide una canción. *Hablemos del amor*, de Raphael.

Y luego llora.

Me pide que la cambie, que está meada. Que no le

ponga más Seguril, que la está descontrolando y no tiene más pantalones secos.

Lavo los dos de chándal que no le oprimen y que compramos en un Decathlon por cinco euros. «Si encontramos otra tienda de esas, compro varios», le digo para que se tranquilice.

—Lo que debes hacer es tirar esas pastillas delante de mí. Que lo vea.

Cojo el blíster, vacío una a una las píldoras en un vaso de agua, donde se van deshaciendo como gaseosa. Pienso, en un primer momento, bebérmelo y que me ingresen a mí, como solución total.

El trabajo os hará libres, dicta mi cabeza delirante.

Vacío la mezcla en la pila y el sumidero marca la espiral correspondiente a nuestro hemisferio.

Mamá se mira después en el reflejo de la cuchara. Por el anverso primero, por el reverso después.

«Arriba y abajo», susurra.

El agua caliente me calma en la ducha con mucho gel, innecesario porque me duché por la noche, pero necesito quitarme la rabia. Me quema. Siento que me abrasa. Iguala el dolor interior al exterior.

Cuando grito «mamá», se asusta.

Aparece la madre que era cuando yo era un crío, la que cuida, la que protege, la que pregunta, la que tiene soluciones, la que prefiere ser ella la doliente, la que mira con consuelo, la que acaricia, la que reconoce mi nombre y me dice:

—Hijo, qué te pasa. ¿Estás bien?

Y ha valido la pena equilibrar dolores.

La piel está enrojecida.

De la espalda saldrán pocos días después ampollas que tendré que pinchar, con posturas imposibles para sacar el líquido. Burbujas del mal.

CUARENTA Y SIETE

En un concesionario a la entrada de Teruel nos dicen que por el carricoche que llevamos no nos dan ni un duro, que la autocaravana está poco más que para el desguace. Recuerdo que la compré con la garantía verbal del dueño y del jefe del taller en el que llevaba meses abandonada en la puerta. La madera de ficción de los laterales es aluminio oxidado, para ponerla a punto debería quedarse semanas allí, a la espera de piezas que no hay y que «tal vez no existan». Son sus palabras.

Mamá se levanta de la silla donde se ha quedado esperando. El andador le ofrece ahora seguridad, como las barreras de los toros. Dice de broma que le falta un mantón, que lo mismo se compra uno en los chinos y que se lo pone para darle alegría a la ortopedia.

Se queda mirando una caravana en la que hay flores dibujadas.

—Es de unos *hippies* —dice el del concesionario de segunda mano—. La vendieron para irse a vivir a una cabaña.

—No quiero imaginar cómo está por dentro.

—Se equivoca. Eran *hippies* de apariencia. Pintaron flores con espráis para ir a conciertos y concentraciones, dentro tiene todas las comodidades. Son bobos.

—¿Por gastar?

—No. *Bohemian bourgeois.* Me lo dijo mi hija. Lo pronuncio como puedo. Ricos y pijos que van de bohemios.

Asiento. Hacía tiempo que no escuchaba el término. Hijos de profesionales, de empresarios, tipos acomodados a los que les va lo sofisticado, el arte, la música, y mezclan meditación y dinero. España alimenta a tipos como esos. Descarados, emprendedores con pasta ajena, sin remordimientos. El dinero les chorrea y lo usan para restaurantes de moda, caprichos o vinos caros.

—Los conozco. Se tiran con jerséis caros por la arena, porque no los han pagado ellos. Ya. Patrones de consumo. ¿Puedo verla?

—Sí, sígame. Estuve a punto de quitar esas flores espantosas de la chapa, pero por si acaso aparecían otros como ellos, ya sabe, chavalitos con dinero, la dejé así.

—Mi madre y yo no somos esos.

—Imagino. ¿Y qué van, de ruta?

—Vamos al Cantábrico, de viaje.

—... Dos bombonas de gas propano, sábanas, edredones, mantas, almohadas, toallas de ducha y mano por persona, limpieza, portabicicletas para cuatro bicis, pastillas químicas para el váter, menaje de cocina, mesa y sillas de *camping* y dos hamacas... Manguera, adaptador para ducha... Verá que está todo bien. Todo nuevo.

—Seminuevo, ¿no?

—Poco uso le dieron. Dos conciertos: Benicasim y el desierto de los Monegros.

—¿Precio?

—Setenta y cinco mil.

Mi madre sonríe.

—Eso huele a porro. Ahí no me subo.

Me habría gustado contradecirla, pero la caravana huele a incienso pegado a los muebles. No puedo fingir la risa, porque ella tiene parte de razón. El hombre se enfada, por hacerle perder el tiempo. En ese momento parecemos marcianos, extraterrestres que van a montar una sucursal en la Tierra. Dos raros. Más que los *hippies*.

Decidimos seguir el mismo ritmo, el nuestro. A la misma velocidad. Aguantando pitidos de coches, luces largas y peinetas.

—Recuerda lo que ha dicho tu hermano, que no conduzcas rápido, que debemos llegar bien, que no hace falta correr, que tenemos tiempo.

—Y yo me iré. Y se quedarán los pájaros cantando.

—¿Qué dices?

—Un poema.

—A ver, cántamelo, como en el colegio.

Le hago caso, como si estuviera sentado en la cocina, mientras ella, joven y radiante, prepara el guiso. El niño ha memorizado todo y lo repite, como una canción de cuna.

> Todas las tardes, el cielo será azul y plácido;
> y tocarán, como esta tarde están tocando,
> las campanas del campanario.
> Se morirán aquellos que me amaron;
> y el pueblo se hará nuevo cada año;
> y en el rincón aquel de mi huerto florido y encalado,
> mi espíritu errará nostálgico...
> Y yo me iré; y estaré solo, sin hogar, sin árbol
> verde, sin pozo blanco,
> sin cielo azul y plácido...
> Y se quedarán los pájaros cantando.[1]

1. Fragmento del poema «El viaje definitivo», de Juan Ramón Jiménez.

CUARENTA Y OCHO

Las noticias hablan de la subida del gas, de la guerra y de miles de muertos en el mar. La codicia sigue en los titulares de este arranque de año singular, también las actitudes machistas, los asesinatos, la suerte de los ricos y las soledades de los pobres que no pagan la luz. Un kiosquero vende drogas, abusa de menores y lleva días muerto en la caseta. Los niños han esperado a que abriera para comprarle chuches. La madre manchada de sangre se lava las manos antes de hacer la comida. Una actriz ha sido asesinada por un fan. De la admiración al cariño, de ahí a la invasión y, al no contestarle a las cartas, el odio. La muerte a la salida del cine. Era el estreno en pleno Broadway. Un matrimonio de ancianos se ha tomado todas las pastillas, todas, en el último puré de verduras que pudieron hacer con los restos de la nevera. Los cuerpos han aparecido abrazados en avanzado estado de descomposición.

Luego miro a mi madre.

Podríamos imitarlos.

Tenemos pastillas.

La autocaravana no levanta sospechas. Pensarían que una pareja joven está de ruta. Nadie recelaría.

—Cálmate, mamá.

—No puedo. No quiero. Dime cómo.

—No lo sé, ya eres mayor tú también. No podemos estar así, todo el rato con pólvora, al límite.

Mamá ha regresado al enojo. Maneja la irritabilidad con una facilidad pasmosa. Le molesta la ropa, el pecho, los días.

Enemistada con la vida. Porque la vida se ha ido.

¿Con quién entra en cólera? ¿Conmigo? ¿Con mi hermano? ¿Con Dios?

Dios solo aparece en los arrebatos de rezos que inicia y no termina, oraciones que son salmodias al aire, una llamada al aire por si aparece la vida con su juventud y sus faldas cortadas al bies.

La furia crece, crece y crece. Lanza el vaso de leche contra la puerta.

Tardo en limpiar los destrozos, la leche ya está seca.

Ella no se ha movido. Está tirando de una hebra de su jersey hasta que el bolsillo se suelta. Con el hilo hace un ovillito en su dedo índice. Lo saca y se lo tira a la perra. La perra se lo traga. Parece que todos los elementos se están confabulando para que el día degenere en ansiedad. No me gusta vivir; así dicho, suena a despedida. Y es en ese momento cuando un chorro de haloperidol es necesario para que se quede calmada, tumbada en su cama, abrigada mientras la dejo dormida y yo salgo a respirar.

Andamos, la perra y yo, por un sendero hermoso, en el que las flores han brotado para hacernos felices durante una hora.

Está bonita la vida cuando lo parece.

Es lo mismo que decir que la vida está bonita sin mamá. Pero no lo digo. Porque mamá no es ella, la han secuestrado y habita en algún lugar de la memoria. Yo tuve la suerte de tener una madre guapa, buena, con carácter pero también dulce. Era bonito verla esperar a la salida del colegio.

No era de esos a los que les molestaba porque se sentían mayores. Mi mochila la había hecho ella y mis pantalones, también. Entonces, de camino a casa, nos contábamos la vida, que no era sino la mañana con don Antonio. Luego me explicaba lo que había para comer y acelerábamos el paso. Las yemas de los dedos de mamá siempre fueron tiernas. Y su piel, suave. Los ojos, verdes y algo de ralladura de limón.

Éramos una familia entera compuesta solo por dos personas, dos más uno. El uno era papá.

Cuando me canso de pasear con la perra, regreso al trote hacia la autocaravana. Llamo a la puerta varias veces, está cerrada. Seguramente mamá está adormilada por el exceso de gotas que me he visto obligado a darle, se habrá quedado atontada, porque era mucho. No calculé. No obstante, el médico me había dicho que podía tirar de eso, si era necesario, más allá de la pastilla de quetiapina del desayuno. Llamo otra vez. Nada. Pego la oreja a la puerta, no se oye ningún ruido. Quiero decirles a los pájaros y al viento que se callen; a las nubes que empiezan a cubrir el cielo, amenazantes de tormenta, que se detengan. Imposible distinguir una respiración dentro, ni un ronquido. Cierro los ojos al tocar de nuevo, al pegarme otra vez a la puerta de chapa. Toco una y otra vez, la perra da vueltas al árbol junto al que siguen nuestras sillas de playa. Ladra y se busca la cola. Me viene entonces a la memoria aquella otra perra que acertó con la muerte de la abuela; se quedó a su lado, oliendo a la parca. Con qué facilidad adivinan los perros que se acerca el desenlace; ¿cómo puedo preguntarle al animal si sabe algo? Estamos acostumbrados a hablar, pero no a entendernos en los momentos importantes. Una certeza macabra se adueña súbitamente de mí. El cielo se pone negro. Si no son las primeras gotas, son lágrimas. Vete tú a saber. Si no contesta mamá es porque está muerta, un trago ha relajado definitivamente su débil corazón, atormentado, cansado y decaído. Empiezo a temblar. La culpa cristiana me viene a la cabeza como una bandada de estorninos que buscan consuelo y comida. Qué palabra le dije por última vez, ¿cálmate? Qué frío todo, qué despedida más amarga. Es absurdo tocar más veces, la puerta está cerrada y si no contesta, ya está. Un síncope vasovagal, un infarto, un descenso de la tensión, un golpe. Con qué ligereza le he dado otra pastilla. Si bastaba con salir a pasear. Un poco de tila y una charla amable.

No me quedan palabras amables.

Empiezo a temblar más y más, devorado por la culpa y el remordimiento de no haber sido más razonable.

—Mamá, ¿estás ahí?... Mamááá. Dime qué te pasa. ¿Te puedo ayudar?

Hablo como si estuviera viva como penitencia a mi delito. Me censura el cielo con un rayo que anuncia un trueno ensordecedor.

—¿Mamá? ¡Mamá!

Lo pronuncio para no llorar. La perra me mira desde el suelo. ¿Y si soy yo el que se está muriendo? ¿Y si la perra lo sabe? No me quita ojo.

—¿Lo sabes?

En el momento en el que la tormenta cae sobre nosotros, me pego a la puerta como si fuera el cuerpo de mi madre. Qué fría está. Me oculto de la lluvia y del dolor, todo me delata como culpable. Soy ese que no puede más, que está cansado también, que se ha hartado de cuidar, que grita, que tropieza, que no tiene traducción para todas las palabras, ni siquiera para la más fácil: ahogo.

El agua ha embarrado todo en segundos, la perra está aterida de frío, se esconde en las ruedas de la autocaravana. Me mira desde ahí abajo, pidiéndome que me una a ella, que me postre, que me rinda, que repte y me llene de barro para al menos hacerle compañía. Podríamos compartir nuestros miedos juntos, ahí abajo; el suyo a los truenos, el mío a una madre muerta.

Me pego a la puerta, con el pecho horadado por una pala que no sé si empuñan la desesperación, el miedo o la culpa. Puede que todos agarren el mango, al mismo tiempo. El diluvio convierte con furia todo en una nube negra. No se ve nada. El ruido es atronador, la tromba parece que va a romper la luna.

Tenía la corazonada de que este viaje no llegaría a su fin. Como si el fin fuera llegar, en lugar de vivir. Veía cómo mamá se desdibujaba poco a poco, con estallidos de luz, aunque no quisiera darme cuenta. Veía desfilar sus días como un ejército que va sumando bajas, diciendo adiós, sabiendo que la guerra está perdida. ¿Qué se puede ganar en la vejez? ¿Un mes?, ¿una semana?, ¿un día? «Venga, que todo va a salir bien...» como respuesta a todo.

Echo en falta mi propio coche, el que dejé atrás, junto a todo lo demás, antes de iniciar este viaje fallido. Necesito agarrar el volante, poner la llave en el motor, arrancar y pensar en acelerar y acelerar hasta chocar con lo que sea. Buscar un barranco, un terraplén, morir. Cada uno en su caja. Ella en la autocaravana, yo en el coche. Pero en ese momento, cuando los pensamientos están desbocados y estoy dispuesto a soltar el último hilo de sensatez, suena el teléfono.

—¿Félix?

—¿Ma-má?

—¿Dónde estás? Me he dormido como un tronco y no sé ni qué hora es. ¿Félix? ¿Qué haces, que no contestas? Me vas a volver loca. Bastante tengo con el otro. Ven a por mí.

—Mamá...

Escampa tan repentinamente como ha empezado a llover, y el cielo se abre en azules imposibles. La perra asoma con cierta duda, se arrima a mí, determinada todavía a encontrar consuelo y cariño. Me lame la cara cuando la cojo, con ganas, con júbilo, como si se regodeara en mi histeria.

La puerta de la autocaravana se abre. Aparece mamá, no desaprovecha el lienzo que se ha quedado para ella:

—¿Has visto el arcoíris? Te encantaba de pequeño. Anda, entra, que hace frío. Mira cómo te has puesto. Será mejor que pongas la cafetera. Yo voy calentando la leche. Va, ¿qué haces?, venga, hijo, date prisa. ¿Es el día de Reyes? Has salido a tu padre, igualitos: nunca estáis cuando más se os necesita.

CUARENTA Y NUEVE

Cree que tuvimos un padre alto y guapo. Tal vez lo fue, las fotografías que han quedado, las no rotas, las que se salvaron del naufragio, muestran a un ser tosco con bigote y barriga de cerveza. Pero nombra de vez en cuando, sin sentido, a otro que la ansiaba «en demasía».

En demasía, dice.

Imagino la insolencia de los besos en ese tiempo de silencio, lo extralimitado de las manos, la falta de decoro en tiempos de decoro, la abundancia de miradas, el atropello del sexo a escondidas. Ese amor del que habla es un río con caudal de gota fría. Peligro de desbordamiento. Hasta aquí llegó la riada.

El hermano que tengo debe de tener más de sesenta años ahora.

—Sesenta y cuatro —precisa en un arrebato de razón—. Fue en la zona de las rosas caninas, detrás, algo que nadie sabía. Dios.

Cuando el delirio de su cabeza se acelera, hace goteras y llena el techo con una humedad que me sirve de mapa por el que escudriñar. Lo sabré pronto.

En la fonda en la que nos instalamos para comer, nos ofrecen pollo al chilindrón, que viene servido con patatas fritas y mucho pan para mojar en la salsa. La señora, al verme, me sugiere *recao de Binéfar*. «Cada uno una cosa, así las probáis». Es un guiso, cuenta, que lleva todo lo necesario.

—¿Algo más suave para mí? —pregunto, buscando una digestión ligera que me permita conducir sin dormirme.

—Cardo con almendras. Es de invierno, pero los tengo de bote, buenísimos. Verás. A esto no me dices que no.

Sonríe como una de esas taberneras de Cervantes. Decimos que sí.

En la mesa aparece al minuto un plato de ajoarriero, dos hermosos espárragos con un chorro de aceite y dos copas de vino tinto ya servidas.

Hay un cubierto de más.

Una silla vacía.

—...

—Estoy esperando a tu hermano —responde mi madre ante mi silencio.

Me perturba cuando él aparece.

—¿Crees que vendrá a comer, mamá?

—Pareces tonto, ¡cómo no va a venir tu hermano, si ayer me llamó por teléfono! Estuvimos hablando media hora y me dijo que comeríamos en una fonda, juntos.

—¿Quieres que esperemos?

—No, que se va a enfriar la comida. Come.

La sociedad imaginaria empieza a afectarme. No sé qué es real. Tal vez mi hermano existe; le hablo como a la perra, con la misma seguridad cuando acampamos y paseo. Quizá no solo está en su espejismo, y anda esperándonos en algún lugar, fuera de la ilusión, en una realidad que jamás he conocido.

—Está muy rico el caldo, mamá. ¿No lo pruebas?

—Quema. Quema mucho. No me quiero abrasar la lengua.

—Qué va, está en su punto.

Retira la cuchara con el revés de la mano. El tenedor se cae al suelo y no tardan en cambiarlo por uno limpio.

—No tengo hambre. Estoy nerviosa.

—¿Desea alguna cosa diferente? —pregunta amable el camarero, al que intento hacerle gestos con disimulo para que no le siga la corriente.

—No. Nada.

—No se preocupe, comeremos el segundo —respondo para evitar un mal mayor. Cuando se va hacia la barra, me mira con ojos de mujer despedazada.

—Estoy rota. No sé qué me pasa, la cabeza me da mil vueltas; es culpa de los antibióticos. No debería haber tomado tanto. No voy a medicarme con nada más. Me estás dando algo que no me viene bien y me lía la cabeza. Me estoy trastornando. Soy un capazo de gatos. Desde hoy no me tomo nada.

—Tal vez por eso mismo debes tomártelos, a ver si mejoras. Son necesarios. La médica te dijo que...

—La médica que se vaya a la mierda. La médica no está en mi cabeza ahora.

—Baja el tono, mamá, por favor.

Todos los comensales nos miran. Alguna pareja me entiende y hace un gesto de comprensión con la barbilla y los párpados. Lenguaje de signos.

—¿Estoy mal? —pregunta mamá—. ¿Hay algo que yo no sepa? ¿Qué te dijo la médica esa, de lo que no me enteré yo? Te vi cómo hablabas con los doctores cuando yo estaba con los goteros. Seguro que me ocultas algo. Seguro que te dijeron algo. Como el cura del otro día. Ahora mismo nos están mirando todos. ¡A mí no se me oculta nada!

—No, mamá, solo quiero que estés bien. Estamos comiendo, estamos felices, estamos juntos.

—Bueno, déjame. No quiero hablar. No quiero comer. No quiero nada.

—Vale, mamá.

—Déjame, estoy rara, y no quiero decir ni mu porque me arrepentiré. Pero tú no estás siendo claro.

No se fía. No habla.

La perra intuye que algo extraño pasa y la huele. Se queda a sus pies.

Así pasan las siguientes horas, con la desconfianza y el silencio autoimpuesto de una madre que recela de todo, también del vaso de leche, como en una novela de espías, y de las medicinas que me veo obligado a machacar con una botella para convertir la química en polvo de colores. El veneno lo disimulo con leche condensada y café soluble.

La perra le lame el tobillo hinchado, que tiene visos de ser una prueba de otra infección de orina; la deshidratación y la escasa movilidad ya nos llevaron a urgencias días antes de salir de viaje. Parece que vamos por el mismo camino. A ella le da igual.

—Bebe algo de agua, mamá.

—No tengo sed.

—Es que debes beber, la médica ha dicho que...

—No tengo sed.

Pruebo con gelatinas, más caldos y yogures. Pero el sabor amargo de las pastillas picadas empieza a ser detectado, el camuflaje se viene abajo.

Dice que no le gusta. Que no quiere. El «no» es su nueva habitación.

La autocaravana comienza a ser un lugar irrespirable. Mamá tampoco quiere ducharse. El orín se hace lavanda, como esos campos en los que las modelos se hacen fotografías para anuncios de colonias. Es mi nuevo aire, el oxígeno que lo baña todo como una brisa suave, constante y penetrante. Orín. Ya no lo noto. Empieza a ser parte de mi ropa y de las paredes. La perra también se mea en mitad de la sala. Entiende que es su sitio, que puede hacerlo en medio, que nadie le va a decir nada, que no hay peligro. Quién le puede reprochar qué, si imita el comportamiento de quien admira y adora, de quien la cuida. La desgana y la apatía se contagian, no sé si a través del aire o de sus aromas, pero no me siento capaz de discutir con dos niñas pequeñas, porque lo que quiero es estar en compañía de mi perra y de mi madre. Quiero que sigamos haciendo este viaje juntos, los tres. No quiero perderlas, pero dudo de mis fuerzas para mantener esto en pie. Caen los primeros cascotes sobre mí, anunciando un derrumbe. Por más que ponga mi espalda, mis hombros, mis brazos para hacer tapón, para impedir que la oleada entre y lo arrase todo, yo también tengo derecho a cansarme. A bajar los brazos. A decir basta. No es lo que quiero hacer. Hay demasiadas cosas que no quiero hacer. Perder a mi madre será la más dolorosa. Aceptar que es algo que ya he empezado a hacer, sin embargo, duele todavía más.

CINCUENTA

—¿Y la mamá?

Se despierta de la siesta y eso es lo primero que dice. Todo se pone espeso, de repente. «Quiero irme con ella», añade languideciendo en cada sílaba. Pero no habla del cielo, porque la abuela vive en su imaginación. «Lo mejor que debería hacer —dice desde el sofá cama— es estar con ella». La frase duele.

—¿Tienes ganas de verla?

Hay algo terrorífico en la formulación de la pregunta. Sin embargo, no lo evito. En el fondo de nosotros mismos, como decía Greene, siempre tenemos la misma edad.

Asiente como una niña que pasa de los ochenta. Sonrío para que me devuelva la sonrisa, sin éxito. Luego la mueca se transforma en amor, porque me cuenta que hace días que no la ve y que, si estuvieran juntas, a pesar de la edad, podrían cuidarse la una a la otra. Y que así yo podría vivir mi vida.

—La abuela no está —insisto.

—Y dónde está —me pregunta.

—Con el tío —respondo.

Dice, pregunta, respondo.

—¿A qué te dedicas?

—Hago pasatiempos para las revistas. Trabajo para que otros se entretengan cuando no tienen nada que hacer. Yo relleno esos espacios muertos y ellos rellenan las casillas en blanco. Es un trueque.

Se queda mirándome.

—¿Te gusta Miguel Delibes? —Y saca de su bolsillo una hoja seca de árbol.

—Qué bonita —le digo, mientras me la quedo.

—También me gustan mucho las flores esas que soplas y se van. Me gustaría ser como ellas.

—Diente de león.

—No puede tener un nombre tan feo esa flor.

Niego con la cabeza para darle la razón. Me atraganta la emoción.

—Menudos erais de niños, qué panda. —Mamá se ríe mientras viaja en el tiempo a un lugar que desconozco—. ¿Te acuerdas de tus amigos? ¿De los dos sinvergüenzas con los que ibas a coger caracoles?

—El Rubio y Azulete —le contesto.

—Pero nunca me hacías caso. Solo faltaba tu hermano dándote la razón. Y los zapatos rotos. Llorabas y él te cogía de la mano, para protegerte, claro. Y a ti no te venía mal, porque te librabas del bofetón, del mío y del de papá. Pero ¿tú sabes cuántos pantalones remendé? Y eso que la abuela me ayudaba a coser, que, si no, aún andas como esos de las novelas, los del Misisipi.

—Huckleberry Finn.

—¿Te acuerdas? Viniste conmigo a que me quitaran los puntos de la ceja, de cuando me caí. Y no lloraste. Ahí te hiciste mayor. Justo ahí, en la puerta de la consulta del médico. Pensé que serías como tu hermano, que se mareaba con la sangre, pero nada... Qué valiente cuando se me abrieron los puntos, ¿te acuerdas? ¡Fue terrible! Y la herida como un pollo deshuesado, rajada. Qué tajada me hice, por el amor de Dios. Y todo por subirme al taburete de la estufa, todo por querer bajar la manta, que tenías frío, dijiste. Pues se nos acabó el temblor, porque el susto fue tremendo.

Mamá pasa por un montón de recuerdos, mientras yo coloco flores que he cogido del campo sobre la mesa.

—Y dices que haces pasatiempos...

—Para periódicos.

—¿De esos de buscar palabras? A ver, dime palabras. Cuando mi hijo era pequeño, me leía las redacciones y yo lo corregía, cambiábamos palabras, unas por otras. Así sacaba mejor nota.

—Hay palabras que gustan a todos y que es bonito ponerlas en las sopas de letras: frescor, ineficaz, ciervo, ademán, gentileza, lilaila, vorágine, apapachar...

—¿Apapachar? ¿Eso qué es?

Me acerco a ella y la abrazo. Entierro mi cara en su cuello. Se queda quieta, inerte en mis brazos, como si de pronto tuviera cierto miedo ante un desconocido. De repente resulta extraña, o yo para ella. Se contrae y noto su espalda rígida. Me siento mal y recuerdo las veces que me agarraba de sus piernas y olía a cocido, a jabón, a colonia. Ahora, huele a amoníaco y café con leche. Cuando era niño me abandonaba en sus brazos, me dormía, y ella conmigo.

—Diría que eso de apapachar es mexicano. Nadie dice eso aquí. Pero bueno, suena bonito.

—¿Verdad? —digo, separándome de ella—. Es como abrazar, acariciar el alma.

—Me gustaría apapachar a mamá —zanja, arreglándose la bata y ajustándose el gancho del pelo—. Solo quiero eso.

Mentira sobre mentira para que el aire se licue como el Sintrom, para que discurra por nuestras venas cualquier recuerdo bonito que no genere dolor, diluido hasta atravesar el corazón.

El embudo se da la vuelta en mi tristeza. Todo se agolpa.

—¿La echas de menos, mamá?

—Hace un rato estaba conmigo. Esta mañana, en el desayuno. Pero como se va siempre sin avisar...

Me pregunta si la he visto, que estaba sentada en el sofá donde yo estoy ahora. Toco la falsa piel acolchada y parece que un calor, tal vez de la perra, recuerda su presencia. ¿Y si es cierto? ¿Y si mamá la ve? ¿Soy yo el que se ha muerto y ya no distingue a los vivos, mezclándolos unos con otros?

De pie, sirviendo café para los dos, le pido que me hable de su madre. Era buena, muy trabajadora y siempre estaba pendiente de todos, «por eso me extraña que no esté. Con la edad que tiene, y por ahí sola». Todo esto es lo que dice.

—Está con el tío —le recuerdo—. No está sola. Él la acompaña desde hace años.

—Pon un vaso para ella, no tardará. Aquí hace frío, pero fuera... No quiero imaginar si ha salido sin rebeca, no veo la mía por aquí... A ver si la ha cogido.

La escondo tras los almohadones.

—No la encuentro. La habrá cogido... Seguro que está a punto de llegar.

—¿Y su vaso?, ¿no lo sirves?

Me veo obligado a repartir el café en tres vasos, a distribuir la leche y hacerle caso: tres cucharadas de azúcar para la abuela. Que a ella le gusta muy dulce.

Con el vaso delante, busca el teléfono para llamarla.

—No me acuerdo de su número. ¿Tú te acuerdas?

Digo de memoria aquel que tenía: 2173401.

Mamá empieza a marcar.

En esa espera pasan siete manadas de caballos salvajes por mi cabeza convertida en un lejano Oeste, destrozando la hierba, galopando fuerte hacia otro lugar que sale por la sien directo al dolor.

—No suena bien.

—Vuelve a llamar, mamá. Estará ocupada. Lo mismo está en la cocina, con sus cosas, haciendo conserva. O tal vez esté en misa.

Mira la hora.

—No, en misa no... Dos. Uno. Siete. Treinta y cuatro. Cero. Uno.

—Sí.

—No da señal.

—Pues descansa, mamá. La leche se te está enfriando.

—Y... ¿la suya?

Cuando no se da cuenta, la reparto entre los dos y me la bebo de un sorbo para dejar vasos en la pila. Abro el grifo y mi impulso es meter la cabeza para enfriarme la nuca; me hierve.

—La mamá me pegó un bofetón una noche por llegar tarde. Siempre se ha quejado de que yo ponía la última palabra. A lo mejor por eso tú te dedicas a eso. A poner palabras.

—Pero... ese bofetón, ¿por qué fue?

—...

CINCUENTA Y UNO

Mamá fue administradora en la Sección Femenina.

Me lo cuenta mientras nos sentamos en la mesa plegable de la autocaravana. Una botella de mosto tinto para compartir. Dos vasos con hielo.

—Es mi bebida preferida. Gracias, Félix.

Mientras tomamos el refrigerio, ella habla de las comidas que hacían las cocineras de Vera de Bidasoa. Parece que estuvo más tiempo del que recuerdo. No me cuadran las fechas. La escucho sin interrumpirla. Leo en sus ojos la alegría. Propongo que comamos cada viernes tortilla de patatas, que demos un paseo y que nos sentemos a mirar el paisaje en nuestras sillas plegables.

—¿Tu hermano ha salido?

—Mamá, somos tú y yo.

—Pero... guárdale un trozo a tu hermano.

Pone su plato sobre la tortilla, a modo de tapa, «para que no vengan los bichos». Cierra los ojos, y decido hacerle caso al médico: seguirle la corriente, nunca llevarle la contraria.

La Sección Femenina era como la Mariquita Pérez, «muñecas al servicio», dice mamá. El armario de juguete reflejaba la vida de a lo que debía aspirar una niña de la época: iba al colegio de monjas, el fin de semana paseaba y jugaba en el parque, hacía deportes —para los que tenía diversos conjuntos—, iba a la montaña en invierno y a la playa en verano. Era un espejo de la clase social de las propietarias. Tenía trajes regionales, tomaba la comunión con misal y medallas, cuidaba de la casa, plantaba rosas y leía en la silla. El juguete tenía juguetes, costureros, joyas, pelucas y también su carné de identidad con nombre, dirección y teléfono. A ese selecto club infantil accedían pocas, pero todas querían una. ¡La muñeca que vive y se viste como una niña!

La muñeca era el primer paso, así lo decía: «Entretengo y divierto a mis mamitas, las educo y las acostumbro para cuando tengan niñas de verdad».

—Eran carísimas. La rubia, la morena y la castaña. Con bucles o con trenzas. No podía pagar doscientas pesetas, era el alquiler de la casa.

Mamá la pidió a los Reyes Magos, pero sus majestades no frecuentaban Núñez de Balboa, donde estaba el taller de Mariquita Pérez, ni sabían de plazos, ni de suscripciones. Ella escribió que viniera vestida de organdí, con zapatos y calcetines, y con un precioso abrigo de fieltro. Tenía buena letra. Y como los Reyes no pasaron por casa, le llegó un almanaque con fotos de Mariquita: con traje *vichy* y sandalias, con lencería, con capota a juego con el traje, con impermeable, con traje de pescadora, con pijama estampado, con traje regional. Mamá recortó las fotografías como en la revista *Mis chicas* y les puso una peana de madera, con trocitos de leña. Un lápiz gastado fue la batidora, y un resto de tela, la capa con la que acudía a las fiestas del Casino de Madrid. Lo siguiente fue bajar el dobladillo de los vestidos y recogerse el pelo; el suyo, no solo el de las muñecas. También los tíos abandonaron el pantalón corto, se afeitaron y empezaron a fumar. No hubo puesta de largo, porque eso salía solo en las revistas, pero fantaseaban las amigas con alargar las horas de la noche y con imaginarse en círculos de realeza y nobleza. La Antonia se quedaba con los números usados de *Ventanal: revista del hogar*, y con eso y un bizcocho se enteraban de la moda, la belleza, el hogar y consejos para encontrar marido o hacer frente a los nuevos hijos. *Garbo* sustituyó a Mariquita. Dos pesetas, quincenal, y con cuentos de Ana María Matute o Carmen Kurtz. Era su hora femenina, como decían en RNE. También les cambió el carácter, dejaron la alegría y pasaron al agrado, a la simpatía. Les decían que la verdadera independencia era vivir pendiente de los demás, que los cuidados ajenos les harían olvidar los propios, que si eran más amables serían más queridas. En una de esas tardes de complacencia con los chicos, se les alargó la hora, mamá llegó dos minutos más tarde de las diez.

—¿Y qué pasó?

—Mamá me dio un bofetón, ¿no te acuerdas?

—Cómo me voy a acordar. Yo no estaba allí, mamá.

—Se te habrá olvidado. Me giró la cara del guantazo. Me fui a la cama llorando, me metí vestida y, al día siguiente, cuando puse los desayunos, me fui a la Falange. Y me apunté.

CINCUENTA Y DOS

—¿Tú crees que existe Dios?

—Mamá, qué preguntas haces a estas horas. Supongo que sí. Nos hemos pasado la vida rezándole y yendo a misa. Como para que ahora no exista.

—¿Y tú crees que Él, ahora, está aquí?

—¿En la autocaravana?

—Sí, aquí, en la autocaravana. Con nosotros.

—Pues qué quieres que te diga, me resultaría incómodo, con lo estrecho que es esto.

—Pero... si existe Dios y si es hombre, nos está viendo todo el rato. Y he pensado que me da vergüenza.

—¿Que te vea?

—Sí. Que me vea ahora, tan vieja, tan arrugada.

—Bueno, es Dios, es compasivo y no tiene malos pensamientos, mamá.

—Pero es hombre.

Inspiro hondo y cojo de nuevo la toalla que estaba plegando. Recorro en cada frunce las formas que tiene el miedo de aparecerse. Mamá se ha olvidado del olor a colonia de madera de papá, de las tardes de limpieza en el garaje, pero es probable que ese miedo tenga llaves de la memoria. Doblo la toalla y cojo otra. Hago lo mismo.

—Es Dios. Y no tiene deseo, mamá. Dios no habla de sexo. Ni lo practica, que yo sepa —digo, y pienso: «Esto también debe de ser voluntad de Él»—. Venga, va. Vamos a tomar la leche, que se enfría.

—Pues hizo dos muñecos con barro, Adán y Eva —replica mamá—. Y jugar con muñecos para que tengan hijos es de gente rara.

—Bueno, visto así... Suena extraño —digo, sintiendo envidia por los razonamientos—. Pero tú siempre le has rezado.

—Sí, mucho. Y la abuela. Pero es que ahora no sé si rezaba a Dios. Al hombre, digo. Que si llego a saber que es un hombre, le rezo menos. Debería haberle rezado más a la Virgen.

—Bueno, ya está, qué más da. Lo rezado, rezado está. A lo mejor Dios es una mujer. Quién sabe.

—¿Con barba blanca? —añade, escudriñando mis ojos para tratar de adivinar si yo tengo la respuesta y la estoy entreteniendo demasiado.

—Eso es cosa de la iconografía. De los pintores. De Miguel Ángel, la Capilla Sixtina, la Creación. Esas cosas. Pero es como se lo imaginaban. Y tú, ¿cómo te lo imaginas? Si Dios no fuera como ese viejo de barba blanca... Si fuera de otra manera, ¿cómo lo imaginas?

—Haría magdalenas.

Se me encoge el corazón.

—Dios haciendo magdalenas... No está mal.

Es la mejor ocurrencia que ha tenido mi madre.

—Tiene su gracia —concedo—. En cualquier caso, siempre han dicho que Dios está en todos los sitios, aquí dentro y ahí fuera, en la calle, en las cosas que tocamos, como estas... toallas —explico, recogiendo cable para que no se crea que me río de ella.

—Magdalenas, como la abuela, igual que ella. Con su moño fijo con brillantina, con el delantal blanco cogido al pecho con imperdibles, cuidando el fuego para que no se derrame la leche, echándoles comida a los pájaros en las macetas del balcón y haciendo masa para magdalenas. O para bizcocho. Me lo imagino rallando el limón. Dios, si existe, debe de saber hacer magdalenas.

En ese punto, prefiero seguirle la corriente.

—Pues no es mala imagen. Así le rezas, a partir de ahora, de otra manera.

—Llevo toda la noche pensándolo.

—¿Y no has dormido bien por eso, mamá?

—Nada, no he pegado ojo.

—¿Por culpa de Dios?

—Por su culpa, por su gran culpa. Y si estuviera aquí, en la autocaravana, me habría cerrado los ojos. Entornaditos, para que me sosegara, para que al menos dejara de cabecear y dar vueltas en este catre tan estrecho. Qué clase de Dios no me deja dormir. Si hasta la perra duerme, mírala.

El ronquido de la perra acuna la conversación.

—Tienes razón. La perra se duerme enseguida. Es como si tuviera un interruptor. Apaga y duerme.

—Porque a lo mejor los animales no tienen dios.

—Tal vez no. O puede que su dios seamos nosotros, los que les damos de comer, los sacamos a pasear, los llenamos de mimos y carantoñas, y les ofrecemos nuestra casa para convertirla en su hogar. Todo lo que debería hacer un dios por sus creaciones.

—Entonces, Dios no es un hombre. Porque quien hizo todo eso por mí fue mi madre.

Me quedo en silencio. Si hay un Dios, le pido en silencio que no deje que esta lucidez se apague, que no permita que se extinga esta sensación de admirar y querer tanto a alguien.

—Tienes razón. Dios es una mujer, porque también mi madre fue la que hizo todo eso por mí.

Lo que callo es que ahora soy yo quien lo hace por ella.

Porque yo no quiero ser Dios. Soy solo un hombre, un hijo, alguien que quiere seguir escuchando la voz de su madre, mientras ella hace tambalearse, con tanta sencillez, los cimientos de la fe. Esa fe a la que trato de aferrarme y que me resulta esquiva. Quizá porque, tal como mi madre sigue argumentando sin darse cuenta, esa fe tal vez sea algo que, como tantas otras cosas, nunca podremos apresar con las manos.

CINCUENTA Y TRES

Hay días en los que deseo que el viaje dure más, que sigamos hablando de Dios o de a cuánto estaban los altramuces o las garrapiñadas a la entrada del cine; más días en los que la perra se lama las almohadillas de las patas enredadas de pinocha o que siga oliendo a colonia fresca en la autocaravana para camuflar los orines. Esos días, también, me torturo pensando que quizá no haya más kilómetros, que se acabó el viaje, que, a lo mejor, he malgastado este recorrido desde el pueblo hasta Vera de Bidasoa sin profundizar más en su infancia, en la adolescencia o en el misterio fraternal que nos encadena; que esta guerra es la nuestra, que un día hay paz y otro es irrespirable por el amoniaco, la sangre y los bombardeos, pero que los días de calma, en los que su cabeza es luminosa, infantil y tierna, compensan todos los malos. La pequeña alegría enmienda, repara y gratifica el recorrido. Y, de repente, la miro y me acuerdo de sus ataques de risa con las vecinas, las carcajadas y las manos en el vientre, cuando todas dejaban la compra en el portal, aparcaban los carritos y se ponían al día con los chascarrillos del bloque, que si menudo ceporro era Miguel, que qué tremendo el Ildefonso, dando palos de ciego en la cama, o el zoquete de Salvador, que no sabía mear sin salpicar. Ese retrato social de los hombres es un surtido de adjetivos, difíciles de traducir, que empieza en animal y termina en zopenco. Me acuerdo también del beso cálido de buenas noches, cuando la casa estaba ya en silencio, tras el friegue y la llave echada dos vueltas, y de la mano en la frente para saber los grados de fiebre, «No vas hoy al colegio, te quedas», con un guiño cómplice. Me zarandeaba en la feria, al bajar de la atracción, para burlarse de mi mareo fingido, y me hacía cosquillas por debajo del pijama para que me fuera a la ducha los sábados por la mañana. «Que no, que no, déjame». Porque igual que un día era fiesta, al otro, todo se tornaba en drama y dejábamos de existir al llegar papá. Todo tenía otro volumen, cierta invisibilidad, y los horarios volvían a ser estrictos, sin cosquillas ni onzas de chocolate. Inevitables las miradas cómplices, la voz baja y los cuchicheos en el pasillo o en el banco de la cocina, aprovechando que la lavadora centrifugaba fuerte como un carguero de guerra. El «Qué te hago de comer» o el «Luego te acompaño a mecanografía» se ponían en pausa hasta que padre volvía a salir de casa.

No sé si el tiempo más feliz fue aquel, disfrazado de mentiras. Puede serlo este, en el que la niña es ella y el número exacto de kilómetros no coincide con las ganas de viajar. Un viaje que ella ignorará siempre y que para mí será nostalgia, porque, lo que ahora es un regalo, será condena de remordimientos dentro de muy poco.

Cuántas veces en las gasolineras en las que hemos parado para repostar, orinar, cambiar pañales o ventilar la casa caracol, he pensado que podía ser esa la última vez que recargaba o que fregaba el suelo de migas, nescafé pisado y leche seca; cuántas veces se ha dormido y me he quedado mirándola desde el sofá gemelo, sabiendo que podía ser la última vez, las últimas buenas noches, el último beso. Que no habría buenos días en el día posterior, ni caricias, ni «tú quién eres».

Me levanto a oscuras, con la luz justa, para hacerme unas hierbas relajantes. Una pastilla. Dos, a veces. Hasta que caigo como ella, como la perra. Dormidos. Anestesiados.

Me pasa también con Amparo; sí, me pasa porque ese otro viaje duerme en un cajón de la cómoda, esperando un mensaje que no llegará, porque todo ha quedado en el gerundio del verbo «terminar», porque me acuerdo de la primera vez que nos fuimos a la cama deseando amanecer siempre juntos. Había futuro. Entonces. Ahí. Cuando nos despedimos en la puerta de casa, con sus maletas cargadas, le regalé la pulsera que llevaba puesta, nos dimos un último beso y subida en el coche, por la ventanilla, con la mano lanzó otro, antes de que yo pudiera decirle «quédate».

Trato de escapar de ese pensamiento estéril, antes de que el obelisco que construyo a la memoria me mate en su derrumbe también a mí. Y yo, que me quedo absorto en los pensamientos y en el pasado, me protejo con la perra, que, intuyo, no tiene móvil, ni espera mensajes, ni días de vida. Solo vive, come y se deja acariciar.

Amparo se fue con las preguntas, mamá me está dejando sin querer otras respuestas.

¿Serán esas energías congeladas los sótanos que deberé atravesar en el futuro? ¿Será el recuerdo suficiente para mitigar el dolor, o la foto que nos hicimos ayer será la que quede impresa en la estantería para mañana?

¿Cuál es la última foto que nos hicimos, Amparo? ¿La miras a veces? ¿La borraste? Estábamos sentados en los taburetes de un bar, en agosto, brindábamos por nosotros, días antes de irte sin saber que te irías. Habíamos llorado en esa reconciliación en la puerta del estanco, tampoco sabíamos que no funcionarían ni el pegamento ni el conjunto de cuerdas con las que habíamos renovado lazos. Intento recordar la foto y averiguar qué falla, qué gesto en tu postura es la pista del final. He pasado horas peleando conmigo frente a esa imagen, como un fantasma, sin saber que el telón ya había caído sobre nosotros. Que no habría otra escena. Ni público. Que la sala ya estaba vacía. Que no quedaban planes. Ni más cervezas. Ni otra foto.

Mientras escribo esto, me acuerdo de la traducción que hice de Mirelle Puchet, *Los amaneceres*. Ese momento en el que habla de que todo sucedió de golpe, de un día para otro. Dice: «Qué tristeza aquella en la que todo era pausa. No había palabras, en ocasiones se perdía por el pasillo, miraba el cuadro del Pierrot y sonreía desorientada, esperando que el muñeco le señalara el camino. Aquí o allí. Hacia la puerta o hacia la ventana. Otras veces, tropezaba en sus manos, mirándolas, como si fueran de otra. Buscaba un tacto familiar en su misma piel, tal vez el de su padre, que siempre la sacaba a pasear». Y continuábamos viviendo. Pero llegó aquel día de verano, sin previo aviso. Hace tiempo de esa historia juntos, se ha secado. Tanto que se me ha olvidado que creíamos que lo nuestro era irrompible.

«Deja de escribirme», me escribiste. Y con esa manía que tengo de memorizar las frases para traducirlas o buscar el mejor sentido en otro idioma, no hice caso. Añadí palabras al final que ya son solo el epílogo que nunca leen los lectores, ese manojo de frases huecas que son los coletazos de una lagartija muerta. Caen una sobre otra, palabra a palabra, levantando polvo, que antes fue pradera.

Y durante todo este tiempo, he estado oyendo tu presencia en casa y en cada movimiento, en el baño, en la cama, en la comida, en la calle.

Por eso me dedico a traducir a otros y no a escribir, porque así no tengo miedo de contar nuestra novela. Tengo la mente ocupada con otro tipo de vida y con un misterio que me trastorna más que tu ausencia. Tal vez hace falta un dolor para camuflar otro. Que si te duelen las muelas no te puede doler la espalda, y que si te duele la espalda no te puede doler la cabeza, ni el estómago, ni siquiera el lagrimal. Será así también en el desamor: cuando hay otra preocupación, qué poco importa si la foto que nos hicimos era la última o la primera, si la caña estaba fría o era vino tinto. Somos como los desiertos que, aun teniendo el mismo mapa, nunca son el mismo paisaje.

Ahora, con mamá a cuestas, he abandonado mi vida, esa que parecía envidiable, de apariencia deslumbrante: los estrenos de teatro, las escapadas en pareja, la cama deshecha hasta la hora de comer, las pizzas en el sofá y la resaca compartida. Una casa con libros, viajes de trabajo y, lo más importante, una pareja a todas luces ideal. Una vida por otra, ese ha sido el cambio; porque después de todo lo que llevo traducido, he llegado a la conclusión de que no se pueden solapar varias tramas de manera perfecta, hay que terminar una para enlazar otra. Solo hay un protagonista, los demás son contingentes. Los lectores habitan un libro, una cama, una cocina y una ducha. Un río nunca te baña dos veces. Un amor tampoco duerme en el mismo lado.

La decisión más dura fue elegir.

La angustia por mi madre no me hizo necesitar menos a Amparo, sino más, incluso, si es que eso fuera posible. Su ayuda en casa, su delicadeza con las flores, su boca de lo más dulce, ella entera encantadora. Escucharla hablar de pájaros, de las particularidades de los colibríes o de los petirrojos. Podría decir que cuando me desperté, ella ya no estaba allí. Había luz, su reloj estropeado dando las once eternamente, los auriculares rotos y mi miedo junto a las estanterías y los cajones donde abandonó la ropa de salir a pasear. En algún lugar, por detrás de todo ese miedo a la soledad, estaba otro miedo mayor: la enfermedad de mi madre. El vacío en la cama me pilló por sorpresa; como los hoteles, pero sin número de habitación. Y regresé a las pastillas.

Decía que voy a echar de menos este tiempo itinerante con mamá, este tiempo inexacto del viaje que nos queda, en el que cada segundo está lleno de sí mismo y en el que ocurre solo lo que la perra quiere.

Me cuesta mucho sumar los días que mamá y yo llevamos juntos, y la distancia, y las emociones. Es una cámara hiperbárica en la que sobrevivimos a la inmersión en su pasado, en el de ese hermano Félix que habita en algún punto de la atmósfera cargada de butano.

CINCUENTA Y CUATRO

La fotografía más inquietante que encontré de mamá llevaba una anotación a lápiz corregida varias veces. Apenas se podía leer, las letras se confundían con los números de la fecha.

Después de fregar, de reconvertir las dos camas en sillones y de ventilar la autocaravana, me siento a su lado y saco una a una las fotografías de la caja de galletas.

—Mira esta imagen, mamá. ¿Te acuerdas?

Ella se la acerca en ese momento a los ojos, y no distingue mucho a los personajes, le parecen extraños; pero, de pronto, se reconoce en una nueva que le ofrezco. «Aquí estoy con unos toreros. Vinieron al pueblo y yo era la reina de las fiestas. Me llevaron al palco. Me puse con mi mantón de Manila en la barandilla y allí estuve evitando el ruedo desde la distancia, qué miedo. Me miraba las manos, porque me había puesto un anillo prestado, temía perderlo, observaba a los músicos que tocaban pasodobles y, a escondidas, pellizcábamos de una bolsa de tela en la que llevábamos trocitos de queso y jamón. ¡Los años que tiene esta foto!».

Me hubiera gustado estar en ese palco, le digo, sentarme a su lado como un amigo y saber de qué hablaba en esos años rotundos de juventud desconocida. Ser uno de la pandilla al que le llegaban las confidencias de esas amigas, esos secretos que quedaron muertos entre los años y los féretros de las que ya se han ido.

«Esta se murió», dice mamá, cogiendo una de las instantáneas de cartón. Las otras, no sabe quiénes son.

—No las conozco —dice—. ¿Las conoces tú? —me pregunta.

—Serían amigas tuyas. ¿Este quién es? —le pregunto.

—El cura.

—¿El cura de dónde?

—De Vera de Bidasoa.

CINCUENTA Y CINCO

Me mira con un aire extraño, esta es la primera noche que dormimos a pocos kilómetros del destino: el albergue donde pasó la juventud tutelada por la Sección Femenina.

Dice:

—¿Tú eres de aquí?

Vacilo de pena y, aunque estoy acostumbrándome a no ser nadie, ni siquiera el que era, hago de tripas corazón y contesto.

—Sí, como si fuera de aquí. Mi madre me trajo y nos quedamos a vivir.

—Entonces, si eres de este lugar, sabrás dónde está mi hijo.

—¿Cómo es?

—Como tú, pero un poco mayor. Seguro que ya tiene familia, dos o tres hijos... o hijas.

—¿Me puede decir su nombre?

—Yo lo llamé Félix. Pero... a lo mejor se le olvidó.

Silencio.

Esa misma tarde, al regresar de mi paseo con la perra, me la encuentro dormida en la hierba junto a la silla plegable, tapada con la colcha, en una triste y enternecedora posición fetal. Se ha hecho pis encima, y está calada y aterida de frío. La subo en brazos a la autocaravana y la cambio con cuidado: el culo mojado, la espalda marcada por las ramas como letras chinas, los pechos inertes, pegados al hueso como pechugas descongeladas.

Es una noche de luna llena.

Cuando la limpio es como profanar un cuerpo santo, tocar las sayas del altar y limpiarla para Dios, secarla cuidadosamente con sus «ay, ay, ay», uno tras otro, traducción de sus dolores. La abrigo más de la cuenta y la perfumo mucho, para narcotizarnos los dos. Le corto las uñas de los pies, difíciles y duras. Las de las manos, hermosas y frágiles. Se las pinto de nácar, como la abuela.

Aun en el suelo frío y húmedo es una madre.

Limpia y madre.

Más tarde, sentados a la mesa, le pregunto:

—¿Conociste a muchos hombres cuando eras joven?

—A quien me quiso conocer.

La respuesta críptica, como lo es ella siempre. Una caja llena de misterios y fotos que nunca serán revelados, con fechas escritas a lápiz y frases a medio terminar.

—¿Te enamoraste?

—Y me casé.

—Y... ¿antes de casarte? ¿Hubo algún hombre?

—Los que conocí. Aquí.

—Por eso te pregunto. Hemos venido a Vera, a Bidasoa. Y aquí parece que empieza todo.

—Terminó.

—¿Qué?

—Aquí nos tenían de esclavas, pero nos lo pasábamos bien. A veces. Supongo. Ya no me acuerdo. El uniforme. La comida. A misa. —Cierra los ojos y visualiza lo que está diciendo—. Hay pájaros. Muchos pájaros que van acompañándonos en el paseo hasta el albergue. Y a la iglesia. Yo toqué una vez las campanas de la torre. Salir y entrar, nada más. No me dejaron repetir. La capilla. Detrás. Los curas eran los únicos hombres. Pero no querían bailar. Los pájaros subían al campanario. El padre Saturno daba homilías muy largas. Como su sotana. La cena estaba fría. Sopas. Sopas frías.

La respuesta es inconexa, pero se entienden perfectamente el escenario y la atmósfera. Así me lo parece. Tal vez corta voluntariamente lo que le da la gana o lo que la vida ha dejado en esa riada de barro, sobre su cabeza, que son los años. Intuyo que acabó harta de tutelas emocionales por parte de las monitoras, porque repite horarios cuando insiste otra vez en la misma monserga.

Decido mirarla, tirita de frío.

La abrigo con la manta de ganchillo de colores y ni se inmuta, como si la hubiesen dejado los pájaros de los que habla con los picos sobre sus piernas. Me gusta verla así. Parece mi madre y no una vieja.

Se encoge de hombros.

—¿Qué sucede, mamá? —le pregunto.

Gira la cara hacia la ventana, se recoloca en el colchón de espuma para poner bien la cortina. La cierra de un enérgico tirón. Mueve las piernas de manera nerviosa, arriba y abajo, hacia los lados. Incómoda. Como si alguien invisible la tocara y se retirara para evitarlo, para que no la rozaran. Mueve los dedos, tamborilea en el cristal. También las rodillas se agitan, palpitan desde los tobillos.

—¿Qué pasa?

—¡Cierra la puerta! —Lo grita rotunda, con una fuerza que no conocía.

Hago como que cierro con llave. Se calma al ponerle la mano en el hombro, pero no levanta la mirada. No la abrazo para no llorar. Para no llorar yo.

—Voy a poner una crema de verdura para los dos —le digo—. Y un poco de membrillo casero que compré en el súper, que sé que te gusta.

—El cura nos daba dulces.

Me giro hacia ella, quiero ver su expresión. No sé qué decir al respecto ni cómo describirla: traductor, traidor.

Durante un largo rato, mamá habla de pasteles y de las cocinas del albergue donde las monjas preparaban las viandas que las oficialas sacaban al comedor. Las mesas con rosas caninas. El cura, los curas, matiza con otro tono de voz, pasaban a probar y a comerse las mejores raciones. También los primeros pasteles. El bizcocho, las empanadillas de cabello de ángel, los contados bombones de chocolate, la leche condensada bebida directamente del bote. Primero ellos, luego las chicas. El padre Saturno, explica, rezaba, vigilaba y comía.

No pregunto. Habla sola, con los ojos cerrados. Mezcla realidad, recuerdos y fantasía, como los niños. Dice que los planetas son Mercurio, Venus, Júpiter y Marte. Algunas cosas no encajan, porque asegura que conducía un cuatrolatas rojo hasta la plaza del pueblo y que cantaban canciones en la puerta de la iglesia, cuando mamá no condujo nunca ni tuvo carné.

En el lodazal de palabras, se duerme.

Hasta aquí llegan los recuerdos.

No ha cenado.

La crema está fría. Me la tomo yo, y lo que sobra se lo echo a la perra sobre el pienso.

Me siento a fumar en una de las sillas plegables, fuera de la autocaravana. Ella se ha quedado en la cama, encogida, con la cabeza apoyada en el brazo extendido hacia delante, a modo de almohada; los dedos muertos le cuelgan como sarmientos secos envueltos en cuero. Los anillos los he cogido para tocarlos y jugar con ellos a la luz de la luna, que es menos luna que otras noches.

CINCUENTA Y SEIS

Así como los libros tienen un final que se avecina en el calor de las hojas que el lector tiene en sus manos, en las que restan, la vida no avisa de lo que le queda. Podemos estar vigilantes, sentir el alivio cuando las cosas van bien y no hay hospitales, cuando los días pasan y pasan sin ser mirados, como peces que no serán pescados. El tiempo que no se relata es el válido. Sin embargo, en el aire que respiro noto también el final de las páginas.

¿Qué quería decirme mamá?

Repito los planetas, mirando la luna: Mercurio, Venus, Júpiter, Marte, Saturno, Urano, Neptuno y Plutón.[1] La Tierra.

¿Es cierto que tuve un hermano? ¿Lo tengo?

Bebo un trago de vino y después me levanto a pasear con la perra, sin alejarme, asegurándome de que la puerta de la autocaravana se queda cerrada y de que la llave la llevo en el bolsillo, no sea que me pase como la otra vez. Me preocupa que todo sea cuestión del olvido, de la vulnerabilidad del físico, de la mente que es ya un jarrón de espuma deshaciéndose.

A medida que han pasado los días, se muestra más olvidadiza, y solo es presente el pasado. Sus bragas acaban en

1. Hasta 2006, Plutón fue considerado uno de los planetas principales del sistema solar, y así se estudiaba en colegios e institutos.

la cocina, intenta lavarse los dientes con el detergente, pierde la dentadura porque le viene grande, le resulta difícil distinguir las horas y las rutinas. No sabe si hemos comido o desayunado. ¿Cómo es posible que los detalles de hace sesenta años estén frescos como el rocío y el ahora sea tan efímero?

Mercurio, Venus, Tierra, Marte, Júpiter, Urano, Neptuno... Saturno.

Como si no fuera suficiente con envejecer.

Apoyo la frente en mis manos, la cabeza me pesa de darle vueltas a cuanto no entiendo. Quisiera encontrar la clave de todo, pero comienza a llover. Ni me muevo. Ahí me quedo un largo rato, bajo el agua, empapándome de lluvia que no trae respuestas, pero sí cierto sosiego. La tormenta dura poco, la blandura del cielo muestra tímidamente un sol que hace fuerza entre las nubes, perezosas e indolentes, que no quieren apartarse de los problemas. Entonces, entro en la autocaravana a por una toalla que había sobre el radiador, me siento en el taburete y mamá me la pone en la espalda como una toquilla, luego me limpio la cara y después me cambio de ropa.

Dice que la monja cortó el cordón umbilical al final, cuando ya todo había acabado, que lo dejó para que la sustancia del alma no se vertiera en el suelo, lleno de sangre y mierda. Cuando la comadrona, monja también, le puso el bebé sobre el pecho, yo ya tenía un mes de vida. Se lo inventa y se ríe. «Quiero verlo», repite como entonces. La placenta se desprendió como en todos los partos, cuenta que era de color azul como el cielo y que después le dieron caldo de pollo con fideos para comer o merendar.

—¿Sentarme mal? —se pregunta sola—. Si eras precioso —se responde—. Tenías el pelo negro, pegadito a la frente, como los actores de cine; ni siquiera tuve que hacerte fotos, todos te hicieron.

Los detalles los narra con facilidad; escucho, de espaldas a ella, con la toalla caliente sobre los hombros, y me imagino sus gestos exagerados. No me muevo, como los cazadores que esperan que aparezca la presa entre la maleza. Así la escucho.

CINCUENTA Y SIETE

—Se hacían tantas misas en aquellos días... Y cuando no era misa era rosario, pero seguían siendo misas.

»No te imaginas cómo era lo de ponerse el velo sobre la cabeza. La abuela salía ya con él puesto desde casa, porque se pasaba un rato con el moño y las horquillas. Yo me lo ponía en la misma puerta de la iglesia. Lo llevaba en la mano, con el abanico, como si fuera a los toros.

»Me ponía la combinación, el vestido entallado, mis zapatos con poco tacón, que no me gustaba, y una nube de perfume. Las medias se me resbalaban. Qué bendición fueron los pantis. Porque unas medias eran caras, las remendaba con hilo negro, pero era difícil, porque había que tener maña para coger los puntos. El dinero se notaba en las piernas de una mujer, había quien las llevaba remendadas como calcetines de hombre.

»Después de misa, nos volvíamos a casa paseando a pasito rápido, porque la comida estaba al fuego. Primero la cocina era de carbón, y luego llegó el gas. Madre mía, qué cambio.

»La mayoría de los días me daba un agua y me quedaba en casa cosiendo, porque tenía trabajo y hacía falta echar horas; al abuelo le habían quitado el trabajo y se quedaba en la puerta, fumando. Nosotras cosíamos de todo: vestidos, faldas, blusas; decíamos que sí a todos los encargos.

Una falda, setenta pesetas, con cremallera, con forro, con botón en la cintura.

»También escribía cartas. Había un estudiante de Madrid que me contaba la vida en la capital, las fiestas, los cócteles. Su padre era el jefe de Telégrafos, y éramos amigos. Ah, a las tías de Francia también les escribía. Me contaban cómo era París. Y cómo era la moda. A veces me enviaban revistas de lo que se llevaba. Pero, claro, en el pueblo, cómo te ibas a poner lo de las francesas. Te llamarían puta.

»Por las tardes, a coser en casa. Otra vez. Me notaba el cabello húmedo en la nuca, la espalda entumecida, las piernas con calambres. Todavía, poniendo la mesa para cenar, me dolían la columna y los dedos, hundidos de las agujas, eso no lo salvaba ni el dedal.

»Me hice un vestido precioso, de seda, que llamó la atención. Y muchas faldas. Y un chaquetón de cuadros de colores. Pero, claro, no había fiestas a las que ir. Una vez me puse una cinta como los reyes, imitando una recepción. Me sentí reina, libre y hermosa. Pero las fiestas solo eran una vez al año, y no se celebraban en patios elegantes, como en las revistas; eran en la plaza, con una hilera de madres vigilando con quién bailabas.

»Recuerdo que bailé con un niño en brazos y con otro de la mano. Dábamos vueltas, siguiendo las guirnaldas de colores de los árboles.

»Tenía yo entonces veinte años, o veintitantos, y mi vocación era ser secretaria de algún despacho de abogados, como esas fotos en las que había una mujer escribiendo a máquina. Sonreían. Pero nos decían que había que coser y buscar un marido. Ser la joya de la casa. Cuando insistían en el hombre, a mí me daban ganas de meterme a monja.

»A las señoras que venían a probarse, les hablábamos con suavidad, con buenos modales, como si pusiéramos las faldas del altar de misa. Sí, señora. Ver, oír y callar. Y todas estaban muy guapas y muy delgadas. Alguna sacaba unos caramelos del bolso y nos los daba, como si fuéramos crías del Domund.

»Había una que olía muy mal. Ventilábamos la sala en cuanto se iba. La abuela me decía que no me riera, y me tenía que sentar para disimular. Me ponía talco en las manos, porque me olían a rosas. Y movíamos el brasero para que el fuego consumiera los gases de las señoras. Lo mejor de todo era el disimulo.

»Una amiga nos dijo que fuéramos a una charla de la Falange. Hablaban de cómo debía ser la mujer. "¿Nos apuntamos?". A mí se me iluminaron los ojos. "Dicen que podemos viajar. Que hacen excursiones. Que van de veraneo". Se lo dije a mi madre y me dijo que le parecía bien, que se ajustaría con los encargos, con la ayuda de alguna amiga modista. El viaje era gratis. Bastaba con apuntarse. Me hice la maleta con la ropa que me dieron: una falda de pliegues azul y una camisa blanca. En el pecho había un escudo de la Sección Femenina. Aquí, a esta altura. El autobús fue directo a Irún y, de allí, al albergue de Vera de Bidasoa. No sabes lo bonito que era aquello. Qué verde.

—Mamá, hemos llegado.

EL DESTINO

Dame, Señor, las fuerzas de las olas del mar,
que hacen de cada retroceso un nuevo
punto de partida.

Gabriela Mistral

CINCUENTA Y OCHO

Una colina verde tras otra va causando en mí una sensación amenazadora, profunda. Siento que este lugar es el resultado del enigma que, reservado durante todo este tiempo, se hace visible ahora. Que todo está impregnado de recuerdos, verdades y leyendas desconocidas tras los tejados y las chimeneas que salpican todo el horizonte. Imagino el paisaje que veo dibujado en una postal turística de colores artificiales, el primer tecnicolor, como algunas de aquellas que también aparecieron entre el montón de fotografías que salvó la vecina de la basura, las que nos acompañan para marcar el camino: aquí, ahí, allí. Y, poco a poco, las montañas van hablándome. En la vereda norte se alzan casas diferentes unas de las otras, parcelas amables con casonas de tejado a dos aguas que salpican el paisaje. Nuestro barrio, en el que hemos vivido siempre, es lo opuesto a este lugar que se antoja idílico: tenemos edificios iguales, clonados unos de otros, que como colmenas de ladrillo caravista nos conectan vecino con vecino, con sus beneficios y sus molestias, la cercanía y sus ruidos. Podemos saber qué programa de televisión están viendo o qué sexo tendrá el nuevo bebé antes de que lo anuncien. Aquí, en cambio, la belleza está en el color singular de cada casa entre el verde protagonista de la montaña.

Vera mantiene el hermetismo, recóndito y hondo.

Avanzamos despacio por el pueblo hasta el hotel Churrut, donde he reservado una habitación para los dos, para abandonar la autocaravana por unas noches y poder así ducharnos cómodamente y dormir en el placer de un colchón amplio de sábanas planchadas. Es cierto que, de alguna manera, nos hemos acostumbrado a la estrechez de la lata de aluminio, como si siempre hubiésemos vivido en una autocaravana, en el «caracol» que dice mamá, pero la espalda ya da señales de alarma.

Aparco en la placita y descargo las bolsas con nuestra ropa, que necesita una lavadora urgentemente. Ni me molesto en doblarla; la echo con prisa, para no perder ni un minuto. La perra se anima en cuanto ve la civilización y marca árbol a árbol su nuevo territorio. «Mira, qué bien, una farmacia», dice mi madre. Fiel a sus principios, sigue argumentando que uno debe vivir cerca de una tienda de comestibles, de un bar y de una farmacia. Aunque no creo que ese sea su lugar soñado.

El cielo está azul, como en las postales pintadas; las piedras, con humedad; las ventanas, madera de color verde. Lo vino anunciando durante todo el viaje.

Los árboles se muestran frondosos; las paredes, fuertes; calles limpias y balcones con plantas; los antejardines y las placetas, invadidos de flores. Es el aspecto de un pueblo acogedor que, de manera extraña, conecta con los párrafos más oscuros de la vida de mamá. Tengo la sensación de estar en un hogar ficticio, en un terreno barnizado, donde la vegetación ha tapado el pasado con cierto regodeo y donde todo acaba en algún escenario de postal.

Mamá se queda en el jardín del hotel, y pido que le sirvan un café con leche muy caliente, mientras yo voy a una zona más apartada del pueblo, que me han indicado, donde puedo aparcar la autocaravana. Cuando vuelvo, mamá no está. La silla de ruedas está abandonada, su bolso se ha quedado sobre el asiento.

—¿Ha pasado algo con mi madre? —le pregunto asustado a la camarera de hotel que arrastra un carrito de sábanas plegadas, blancas, impolutas.

—¿Quién es su madre?

—Una señora que estaba aquí, en silla de ruedas.

—¿La de la toquita de colores?

—Sí, esa.

—Está allí —me dice, señalando la puerta doble—, en el salón de la chimenea. Está sentada con una amiga.

—¿Una amiga?

—Eso ha dicho.

¿Me ha contado mi madre que tenía una amiga aquí y yo no lo recuerdo? En las conversaciones de la autocaravana quedó claro que todas estaban muertas, que los recuerdos eran solo parte de la arqueología de las fotografías en blanco y negro.

Suelto a la perra, que corre por el salón hasta las piernas de mi madre; después se para, protegiéndola de la mujer desconocida que está sentada junto a ella.

—Si no le importa, me he sentado con su madre. Me ha dicho que se había quedado sola y que tenía frío. La he sentado conmigo en este rinconcito.

—¿Se conocen? —No puedo evitarlo.

—No, no. Trabajo aquí, en la dirección. Ya me ha contado que vienen de lejos. Nos hemos entretenido —mira a mi madre con amabilidad— contándonos nuestras cosas, ¿verdad?

Mamá asiente, enfurruñada. A veces, cuando se queda sola, se alarma y pierde la noción del lugar. Me siento a su lado y le doy las gracias a la señora.

—Me tienen en el despacho tras la recepción, para lo que deseen. Tiene una madre muy simpática.

La mujer nos deja solos. Miro a mi madre, sin saber muy bien en qué momento de su vida se encuentra. No quiero alterarla con preguntas que, en vez de ubicarla, puedan desorientarla más. Tengo la certeza, al menos, de que en estos momentos soy su hijo. Extraño consuelo.

—¿Qué le has contado?

—Que te habías empeñado en venir aquí, en contra de mi voluntad.

—Pero ¡mamá! Dijiste que era buena idea hacer esta escapada. Entendí que te hacía ilusión que hiciéramos este viaje, juntos, hasta aquí.

—Lo dijiste tú; a tu padre y a ti siempre hay que seguiros la corriente. Sois iguales.

Me duele en el alma.

—No creo que pienses eso.

—Ahora lo estoy pensando. Y te has ido con la perra, me habéis dejado sola.

—Mamá... —Intento explicarle que han sido apenas diez minutos, que he dejado bien aparcado nuestro caracol, que le he pedido un café con leche y que ahora mismo nos acomodamos en la habitación—. Espera —añado con un beso en la frente—. ¿Ves a la señora que se ha quedado contigo? Voy junto a ella y le pido la llave de la habitación.

Menea la cabeza, sin aclararme si está menos enfadada o si acepta mis palabras como disculpa. Ainhoa, así se llama la subdirectora, me cuenta que mi madre le ha explicado que ella ya había estado aquí cuando era joven. «En el albergue de la Sección Femenina», le especifico.

—Si quiere datos, cualquier cosa, póngase en contacto con el Berako Udala. Allí, en Cultura, tienen más información de lo que pasó y de la demolición del cuartel.

—¿No existe?

—Lo echaron abajo. Supongo que no traía buenos recuerdos. Puedo ponerle en contacto con el gestor cultural.

Arranca una hoja del taco del calendario y anota el número y la dirección. Le doy las gracias y vuelvo con mi madre. Otra vez está contrariada.

—No he tardado, ¿lo ves? Ya tengo la llave.

Irritada, responde: «No sé de qué hablabas con esa mujer, parece que me controlas». Suspiro profundamente para callar todo lo que pienso, ato a la perra, que mira como si lo entendiera todo, y subimos a la habitación.

Ainhoa ha dejado una tarjeta de bienvenida en la mesa, con un plato con frutas de temporada y una botella de vino.

CINCUENTA Y NUEVE

Mamá se duerme con la quetiapina. Estoy a punto de tomarme otra para caer muerto junto a ella y despertar en cualquier año del pasado, cuando todos éramos jóvenes y no sabíamos nada de la vida, sobre todo de la cantidad de mierda que se va acumulando en los rincones. *Ofelia sobre la sábana*, escribo en la libreta del hotel que hay junto al teléfono de la mesilla. Ofelia dormida. Ofelia tranquila. Ofelia de Millais. Ofelia canta canciones y ofrece flores mientras Laertes va al castillo a retar a Claudio por la muerte de su padre. Ofelia se sube a un sauce, la rama se rompe y cae al arroyo, donde se ahoga. Gertrudis me dice en sueños que Ofelia parecía incapaz de su propia angustia. Lloro al despertarme de la pesadilla, y tengo ganas de despertar también a mamá para saber que está viva, pero lo único que hago es rozarle suavemente la cara con el revés de la mano para saber si duerme. Respira como una cría tranquila que está dormida en el bosque. Desde la ventana se ven algunas casas despiertas, que, con la luz encendida, respiran otras vidas, otras tragedias.

¿Qué hay de verdad en la queja constante de mamá? ¿Soy yo el único que quiere regresar a su pasado o es por su bien? Con las mejores intenciones podemos destrozar las vidas; sin embargo, insistimos en ello.

La habitación duerme y mi cabeza se activa con el silencio, empiezo a pensar que tal vez me he equivocado y que no era necesario este viaje, que el hermano es solo cosa de la demencia y que saber, en ocasiones, no es sinónimo de tranquilidad.

Es en esos momentos cuando aparece Amparo, porque todos los fantasmas se confabulan para salir a oscuras, cuando nadie puede asegurar que los ha visto. Así la imagino, en una ventana encendida de las de enfrente, leyendo alguno de sus libros de botánica y pájaros para distinguirlos en el campo y decirme «Ese es un petirrojo; aquel, un pintón azul; y aquello..., un alcaudón». Esa imagen que proyecto es suficiente cuchilla para hacerme daño, para arañar el cristal con ánimo de romperlo. A ratos, me cuesta no escribirle una carta o recordar su número de móvil para enviarle un mensaje y decirle que hace falta en mi vida. «Te echo de menos a cada segundo, quería recordártelo, no sé si puedo vivir sin ti, el día a día está lleno de imágenes que proyectamos juntos, me rodeas por todas partes, sobre todo en los silencios como el de esta noche en la que miro, desde un hotel desconocido, las ventanas iluminadas de las casas de enfrente. ¿Tienes la luz encendida? ¿Qué haces ahora? De noche pienso más en ti, porque el ruido del día se ha calmado y en mi cabeza solo habitan los pájaros que tú dibujaste. Me levanto siempre con dolor de cuello, porque me coloco todavía hacia tu lado, con no sé qué esperanza de que la cama se ensanche, como hacías tú con mi vida. Mientras paseo a la perra vieja, doy pequeñas carreras, como hacías con ella por los andurriales de las afueras de la urbanización cuando empezaba el día. Y la perra me sigue, como si supiera que también eso le recuerda a ti.

»De repente, se me llenan los ojos de lágrimas, incluso cuando estoy en un bar y no pido dos cañas, sino una. A secas. Cogías las almendras y me dejabas los kikos. Ahora hago al revés, por saborearte en el paladar. Estoy sentado solo y, de pronto, veo una melena como la tuya, de espaldas. Eres tú. Cada vez que oigo pasos, también. Eres tú. Cada vez que me miro en el espejo, estás. Eres la que pone la frente en mi espalda recién duchada. Por qué te fuiste, quería escribirte. No dejaba de recordar unas vacaciones de Semana Santa que pasamos en un hotelito en Cadaqués, cuando llevábamos seis o siete meses: me acordaba de las tapas en la puerta del bar, de la sangría fría y del sudor caliente que te rizaba el flequillo y los caracoles del cuello, que se salían rebeldes de la coleta alta, sexi y orgullosa. Cuando nos tumbábamos en esas rocas, hacíamos equilibrios para compartir la placa de piedra que parecía un tejado de París. O eso decías. "Si nos resbalamos, caemos a la *rue*", te reías. Esas noches amables cuando, tras dos helados de sabores imposibles, regresábamos caminando por el paseo en busca del último beso del día. Una pena perderlo, sí; deberíamos habernos empadronado en esa sensación y no en una canción de desamor. Porque el sentimiento es humo y ceniza la palabra. ¿No era así? Cuánto arrepentimiento cabe en una ruptura».

Aparto la mirada de la calle, de esas ventanas que me devuelven escenas del pasado o del futuro que no será, y regreso a mi Ofelia, que duerme plácidamente en su río de sábanas blancas.

SESENTA

Una tormenta descarga un fuerte aguacero, acompañado de rayos y truenos que retumban en todo el valle de Vera hasta el mediodía. Cuando acaba, parece que el sol se abre paso entre las montañas a brazadas, iluminándolas todas con un verde que se asemeja dorado.

Es la hora del paseo con la perra, que suplica un rato de calle para orinar. Mamá insiste en acompañarnos, no quiere quedarse en la habitación del hotel, y tampoco le apetece estar en el salón de la chimenea, donde Ainhoa le tiene reservado un lugar preferente. En el fondo, agradezco salir a la calle con mamá, aunque por estas calles de Vera cueste empujar la silla de ruedas. Nos hemos acostumbrado a ir los tres, ella agarra fuerte la correa de la perra y yo subo bordillos o salvo charcos en los que se mete la perra. «Cuando yo te llevaba en el carrito, me gustaba que fueras mirándome; con esto es imposible, no nos vemos las caras, tú vas detrás», me espeta sin que yo tenga tiempo para reaccionar. Me cuenta que había dos tipos de bebés: los que miraban el paisaje y los que miraban los ojos de una madre. Aferrado a la silla, trato de no pensar en cómo la vida se ha dado la vuelta en todos los sentidos.

—¿Lo ves? Yo soy ahora de las que miran el paisaje.

El agujero en el estómago me deja vacío. Me quedo hueco, sin fuerzas para empujar la silla. Esas palabras son de las que abren cicatrices y una de ellas echa la sal. Las traducciones también tienen ese efecto; tras un párrafo tedioso, espeso o corriente, llega una palabra que espolea la trama entera. Y esas marcan la calidad del texto. Así en la vida.

—El cielo parece que quiere volver a descargar.

—Y yo —digo en voz baja.

—Tú, ¿qué?

—Que sí, que parece que va a descargar. Pero...

—... Para mí que antes no se ha quedado a gusto el cielo. Con lo perdida que se pone la silla cuando llueve. Tanto barro me salpica el pantalón este que me has puesto. A ver si nos alejamos demasiado del hotel y luego no tenemos tiempo a echar una carrera.

—No creo que llueva hoy más. El sol hace fuerza entre las nubes, míralo.

—Lo que tú digas. Esto se tuerce en un segundo, que me acuerdo. Todo se quiebra si lo tiene previsto Dios.

Además de ir acercándome a todos los árboles por requerimiento de la perra, vamos viendo fachadas de colores y caserones abandonados que piden a gritos ser remodelados, acorde a la belleza del pueblo. Es hermoso. Por momentos, me imagino a las jóvenes de falda tableada y blusa blanca corriendo por sus calles, sentadas en alguna terraza con su rebeca de botones azules y sonriéndole a la vida que empezaba para ellas. La guerra se había acabado, lo que vivían era un trampantojo de una felicidad ficticia, que iba por barrios, por casas, por colchones de lana. No podían pedir más, pero lo que tenían lo absorbían y lo celebraban como único guion de vida. «Era lo que había», decía claramente mamá. La censura hacía de campana protectora, de urna de cristal donde se adaptaban a la pecera, con la vocación de no pensar. Porque pensar era peligroso. «¿Qué podíamos hacer? —se preguntaba retóricamente—. Bailar».

Mamá comprendió muy tarde aquel tiempo de grilletes invisibles que las tenía adoctrinadas con buenos modales.

Es fácil. Se desmantela cuidadosamente la opinión pública, se disfraza la denuncia, se reduce a cenizas el pensamiento. La propaganda es alegre, las mujeres falangistas son damas a las que imitar, la publicidad dice cómo debes ser y a qué debes aspirar, enraíza ese modelo y no se disimula. La hoja de ruta no es susceptible de cambios, es un propósito para ser una más, y para integrarse hay que sumarse al horizonte azul. Ese mundo de retórica y de consejos se nutre de mensajes positivos que no parecen tener réplica: «Haz feliz a tu esposo» y «Eres la buena mujer». Las normas regulan los objetivos vitales. El marido y los hijos, primero. Luego tú. «Para mantener el fuego de la felicidad, se debe cumplir con el marido y entregarse a los hijos». La Patria y Dios te necesitan. ¿Quién puede renunciar a una publicidad tan machacona? Conocían recetas, consejos sobre puericultura y la naturaleza doméstica, el mapa donde debía estar empadronada la mujer.

—En esta plaza nos reíamos —dice, de pronto.

—¿De qué, mamá?

—De las jefas, de todo.

—¿Y de los curas? ¿No os burlabais de los sacerdotes?

—No, de Dios no. Nunca.

—Digo de ellos, de los que mandaban, de las sotanas.

—...

—¿Por qué lo llamabais padre Saturno?

—...

—¿Tienes frío? ¿Quieres que entremos en una cafetería, a tomar algo?

—Sí, sí. Que la perra tiene que comer, también. Y esta humedad me está calando los huesos. ¿Tienes ibuprofeno?

SESENTA Y UNO

—Una amiga del pueblo quiere verte, le conté que había aquí un escritor con su madre.

—Pero no soy escritor, soy traductor.

—Le dije que sois de la misma edad, intuye que tu madre también estuvo con la suya en el albergue de la Kaserna. Que buscabas datos. Se lo conté porque su madre también coincidió en ese tiempo en uno de los cursos de cerámica, quién sabe si fueron juntas. Tal vez haya suerte y consigas información. Dice que quiere contarte algo.

—Dile que sí, por supuesto, que venga a verme cuando quiera o pueda. Aquí mismo, en la cafetería del hotel. Invocaremos al espíritu del pasado.

Ainhoa no sonríe relajada, fuerza un gesto amable y responde dirigiendo la mirada hacia el vestíbulo.

—Está ya aquí, ha venido hace media hora. Es la que está fumando fuera, en la puerta.

—¿Ya? Pero... ¿Hay algo que deba saber, antes de verla?

—No, no ha querido contarme nada. Se llama Dolores. Es ella la que quiere hablar contigo.

Pienso en los kilómetros que hemos cubierto y en los años que han pasado desde que mi madre, entonces joven, pasó sus días en este lugar. Observo a la mujer, que fuma y permanece a la espera, sin reparar en mi presencia. Aparenta mi edad, aunque la veo solo de perfil. El humo que exhala me hace desear un cigarro. Me palpo el bolsillo, donde está la cajetilla que compré ayer, después de aparcar la autocaravana. Hace tiempo que intento fumar menos, prometí no hacerlo en todo el viaje. Pero parece que no estaba preparado para esta travesía de emociones, de incógnitas. Quería hacer frente a lo que estuviese por venir sin caer en tentaciones, por minúsculas que fuesen. Aunque, para un fumador, un cigarrillo nunca es algo minúsculo.

Me decido a acercarme a la mujer, que me reconoce en cuanto me aproximo. Sabe quién soy antes de que me presente. Me sonríe, a modo de presentación y de disculpa.

—Hola, perdona el atraco.

—¿Dolores? Encantado de saludarte.

—Eres el escritor que ha venido con su madre...

—La realidad es que solo soy traductor.

—Es lo que me dijo Ainhoa. Entiendo que te preguntarás qué hago aquí. Me encontré con ella en la farmacia y me puso al día de tu... ¿excursión?

—Más o menos, no sé si es la palabra que define este viaje, pero sí. Lo de mi madre, la perra y yo puede ser solo una excursión. O una *road movie*, vete a saber.

—Espero que te guste Vera, es bonito. Aunque no sé si has venido con ojos de turista.

—Ojalá fuera eso. Andaría menos taciturno.

—Ya, te entiendo. Te preguntarás qué nos une. Mi *ama* murió hace unos años y...

—Lo siento.

—No pasa nada, el tiempo ha hecho su trabajo.

—¿Te importa si nos sentamos en la terraza, Dolores? Tengo a mi madre allí, en el jardín.

—Claro.

Saco un cigarrillo aplastado del bolsillo de la camisa, le doy cuerpo con los dedos para volverlo a encender. He decidido rendirme, lo que significa, más bien, que necesito relajarme. Sin saber muy bien por qué, este encuentro me inquieta un poco. No es por Dolores, que parece serena y de fiar. Desde donde estamos puedo ver bien a mi madre, tenerla bajo control. En estos momentos está tranquila. Le hace algunas carantoñas a la perra, mientras esta permanece a su lado, como una deidad protectora en miniatura.

—¿Quieres? —dice Dolores, ofreciéndome la cajetilla de Marlboro.

—Voy bien con este, estoy intentando dejarlo, y lo enciendo y lo apago.

Compartimos la misma llama del mechero.

—Cuéntame.

—Mi madre debió de estar con la tuya, por la edad... Intuyo que son iguales. Tenía ochenta años cuando murió, es de 1937.

—Como la mía. Mismo año.

—Es muy probable que coincidieran. Lo normal es que a las del pueblo las enviaran a otros sitios y aquí vinieran las de otras provincias. Las de este albergue eran todas de fuera, pero, ya ves, a mi *ama* se lo permitieron.

—¿Y te contó su experiencia? A la mía le cuesta, a veces se le escapa algo, se calla, regresa..., y lo que no dice me huele peor.

—Es difícil, ¿sabes?

—Lo intuyo, los libros que he leído son fríos al respecto. Parecen manuales. Y mi madre calla. Es una generación silenciosa.

Asiente, dándome la razón.

—Silenciosa. Justo eso. Eran chicas jóvenes, inocentes, muy ingenuas en aquellos años. No eran los sesenta de Londres, esto era la España de Carmen Franco, de muchas misas y de mujeres que debían ser perfectas esposas.

—Sí, la tutela emocional de la Sección Femenina.

—Estaba el padre Saturno.

En ese instante cae la cereza de mi cigarrillo como si fuera la lava de un volcán.

—... Cada día una misa, una confesión, una charla con las chicas. —Baja los ojos, inquieta, y de nuevo alza la mirada hacia donde está mi madre, al otro lado del cristal—. No sé si te ha hablado de él.

—Lo ha mencionado, un par de veces. Mi madre entrelaza recuerdos, y otros se los inventa. No sabía si lo del padre Saturno era algo real, me parecía un nombre poco...

—Fue real. —Lo dice de una forma tajante—. Ojalá no lo hubiese sido.

No sé qué debo descifrar en esas palabras, cuál es la información que debo completar, pero la inquietud que sentía crece. Ha llegado el momento en que esa intuición, esa vibración incómoda, quede justificada. Miro a esta mujer con temor a encontrar en sus ojos una respuesta anticipada. Ha venido hasta aquí en cuanto ha sabido de mi existencia, de la de mi madre. Ha venido para decirme lo que está a punto de decir.

—El padre Saturno abusaba de ellas. Sabía que era guapo, que tenía poder, que era la autoridad. Ninguna de las chicas se iba a negar, ¿a quién iban a pedir socorro?

Cada palabra es como una soga que me corta cada vez más la respiración. Pienso en la realidad de hace diez minutos, cuando solo me importaba comprobar que mamá estaba tranquila en el jardín.

—¿Me estás diciendo que...?

—Mi madre se dejó. Pero, cuando la quiso violar, se lanzó por la ventana. Se fracturó la clavícula y la cadera, también perdió la vista de un ojo. Eso la salvó. Cayó sobre unos arbustos. Anduvo con una cojera toda su vida.

—¿Fue el mismo hombre?

—El padre Saturno.

Me quedo mirando a mamá, que tiene la vista fija en ningún lugar del jardín. Mi madre había sido guapa, la más guapa, la piropeaban sus propias amigas; me vienen a la mente las fotos en las que estaba escondida tras ellas, en las que se cubría con miedo, la belleza en tiempo de silencio. Quiero ir a abrazarla. Dolores me pone la mano en la pierna cuando empiezo a llorar. Me cuenta que, al parecer, el padre abusó de muchas jóvenes, y ninguna de ellas lo contó a las jefas de la Sección; solo corrió la voz entre ellas, y algunas llamaron putas a las que elegía el sacerdote, aunque solo se acercara a ellas, porque eran guapas. Mamá era muy guapa.

—¿De verdad nadie hizo nada? —pregunto devastado.

—Eran mujeres.

—Pero eran muchas, podían haberse unido.

Hay un silencio incómodo y determinante, ilustrativo de todo.

—No entiendes nada.

—Perdóname —articulo las sílabas con vergüenza.

Dolores me habla de perfil, incapaz de mantener la mirada en ese momento. Lo agradezco.

—No sé de quiénes abusó. Mi *ama* no me dio nombres. Alguna quedó embarazada, varias. Lo ocultaron o se casaron pronto con algún chaval de sus ciudades de origen. A mi *ama* le enviaban postales desde sus pueblos, de toda España, venían de todo el país, y le contaban que se casaban. Guardó las postales... —La miro entonces directamente a la cara—. Sabía que ibas a preguntarlo. Toma.

Dolores abre su bolso y saca una postal de la Albufera de Valencia. Confirmo que es la letra de mamá. Le manda besos, poco más.

—No sé de cuándo es. Pero si tenía amistad con mi *ama*, es que pertenecía al club.

—¿Qué club?

—El club de Saturno. Nunca lo entendí. Me lo contó poco antes de morir. Las que lo sufrieron se convirtieron en íntimas. Eran rechazadas por las demás... El colmo de la penitencia, del castigo que sufrieron. Una extraña sororidad de las víctimas, que ni tomaron represalias ni vieron la expiación del sacerdote. Eran ellas, solas.

La última parte del relato no la escucho. Me levanto y vuelvo al interior del hotel, donde está mamá. La abrazo por la espalda, ella se asusta.

—Soy yo, mamá. Te quiero mucho. ¿Lo sabes?

Me quedo así, con mi cara pegada a la suya, mirando la chimenea encendida. Aspirando el olor a colonia y a lana, con la sangre hirviendo en mi interior, intentando memorizar su piel, tan débil, tan suave, tan maternal. Nos quedamos callados, vemos cómo echan leños al fuego, cómo se avivan las llamas y el calor sube. Al girarme, Dolores ya no está. «Una mujer nunca se recupera de una violación», dijo cuando tiré la colilla al suelo y me hundí en la tierra con la ceniza. Por mucho que hubiera pasado, ese dolor tuvo que atormentar a su madre durante años en un profundo y oscuro silencio. Toda una vida. Ahora soy consciente de que la mía también ha podido cargar toda su vida con ese tormento.

Qué tiempo de terror debió de ser: ella, una mujer joven, como aquellas otras, e inexpertas, manteniendo la boca cerrada, tratando de hacer vida, de no hacer ruido, de no molestar, sin escarbar en su propio miedo para curarse, reprimiendo incluso el llanto para no despertar sospechas. No se me ocurre una soledad mayor, más pavorosa que el terror ante la amenaza de quien cuida de ti.

Nadie encausaría a ese hombre. No sería juzgado por ningún crimen, ni condenado al ostracismo o al miedo cerval que alimentaron ellas. Hay información que siempre llega con retraso, décadas de espera para saber una verdad que amargó lo que debería haber sido un episodio feliz. «Mamá, qué bien, me voy de viaje. Mamá, habrá chicas de mi edad. Haremos excursiones por el norte: Biarritz, San Juan de Luz, San Sebastián... Todas tienen muchas ganas. Aprenderemos cosas nuevas. Hay cine y allí son fiestas. Vamos en autobús, iremos pasando por pueblos para recoger a las demás. Qué bien, mamá».

—Cuídate mucho, Aurora, eh. Cuídate mucho. Y escríbenos.

—Sí, mamá. Os escribiré cada día.

Ahora que conozco la realidad de ese albergue de verano, debo hacer algo. No le pregunto nada a mamá, pero me prometo que se convertirá en venganza, habrá resarcimiento en cada una de mis palabras hasta el fin de mi carrera. Me lo prometo a mí mismo.

Con la voz rota, le pido a Ainhoa la dirección de Dolores, quiero agradecerle la conversación. Apunto la calle en un papel. También el teléfono.

—¿Necesitas algo más?

Niego sin ni siquiera respirar, estoy bajo el agua, a una presión incompatible con la vida.

—Te lo digo de verdad, ¿necesitas ayuda?

—No, nada. Gracias.

Necesito estar con mi madre, siento un intenso dolor en el pecho. Me falta el aire, y todo el cielo es, en esos momentos, un infierno de brasas y calderos de Dante.

SESENTA Y DOS

A la mañana siguiente, subo al descampado donde tiempo atrás se levantaba el albergue de Vera; ahora es un solar. Un espacio vacío donde se han ido acumulando escombros, latas de bebidas energéticas y colillas de adolescentes con la boca pintada de rosa. Ese lugar verde y montañoso me parece ahora triste y sombrío, como mi interior. Pienso en mi madre desde una perspectiva diferente y preocupante. Sé, porque la conozco bien, que guarda grabado en las células el dolor, que ha apartado las circunstancias del pasado o que el recuerdo misterioso de lo ocurrido está enterrado tras esas heridas. ¿Están curadas o el daño es demasiado profundo?

Paseo con la perra durante horas, sin rumbo, simplemente movido por la inercia, un pie tras otro, con el sonido del viento y los arrumacos que la perra se empeña en ofrecer consciente de que algo pasa. Vomito varias veces. Ahora quiero volver a nuestros últimos días en el pueblo, antes de la frase que fue el detonante. Hablo del periodo en el que tenía trece años hasta que llegué a los dieciséis. En mi memoria esos días son felices, la vida se divide solo en eso: felices e infelices. Los primeros años —aquellos que están dominados por la inconsciencia— tienden a dibujarse de ficción y a superponerse entre anécdotas juveniles que van y vienen, que crecen con mucha épica, según quien las cuente, y cuando pienso en ellos, en esos años, en las cosas que no fueron buenas, no puedo evitar sentir que todos éramos felices con nuestras cosas. Quizá el tiempo ha exagerado todo mentalmente, pero tengo la impresión de que en algún momento la familia tuvo alegría. Pero esos años pasan velozmente. Hasta papá jugaba a hacer una impresionante mímica, desternillante, en la que tocaba una pared de cristal y se golpeaba la cabeza. Mis amigos chillaban de risa. De dónde venía mamá en aquel tiempo feliz. De un dolor invisible que ahora conozco. Cómo aprendió a disimular para que todos —yo, fundamentalmente— creciéramos sanos y risueños. Los años tras los dieciséis no es que fueran exactamente infelices —tengo muchos recuerdos de ese tiempo—, pero fueron muy serios, sombríos. Daba la impresión de que algo había fermentado en casa, las cosas cambiaban tan velozmente como la luz de la tarde. Qué lo destapó. En qué parte del cuerpo se aloja todo eso que vivió mamá y por qué se sucedieron entonces años de desdicha. ¿Papá, que había cambiado también, olvidando su humor, representaba a Saturno? ¿Lo despertó? Cuando soy capaz de regresar al hotel, me derrumbo junto a ella, en la cama todavía. Me quito los zapatos, el jersey y cierro los ojos. La mujer de la limpieza nos resucita.

—Cuéntame por qué estás así —pregunta mamá.

Me siento a sus pies y apoyo la cabeza en sus rodillas.

—Tu hermano me dijo que estabas con una muchacha, ¿es por eso?

—Yo creo que sí, será eso.

—No tenías que haber dejado que se fuera, a lo mejor te quería bien, pero como eres tan reservado, quién sabe. Eras un niño radiante, no dejes que aquel pequeño expresivo se apague, eh. Por nada del mundo.

Me quedo callado. Ella sigue.

—Pero el amor es así, a veces. Si se fue es porque no te quería. No estaba enamorada de ti. ¿Tú la querías?

—Sí.

Caemos de nuevo en el silencio.

—¿Tuve la culpa yo?

—No, mamá. No tuviste la culpa. No es de nadie.

—No quieres hablar, ¿no? —dice. Se queda ensimismada durante unos segundos, y luego me acaricia el pelo, ahuyentando mis pensamientos—. No hace falta que digas nada, yo lo sé todo. Te puse el pijama cuando volviste a casa enfadado con la pandilla de Pascua, cuando decías que te dolía la cabeza y te daba terrones de azúcar mojados en anís o cuando tenías pesadillas a la salida del cine. ¿Qué habían echado? *¿Drácula?* Tú no has sido el más valiente para esas películas. La verdad es que a quién le pueden gustar las escenas de miedo... El miedo no es bueno. Me pregunto quién puede inventarse esos dramas, con lo peligrosa que ya es la vida. Eras un adolescente larguirucho; seguramente el más alto de tu clase, y tenías el mismo carácter que yo. A lo mejor no lo sabes, pero a mí tampoco me gustaban las películas de miedo. Qué angustia, hijo.

Dejo que hable, que sean sus palabras esta vez las que traten de reconfortarme a mí, y no al revés. Vuelvo a ser ese niño en cada escena que repasa, y ella vuelve a ser esa madre. Mi madre.

Permanezco conmocionado todo el día. La charla con Dolores ha ido descomponiéndose dentro, agitando mi cuerpo hasta encarroñarse. En un primer impulso, nos sentamos en la cafetería vacía del hotel para almorzar y hablar, para abrir el melón del padre Saturno, para querer saber más, pero lo único que consigo es que se sienta de nuevo amenazada por ese episodio. Desesperado, hablo por hablar; de pueblos por los que hemos pasado, de la abuela

Carmela y su facilidad con los bizcochos, del concurso que echan en la tele en esos momentos. Mamá responde antes que los concursantes y acierta: «¡Rescoldo!». Sonríe al ver que los aplausos enlatados le dan la razón. «Vas a tener que presentarte tú», eso me dice. «Podemos concursar los dos», le respondo como un imbécil. La camarera vuelve a llenarnos los tazones de caldo y nos sirve un guisado de carne que no pruebo. «¡*Matar a un ruiseñor*!», responde de nuevo con anticipación. Habla con la tele como si quisiera escaparse de la realidad que tengo atrapada yo en la garganta. Pero entiendo que siempre ha sido su mecanismo, una huida hacia delante.

El miedo se ha apoderado de mí y me tiene paralizado. Vuelvo a los cigarrillos, a fumar en la puerta del hotel, con la perra, extraña a todos mis movimientos. Me paso otra noche en vela, sentado en el sillón de la ventana, viendo las luces de las casas ajenas; el recuerdo me provoca náuseas, como si mi madre hubiera vuelto a perder una batalla. No puedo dormir a su lado, tampoco en el sillón.

Me gustaría llamar a Amparo para contarle la tragedia, para desahogarme y evitar la asfixia de palabras en el alma. No tengo su número. Ni lo recuerdo. Mi teléfono sigue durmiendo en el cajón de la cómoda de la ropa interior donde lo dejé. Tal vez hay personas que se borran cuando tienen que desaparecer.

SESENTA Y TRES

La iglesia está abierta, dejo a mamá en el salón de la chimenea del hotel, con la perra a sus pies, y salgo caminando hacia el templo. Le digo a la camarera que le lleve un vaso de leche caliente con galletas, que «no tardaré».

Algo tira de mí y yo no le pongo freno. Puede que sea la necesidad de saber más. Ahora sé, y sin embargo no me resulta suficiente. Se ha revelado parte de la verdad, y aunque lo que permanece aún oculto amenaza con ser desolador, terrible, no puedo dar media vuelta. No puedo subir a mamá a la autocaravana y emprender el camino de regreso a casa. No puedo, tampoco, quedarme de brazos cruzados, poner la mente en blanco, fingir que no sé nada y que solo es algo del pasado. Un dolor así jamás prescribe. Me animé a hacer este viaje con ella espoleado por la necesidad de saber si tenía un hermano o era fruto de la riada que ha ido anegando todo. Pero no sabía qué era lo que ignoraba tras ese barro. Sigo sin saberlo, con exactitud. Y pienso, una y otra vez, que estoy a tiempo de que sea así, para siempre. Si mamá ha guardado silencio durante todos estos años, si ha inventado una vida donde toda esa oscuridad quedase fuera, alejada, disfrazada, ¿tengo derecho a retirar el telón y desnudar el horrible escenario de la verdad? Cada paso que me acerca a la iglesia es un paso dado hacia la pena, hacia el desconsuelo.

El cura del pueblo está solo, con las manos en las rodillas y un rosario que cuelga inerte, abandonado del rezo. No me mira cuando me siento a su lado, en primera fila. Rezo un padrenuestro en voz baja, suficiente para que me acompañe en la salmodia, y luego carraspeo para llamar su atención. Me lanza una mirada de desconcierto, lenta como las tortugas, como si hubiera despertado a los muertos. Esboza una experimentada sonrisa, poco convincente, y me da las gracias por recogerle el rosario que se acaba de caer al suelo.

—Mi abuela también rezaba cada tarde el rosario —digo para entablar conversación—. Era eso o las agujas de ganchillo. Las manos siempre ocupadas.

Empieza a mover sus dedos de misterio en misterio, escuchándome en una rutina adiestrada por los años.

—... Supongo que usted ha escuchado todo tipo de pecados a muchas mujeres, no deben de ser muy graves. No creo que mi abuela cometiera ninguno, ni sus amigas de la partida; ni siquiera sé qué le podría contar al sacerdote en el confesionario de la iglesia de Santa María Magdalena. Pero ella decía que sí, que sin confesión no había eucaristía. Y algo le diría él. Otro como usted... No sé. Algo habrá escuchado, después de tanto tiempo, algún pecado grave... Aunque creo que los graves no se confiesan, padre. Los muy graves se guardan, ¿verdad? ¿Tengo razón?

—Es urgente creer en Dios —me responde—. La Virgen es nuestra Madre, y nos espera la paz celestial a la vuelta de la esquina. ¿No escuchas la Palabra? ¿No ves esos ángeles que nos invitan a ir hacia ellos?

—¿Recuerda al padre Saturno?, ¿alguien le habló de él? —pregunto a bocajarro.

—Dios es nuestro Padre. Y la Iglesia es nuestra Madre.

Murmuro otra vez el nombre de Saturno cerca de su

oído. «Padre Saturno, ¿le recuerda...?». Lo repito varias veces. «Padre Saturno».

No puedo reprimir un arrebato de desánimo con una palabrota que ni altera al cura. «¡Joder!, ¿no me escucha?». El cuerpo del sacerdote está en la tierra, pero su alma ya anda a punto del duelo, de encontrarse con esos angelotes rollizos que dan vueltas en su realidad, o en su desvarío, y en mi cabeza. No me escucha, hace un mohín típico de la sordera, entrecerrando los ojos, apagándolos en su oración. Poco me puede ayudar el hombre para llegar a otro hombre, al padre Saturno. Así no hay modo de desbloquear la situación.

—No es él. Sabía que pasarías por aquí.

Es Dolores. Me habla desde la puerta de la iglesia, acercándose. Se persigna, tras mojar los dedos en la pila de agua bendita de la izquierda, y se sienta decidida detrás de nosotros.

—Este es un pobre hombre que hace misa de aquella manera, de memoria, con lo que se acuerda; menos mal que el sacristán le ayuda con la liturgia. —Habla en susurros, porque es lo que corresponde aquí dentro, no por temor a que el anciano sordo desentrañe sus palabras—. A veces vengo y me siento en el mismo banco en el que se sentaba mi madre. Y yo con ella. Mi querida Dolores. Oficia de carrerilla, por inercia, se salta párrafos y se queda en blanco. Y da gracias a que las feligresas son clientas viejas que vienen por venir, como yo, que se lo saben y que no se impacientan con los olvidos. Es como ir a yoga; media hora aquí me relaja, y después sales a comprar.

—Curiosa comparación. Yoga.

—Son mantras, da igual un avemaría que un tazón del Tíbet. O hacer mandalas con pinturas de colores. La cuestión es la calma. Y aquí, paradójicamente, aunque no me creas, la encuentro.

Le cojo la mano al párroco y me despido de él. Es como tocar barro seco, insensible y áspero. Vuelve a su posición plegada. Recuerdo la frase de la abuela, siempre decía que los cuerpos se van curvando porque «los llama la tierra», adonde todos regresamos. A él, al parecer, todavía no le toca.

—Me imaginé que querrías saber, pero en este pueblo no quedan recuerdos de aquel hombre.

—En algún sitio debe de estar. No puede haberse esfumado.

—Quiero contarte lo que sé. Pero salgamos, este no es el lugar.

—Algo no va bien si para hablar de un párroco hay que abandonar su santa casa.

Dolores no dice nada, solo espera a que me levante y la acompañe. Dejamos a solas a un viejo que tiene la mirada fija en las imágenes de la iglesia, absorto en unos pensamientos indescifrables. Quizá sea fe, quizá sea senectud, quizá sea, como en el caso de mamá, demencia. O quizá sea otra cosa. La negación de un mundo decepcionante, que amenaza con arrasar sus creencias. Un mundo en el que quienes deben proteger y brindar ayuda obran de manera contraria.

El padre Saturno se llamaba Félix y tenía más o menos la edad de las chicas, unos veintidós años. Era alto, delgado, bien parecido. Algo que no podía decirse del resto de los sacerdotes que daban misa y charlas al terminar las cenas en el mismo salón donde habían comido. Era de buena familia y tenía el porte de los que han estado bien alimentados desde niños: pelo a la moda, nuca despejada, manos de pianista y dientes limpios. Era un lobo. Le gustaba la astronomía, y se reunía con las chicas que seleccionaba en la terraza del albergue durante las noches de luna llena. Con esa luz, hablaba de Dios, pero también de los planetas. Se sabía las constelaciones de memoria y podía identificarlas y señalarlas con un crucifijo: aquello es Orión, el gran cazador, y eso Canis Maior con su estrella brillante. De ahí le vino el sobrenombre de padre Saturno. Se lo pusieron las chicas, encantadas y, en parte, obnubiladas por el primer hombre joven que les hablaba de cosas desconocidas que no tenían que ver con los Misterios de la Virgen ni con el Antiguo Testamento. Volvían a la cama felices, conscientes de que el padre las había hecho sentir especiales con sus historietas. La mayoría de las muchachas venían de pueblos donde se estaba pendiente del cielo por otro motivo: las nubes que anunciaban lluvia, el cielo aborregado, las que anunciaban viento, las que se mostraban desgarradas y rotas... Y poco más. El cielo solo era la cubierta, una bendición o una amenaza. Ahora, el firmamento, con ese hombre, tenía nombre, planetas y estrellas en forma de constelaciones. Habían estado poco en los colegios, tenían la educación justa, ayudaban en casa y en el campo. En ese rato de universos y luceros encontraban conversación para después. La educación no era ambiciosa, pero esos detalles las hacían sentirse únicas; la fantasía las iluminaba y el padre, con su verbo fácil y caprichoso, también. No tardaron en verlo como un hombre. Esperaban a que acabara la cena para sentarse en la terraza con su rebeca idéntica, clónicas todas ellas, misma actitud, misma esperanza de vida, a escuchar. Crecía el contacto, las preguntas, también los silencios. Eran chicas decentes, ¡faltaría!, pero el fuego bajo esos botones constituía otro firmamento de estrellas. Cuando el padre Félix, o Saturno, les hablaba de que todo eso desconocido lo había hecho el Creador Dios Padre, él se convertía en el cancerbero de toda esa magnitud, en el embajador en la Tierra de la Belleza. Un hijo de puta que cada mañana bajaba al infierno para que el mismísimo diablo le enseñara cómo engatusarlas a todas. Quien tiene la palabra y la formación, tiene también el poder.

Así fue la primera semana.

Y el primer mes.

Y llegó el verano.

Emilia, una de ellas, era la más impresionable. Se pasaba el día fuera, aprovechaba para tomar el sol y animar al resto de las compañeras para salir a tomar algo en la plaza del pueblo. Regresaba muchas veces tarde, sola, por el camino de los cipreses. La regañaban, la castigaban, pero encontraba siempre una disculpa y una salvación. Fue de las primeras en subirse a un autobús para regresar a casa. Su familia requería su presencia, porque había que trabajar, y eso, según la madre, eran vacaciones. «No son tiempos fáciles», dijo cuando se subió al autobús y se despidió del resto de las chicas.

A la zona segura del río Bidasoa las acompañaban las instructoras; también el padre, para bendecir la comida que sacaban de cestas bien ordenadas. A la catequista no le hacía mucha gracia la algarabía. El tiempo lo consumía rezando. Lunes y sábado, los misterios gozosos. Jueves, los luminosos. Martes y viernes, los dolorosos. Y el cuarto rosario, miércoles y domingo, misterios gloriosos. «¡Por favor, bajad la voz, que espantáis a los pájaros y a Dios!». Control, control, control. «Señor, date prisa en socorrerme. Gloria al Padre y al Hijo y al Espíritu Santo. Como era en el principio, ahora y siempre, por los siglos de los siglos». «Amén». «Y ahora, un padrenuestro, diez avemarías y un gloria».

También las miraba para vigilar que ninguna hiciera el tonto en las veredas del río, llenas de fango, ni corriera peligro alejándose de donde se concentraban, como si la amenaza viviera lejos. Marisol fue la primera en recibir una regañina, las monitoras le dijeron que el padre le daría una charla por acercarse al peligro. Había tenido la osadía de nadar en zona profunda, donde los remolinos. Horas después, estuvo encerrada en el despacho del padre Saturno. Marisol no volvió a bañarse aquel verano. Tampoco bajó a ver las estrellas. Dijo que desde su ventana verde se veían muy bien. Buscaba su rosario de madera de palo santo, solía dejarlo en una bandeja de cerámica encima de la cómoda, con las pesetas que le sobraban del día, y el espejo que descansaba sobre el mueble reflejaba a una mujer gris, atemorizada y vencida.

Llevaba tres semanas allí y dijo que estaba cansada, que tenía ganas de volver a casa, que su padre estaba enfermo y que en la próxima carta les diría que se iba a subir al primer correo para regresar a Segovia.

El verano pasó así, eran felices entre la plaza, la música, las confidencias en voz baja en las literas y el placer de bajar al río los sábados.

El corazón se les paró cuando oyeron un grito entre los árboles. Inmaculada, al parecer, se había tropezado con la raíz de un árbol, y por suerte la había salvado el padre Félix. Regresó muda del dolor. Tenía las rodillas ensangrentadas y la guardiana jefe le recomendó que se metiera en el río, que el agua, como Dios, la curaría bien. No quiso ponerse el bañador, solo se metió hasta cubrirse las piernas. Pero la sangre no paraba. «La regla», les dijo cuando pidió unos paños. Inmaculada no comió, se quedó tumbada de lado en la manta de cuadros que desplegó una tutora sobre la hierba.

Hubo más.

Era el once de octubre de 1957. En otro lugar, lejos de aquel albergue, el cielo se rompió: las lluvias comenzaron a intensificarse en Valencia, las acumulaciones superaron los trescientos litros por metro cuadrado en menos de veinticuatro horas. No paró de llover. La gente miraba al cielo pidiendo clemencia, y durante dos días bajó la intensidad, pero los terrenos estaban saturados. El día trece, durante la tarde y la noche, volvió a romperse el cielo. Los rezos hicieron efecto durante unas pocas horas más. Clemencia. La mañana del catorce de octubre, la abuela hizo conserva de pimientos fritos; los metió en frascos, comieron arroz con bacalao, como si fuera Cuaresma. La cuenca del Turia no entendía de rezos, se atragantó de lluvia. Saturada como estaba de las precipitaciones, no pudo absorber el volumen de las aguas. Los afluentes, el río Chelva o el Magro, incrementaron su caudal de forma alarmante. La orografía canalizó todo de manera rápida e incontrolable. De madrugada, ajena a la tragedia, una de las jóvenes del albergue era violada por el padre Saturno. Tragó su grito, mientras la tierra de su barrio se anegaba a la misma hora. La gente no se enteraba de la gravedad de lo que estaba por suceder. En la habitación de las chicas, dormían con la luz de la luna colándose por la ventana. Hacia el mediodía, una segunda y más violenta crecida sorprendió a los habitantes. El caudal superó los tres mil setecientos metros cúbicos, tres veces más que la capacidad máxima del cauce. El agua irrumpió con fuerza en las calles, rompió puertas, abrió paredes, arrastró coches, arrancó árboles y los escombros de las obras golpearon las ventanas. La chica agredida no comió. Edificios enteros colapsaron. La encargada de recoger las mesas le pasó un pañuelo para que se secara las lágrimas. Era del club Saturno. El bordado era el mismo que flotaba en la balsa de agua donde vivían sus padres, en la calle Doctor Olóriz. A cinco metros sobre la acera. La plaza de Tetuán, la calle Sagunto, Reino de Valencia, Pintor Sorolla... Todo era agua. Muchas áreas quedaron incomunicadas. Los servicios de emergencia no pudieron aguantar el desastre. La chica se sentó en uno de los bancos, ajena todavía a la otra tragedia. Las cifras oficiales hablaron de ochenta víctimas, pero la realidad anotó con sangre seca hasta trescientos muertos. El daño moral la dejó sin voz, durante días unió mañanas y noches con la misma pesadilla, completamente destruida. Las amigas le escondían chocolatinas en el bolsillo de la rebeca o paseaban con ella hasta el pueblo. El duelo colapsó Valencia, las carreteras quedaron destrozadas y las redes de suministro de agua y electricidad, interrumpidas. No había televisión en el comedor, tampoco en la sala de lectura. La noticia cambió todas las conversaciones. El padre Saturno, en misa, pidió una oración por las víctimas mortales. La chica rezó. Y no se levantó a recibir la santa comunión.

Dos semanas después, la Unión Soviética puso en órbita el Sputnik 2 y una perra llamada Laika murió en el espacio, cinco horas más tarde, por el sobrecalentamiento de la cápsula. La chica, llamada Fermina, se quitó la vida sin llegar a saber que sus padres habían muerto en la riada. La monja que le cerró los ojos dijo que era un ángel más a la derecha de Dios.

Dolores me habla de más testimonios que le permitieron llenar las lagunas del relato de su madre. En concreto, se enteró, gracias a una de las direcciones de las postales adonde escribió, de que una de las monitoras denunció la sospechosa actitud del sacerdote a la superiora. Pero solo consiguieron mantener las distancias y cambiar a la víctima de albergue, la mandaron a seguir su tutela en un pueblo de la costa valenciana. Sabía lo que podía costarle insinuar que un cura había intentado seducirla. La culpa era de la chica.

Aquel verano de felicidad se llenó de silencios cubiertos con oraciones, canciones y fiestas en la plaza del pueblo. Los cuchicheos empeoraban la imagen de algunas, siempre guapas, siempre culpables. El secreto de sus respectivos contactos en el despacho se convertía en peligroso, la culpabilidad religiosa las hacía imperfectas, frágiles y sucias. Mentirosas, en el mejor de los casos. Dolores madre, buscando a toda costa una vía de escape, pudo salvarse. Inmaculada, con la maleta en la mano, pidió clemencia con la mirada a las que se quedaban en el albergue. Rezó todo el trayecto hasta su casa en Salamanca.

Las que se quedaron no se enteraron, y si lo hicieron, se cosieron la boca para no delatar a nadie. La fragilidad, la acusación, el proceso divino, la condena, la absolución de las estrellas...

Pilarín escribía poemas que luego borraba.

Julia, cartas en las que no había destinatario.

Ana María guardaba celosamente hojas de árboles prensadas en las páginas de su Biblia que al secarlas se parecían a los nervios de sus manos.

El edificio de ventanas verdes expiaba los pecados entre un paisaje hermoso que purgaba de vicios, escándalos y deslices. El padre Félix lanzaba las homilías más admirables; conectaban con el cielo, con Dios y con Saturno.

Dolores me aprieta la mano, en la entrada del hotel Churrut, donde acaba la epístola del dolor: «Todo esto es lo que sé del diabólico padre Saturno». Pido sentarme en la terraza, junto a los árboles. En contraste con la desesperación que me ha provocado el relato, el día se muestra bajo una cálida luz, hace buen tiempo, agradable.

SESENTA Y CUATRO

—Si está vivo, Dolores, debe de tener la edad de mi madre.

—Lo está. Vive cerca de la costa. Forma parte de una parroquia, entre Biarritz y San Juan de Luz. Sigue fiel a la astronomía y conoce mejor que nadie los planetas y las estrellas. Hasta hace cuatro días, según leí en la prensa, daba conferencias en la Abbadie de Hendaya.

Observo unos segundos a Dolores. Aprovecha para sacar la cajetilla de Marlboro y me ofrece.

—Debería ir —formulo, encendiendo el pitillo—. ¿Tú nunca has querido verlo?

—¿A qué voy a ir? Mi madre está muerta.

—La mía no.

En ese momento, pasa un ángel, nos quedamos callados durante un rato en el que cabe una oración o dos cigarrillos. Veo moverse a mi madre en las fotos que guardo en la caja viajera, salirse de la fila de las chicas y ponerse a bailar con aquella falda de cuadros, cintura de avispa, brazos alegres arriba, feliz. Invita al resto de las muchachas a unirse en la plaza de Vera, suena su canción favorita, una de Monna Bell, *Prisionera*. Se retira el pelo de la cara, mueve la cabeza, los pasos aprendidos de la canción. Todas la siguen. Lanza los zapatos planos, se mueve descalza. Ríen.

La foto vuelve a quedarse parada. Ella, detrás de Julita. Escondida.

—¿Qué ocurre? —pregunta Dolores con gravedad—. ¿En qué andan metidos esos pensamientos? ¿Tanto necesitas curar?

—Si te soy sincero, no lo sé. Hace tiempo que empecé este viaje, y me doy cuenta de lo que puede cambiar la historia un pequeño tropiezo.

—No lo llamaría tropiezo.

—Lo sé. Quiero decir, cuánto cambia una vida cuando nos tropezamos con algo, con alguien que nos destroza, que nos desvía de la felicidad. El día que montas tu vida, comienzas a crear un futuro, a imaginarlo, y a fantasear con lo que harás cuando seas mayor. Sin embargo, de pronto se rompe. Se acaba. Y poner fin es muy difícil.

—¿Se trata de tu madre o de ti?

Abro los labios para responder, pero vuelvo a cerrarlos; me tiemblan. Recuerdo el mensaje de Amparo. Trago saliva con dificultad.

—De todo, Dolores. De todo.

—No se puede ir por la vida con tantas heridas abiertas. Se gangrenan.

—...

—Creo que mi madre se curó de la cojera, pero no sabía andar sin ella. Se había acostumbrado al dolor.

—Y eso es malo...

—Claro que es malo. Hay que cerrar, saber cerrar es necesario. Escuchaste lo de las puertas abiertas...

—Sí, que siempre hacen ruido.

—Pues eso, hay que cerrarlas. Aunque sea de un portazo.

SESENTA Y CINCO

En Vera llueve durante días. Compro una libreta grande de muelle en la papelería que me recomendó Ainhoa y me siento junto a la chimenea del hotel con mi madre, dormida. Hace tiempo que no escribo y la traducción que tengo encargada para la editorial se ha quedado aparcada en el ordenador de casa. Convertirme en otro escritor me ayuda a vislumbrar al autor que puedo llegar a ser. Martínez de Pisón, amigo, es el referente. En una de esas charlas literarias con traductores que mantenemos de vez en cuando en un café de Valencia, me contó los entresijos del arte de escribir. En su juventud, había traducido novelas de italianos como Daniele Del Giudice, Marco Lodoli o Guido Morselli. No siempre le gustaban, no era indispensable para traducir, como tampoco lo es el amor para el sexo. Traducimos con un elevado nivel de exigencia y, en ese ejercicio de inmersión, cuando llego al sentido profundo del original, llego también al mío.

Uno es escritor mucho antes de escribir sus primeras líneas, comentábamos, en la niñez y en la juventud está la sustancia de la que luego se nutre el mundo literario. Dejé a medias varias novelas, cuando creía saber lo que quería ser. Pero no sabía el escritor que podía ser. Me podría haber ahorrado todos aquellos primeros relatos, lampiños y sin médula, pero al poner la primera frase en la libreta, a mano, sin teclas, noto que las palabras van como el curso de un río, poquito a poco, alegres, animándose en los meandros, perdiéndose en las raíces de los árboles que buscan el agua para crecer. Le pongo título, *Amparo*, y unas frases iniciales de *La educación sentimental* de Flaubert: «¡Déjenme en paz con esa repugnante realidad suya! ¿Qué significa eso de la realidad? Hay quienes ven en negro y quienes ven en azul».

La recuerdo de memoria. Se trata sin duda de una *boutade* de Pellerin en la novela, pero es perfecta para un inicio en rebelión.

Ahora, en el sillón, no siento el dolor lumbar que aparecerá después, al levantarme a dar la vuelta rutinaria con mamá y la perra, con la cabeza contaminada de frases que van y vienen, sin concreción, incapacitado para soltar el texto. El amargor que me genera parar de escribir lo calma el sabor de un caramelo tofe que cogí de la cafetería y que llevaba todavía en el bolsillo de la chaqueta.

Tengo manías con la traducción, aunque en sentido estricto no lo son, pero al enfrentarme a la escritura, no necesito de ninguna. Qué bien no parar a buscar el tono, ni la exacta palabra, ni el giro en otro idioma. Qué bien seguir, como quien camina en llano, entre veredas, en apacibles prados donde el sol es blandura y la sombra, reposo. Llevaba la cabeza llena de libros de otros, ahora son parques y senderos en los que yo descanso. Es una manera de amar. No sé si piso la raya de la carretera imaginaria, si el sentido es el correcto, pero todo toma un rumbo, porque, habiendo salido a leer de niño, es ahora un maletero lleno, rebosante de maletas como aquellos autobuses de los que hablaba mamá.

Se ve turbulento el texto, la letra a mano, torpe en las comas, extasiada en las eles, sólida en el espíritu de las vocales cerradas y firme en los puntos. Es mi letra la que toma las defensas en el mapa, soldados en formación que se disponen hacia el siguiente párrafo, al capítulo, a la página nueva. Piedra a piedra, amurallo. ¡Cuántas novelas he leído y traducido que tratan precisamente de la trinchera rota en la relación, de los baluartes que no salvan del nuevo enemigo! ¡Cuántos dramas de la literatura universal se han nutrido del amor del escritor hacia la dama, qué desdichados, unos y otros, autor y personajes! Pero en esta novela es distinto; simplemente, pido socorro en las palabras. Es el amor licuado, el que se ha derretido para, con el frío, volverse hielo.

Amparo había querido, había sido fiel, cuidadosa, amante y amada, pero se le entumecieron los huesos y buscó otro lugar donde encender la hoguera.

Hago un alto.

Me quedo mirando la leña. Chisporrotea alegre. De pronto, empiezo a percibir el sonido de las copas y de algunas tazas de café, la máquina silbando, los pasos de la camarera y la inquisitiva mirada de mamá.

—¿Por fin? —me pregunta, achicando enfado.

Me despistan sus dos palabras, tanta determinación.

—¿Escribes? —dice.

—Sí, he empezado algo.

—Llevas horas. La gente ya está cenando. Creo que me he hecho pis. Pero me gustaba verte así, como cuando de niño hacías lo mismo con tus cuentos.

—Los tiré todos.

—Sí. Los tiraste —responde clara—. Pero yo los recogí. Los tienes en el último cajón de mi cómoda, donde las escrituras de la casa. Bajo ellas, como pilares. Sabía que un día eso sería tu... trabajo. Has salido a la abuela.

Me levanto a darle un beso y a llevarla a la habitación para cambiarla de ropa.

—¡Cuidado, la libreta! —da la voz de alarma—. No vaya a ser que ahora se queme. Eso no lo podría guardar.

—Subimos, te pones ropa seca y cenamos. Perdona, estaba enfrascado.

—Solo si me prometes que seguirás después escribiendo eso.

Guardo la novela en la bolsa trasera de la silla de ruedas y nos ponemos en marcha.

El resto de los días seguimos así, como esa tarde de epifanía literaria. Yo escribo, ella se duerme plácidamente en el sillón, con las piernas en un taburete que nos trae Ainhoa desde la trastienda de recepción; mamá dice que parece que van a venir los reyes. «Doña Aurora, lo que necesite me lo pide».

—Estoy bien, muchas gracias. Mi hijo está escribiendo.

Los pobladores de la novela van poco a poco dando vueltas al velódromo de las páginas; si las cosas se iluminan, sigo. Si los ángeles y arcángeles dictan, bien. Si no, también. Tengo la cabeza entre los muelles. Recuerdo los estrambóticos personajes que me inventaba de niño, y que me dibujaban una sonrisa mientras hacía algún dibujo en los cuadros de la libreta. Carmen Martín Gaite hacía lo propio, me digo cuando me veo, perdido en el recuerdo, dibujando una autocaravana como la nuestra, pero tirada por caballos. Hay olas de mar y faros en la segunda libreta, tazas de café en la siguiente, montañas en la cuarta, flores en la quinta.

«El final de la historia no puede ser triste», me dice mamá. Acabo aceptando la frase como cierta y le prometo que así será. Pero la realidad, esa de la que hablaba Pellerin en *La educación sentimental*, es que cada uno ve la vida con su color. A su manera. ¿Qué significa eso de la realidad? ¿Qué significa un final feliz? ¿Es feliz el vaquero cuando mata a los apaches en esas novelas maniqueas del Oeste o es triste si imaginamos a los niños del indio muerto esperando a papá en la tienda que ha sido quemada por los blancos? La felicidad es redonda, como una bola de cristal que a todos se les resbala de las manos. Nunca es igual, ni siquiera quedándote en el mismo sitio, esperando un final acertado.

—Haz que sea feliz —insiste mamá.

SESENTA Y SEIS

Cuando en una familia empiezan a descongelarse los recuerdos, lo único que se puede hacer es huir. O llevarlo con resignación. Eso es lo que me dice Dolores a la salida del hotel; ella lleva la compra y yo me he apoyado a fumar en la puerta.

—¿También tienes ganas de un ajuste de cuentas con el pasado? Es imposible. Créeme, yo miraba a mi madre antes de morir y no podía salvarla de lo que pasó. Solo me preocupaba de que se tomara el caldo y las pastillas a su hora.

—Lo sé, Dolores. Es lo que hago yo. Estoy enfriando el dolor, y aquí estamos bien, hasta he empezado a escribir.

—Pero te noto revuelto.

—¿Cómo no voy a estarlo? Mataría ahora mismo a ese cura de una hostia. Aunque no tendrá ni media.

—No hables así, no te pega.

—¿Qué me pega? ¿Irme de aquí? ¿Salir con la silla de ruedas y largarme con mi madre hacia donde hemos venido?

—Pues... a lo mejor. Aquí solo ahondas en la herida.

—¿En la mía o en la de mi madre? Porque son dos, me siento impotente por no haber sabido calmarla en algún momento que seguramente era ácido sobre sus ojos, cosas que decíamos y que le recordaban a ese hombre.

—Eso no se puede corregir. Ya sé que somos vulnerables; tú lo eres, te lo noto aunque intentes fumar como esos hombretones del cine en blanco y negro.

Sonrío.

—¿Mejor así? —digo, cambiando el cigarrillo de postura.

—Pues a lo mejor. El caso es, a veces, cambiar.

—«El único viaje verdadero no consiste en ir hacia nuevos paisajes, sino en tener otros ojos, ver el universo con los ojos de otra persona».

Hay una pausa, y un camión para en la zona de carga y descarga. Nos retiramos hacia el interior.

—Aquí me estoy haciendo daño, en eso tienes razón, Dolores. Y siento a mi madre como una víctima. He dejado de verla como todopoderosa, como aquella madre fuerte que ha sido para mí durante toda la vida. La que curaba, la que me recogía en clase, la de los consejos... Uno no puede imaginarse qué hay detrás de los silencios, ni siquiera pensar que fue una de esas mujeres.

—Es que eso no les pasa a los demás; los demás somos también nosotros. Y a veces nos toca ser esos. De los que hablan las noticias.

—Ya. Ella era...

—No te tortures. De verdad.

—Hemos venido hasta aquí buscando a un hermano y me encuentro con esto. El padre Saturno...

—No sé qué decirte. ¿Buscabas a un hermano?

—Sí, mi madre siempre lo nombra y lo llama Félix; ha empezado a ser tan real que... Me cuesta decirlo. Me has contado todo esto de las mujeres embarazadas, de las agresiones... A ver, qué te digo. Que estoy descolocado. Es una tortura.

—A lo mejor es la demencia.

—O no.

—¿Te habría gustado?

—Sí, claro, siempre quise tener un hermano. Pero, en este caso, sería el hijo de una...

—Calma. No hagas hipótesis, de verdad, te lo digo desde el corazón.

No grito, porque, con el dolor que me atenaza, casi no me sale la voz. El aullido crece dentro, trepa desde el estómago hasta la garganta, como una bomba racimo que me destroza de manera silenciosa. Pero, por fin, digo:

—Sí. Quiero ver al padre Saturno.

SESENTA Y SIETE

Dolores me da la dirección donde el hombre vive desde hace años. Me la escribe en un papel, sin hablar, consciente de que no cabe más conversación en ese cruce de información que atraviesa dos vidas. Le digo que le escribiré, que le contaré mi encuentro y la evolución de mamá, pero niega con la cabeza. «Olvida este capítulo —me dice al despedirse—. No regreses más». Nos abrazamos, meto el papel en el bolsillo del chambergo y me fumo otro cigarrillo en la puerta del hotel. Mientras la veo caminar calle abajo, siento algo positivo; podría volver a enamorarme. Esa mujer representa los condicionales en los que me gustaría vivir. He pensado muchas veces en ella y en la forma que tiene de hablarme, honesta y digna, templada, con esa amabilidad del norte que es tan austera.

Voy hasta la autocaravana para ventilar el interior, hacer una limpieza rápida de las camas y los cacharros y llenar la despensa. La perra husmea las ruedas donde han meado otros perros, saco la manguera y esclarezco las ventanas y toda la chapa del caracol. Compruebo que todo funciona y que la presión de los neumáticos es buena, con dos patadas. La perra ladra. Haría lo mismo que ella, ladrar, gritar, bramar; pero me da por acariciar el vehículo en el que tantos kilómetros hemos hecho, como si con esa ternura la autocaravana me perdonara por todo lo que pasa por mi mente en este momento. Este será el último viaje, no volveré a dormir en este encierro. Desde el escalón, la perra me mira, contenta. Sabe perfectamente que volvemos a la carretera. Salta como un cachorro feliz y se restriega por la hierba panza arriba. Uno se hace mayor cuando deja de ilusionarse así, pienso yo, cuando le dejan de apetecer los viajes, salir de casa, mover las piernas.

Miro los bajos, las llantas, el freno de mano, y perfumo el interior con espray, porque la humedad del norte ha calado dentro, en cada rincón, como si se hubiera despegado el revestimiento interior. Todo está bien.

Esa noche me cuesta dormir en el hotel. No es que me sienta culpable por hurgar en la memoria, el pasado sigue siendo el mismo, aun sin conocerlo, pero estoy inquieto. No puedo dejar de pensar en la cara del padre Saturno, en su sotana larga, y en qué debo decirle cuando lo vea. Me duermo, supongo, de madrugada, cuando las pastillas, varias, hacen efecto, cuando el hervor del fuego mental baja. Acabar el viaje es necesario, debo ir, llegar a destino y cerrar. Quiero estar frente a frente.

Al día siguiente, miro el mapa, compruebo los DNI, como si fueran a pedirlos en la frontera de Hendaya, y pago la cuenta en el hotel. Me despido de Ainhoa, que nos desea lo mejor para el viaje. No añade nada más, pero me mira con una expresión apenada, como si en realidad deseara decirme otra cosa. Que no lo haga, que dé media vuelta, que lo siente mucho, que cuide a mi madre. No sé si Dolores le ha contado algo o ha considerado que esa historia era solo nuestra, de nuestras madres y de sus hijos. Mamá responde por ambos, agradeciéndole las atenciones de los últimos días. Se ha sentido cuidada; no son esas sus palabras, pero, en su lenguaje, «Tiene buen servicio el hotel» equivale casi a un «Me has caído muy bien, eres una gran profesional». Esa es nuestra despedida.

A media mañana ya estamos en la carretera.

La imagen de Saturno, dios del tiempo, devorando a un hijo me viene constantemente a la cabeza. Esa pintura negra de Rubens en la que el dios, el padre, desgarra a uno de sus hijos para que no lo destrone me tiene turbado. Parece que lo traspasa con la fuerza de las manos, los dedos se hunden en la carne. La mirada aterrorizada del hijo se me aparece en los cristales del retrovisor, como si fuera a devorarme en una curva del trayecto. La leyenda de que el monstruo tiene el pene erecto mientras devora a su hijo me violenta. Siento que el sudor que me cae por la frente es sangre, hasta que mamá me acerca un pañuelo y veo que solo es sudor.

Júpiter se salvó de ser engullido porque la madre lo escondió y le ofreció a Saturno una roca envuelta en pañales. Ese es mi último pensamiento antes de parar a comer.

—¿Qué quieres pedir?

—Me apetece tortilla francesa con queso en bocadillo.

—Pero eso no es comida, mamá.

—¿Por qué te llamas Félix? No entiendo que tu hermano se llame como tú. Me decía siempre lo mismo. Me estoy liando.

—Pero ¿tu hijo se llama Félix también? Y yo... ¿quién soy?

—Tú eres mi hijo, pero te llamas como el otro. No lo entiendo. Déjame y pide la tortilla. No quiero nada más, en bocadillo y con mayonesa.

—¿No la querías con queso?

—Con queso y con mayonesa, así está más rica.

—Te puede sentar mal.

Me mira como se mira a un desconocido.

—Dile a mi hijo que venga.

En el baño, me lavo la cara después de llorar. Al regresar a la mesa, mamá ya se ha comido el bocadillo y tiene el jersey lleno de manchas que ha intentado limpiarse con la servilleta. Saco de la mochila toallitas húmedas y la limpio; cara, manos y jersey.

—Qué bueno eres, hijo. Antes estaba aquí el otro y no me gusta cómo me habla. Tiene aires de grandeza; no sé qué se ha creído, si lo parí yo por estas piernas.

—¿Me das un beso?

—Qué tonto estás. Ven.

Mamá me abraza sin cariño y me besa por compromiso. Me suenan las tripas.

—No has comido nada.

—No tengo hambre, ahora comeré.

—Come algo sin hambre, que luego no podremos parar en la carretera. No hay lugares decentes.

—Pero si siempre dices que se come bien en los bares de camioneros...

—Eso lo dice tu hermano.

Otra vez.

Mamá suspira. Lo hace de manera sonora para que la vea y le preste atención.

—En breve estaremos en casa, mamá.

—¿Y Félix?

—¿Qué Félix?

—Nada —corta ella.

—Llevamos ya muchos días de viaje, seguro que tienes ganas de estar en tu cama, de ducharte en tu casa, con nuestras cosas. No te preocupes, resuelvo un asunto en otro sitio y volvemos.

Cuando voy a pedir un sándwich para llevar, me fijo en la máquina expendedora y arraso con patatas fritas, cortezas, dos chocolatinas y una lata de cocacola.

—Yo me quedo —dice, de pronto.

Pero segundos después está pidiendo que empuje la silla hasta la puerta del bar, que se marea, que tiene el pecho alterado, que se asfixia. «Respira tranquila», le digo apretando el inhalador. Me preocupo menos que otras veces, porque la costumbre de la alerta ha ido bajando durante el viaje. No me asusto, ella lo sabe y sube al coche con mi ayuda. La perra lo observa todo. Sabe qué está pasando y es la única que lo entiende.

El destino da miedo, como tantas veces dio pánico la vida, pero en este caso es la muerte que, en la autocaravana, se aparece en los silencios. Busco en el oficio de traductor una palabra que explique bien este final que se acerca, porque, después de tantos días, si algo hay claro es que a algunos viajes hay que ponerles final, aunque sea abrupto. La idea que me atraviesa la cabeza se parece a las líneas de la carretera que engulle el coche bajo las ruedas. Me despisto.

—Mamá, cuando te fuiste de Vera..., ¿eras feliz?

No me escucha, reposa con la cabeza en la ventanilla. Mamá está dormida. La perra, también. A sus pies. ¿Quién se irá antes de las dos? En el retrovisor veo mi cara, asustado por la pregunta y por el silencio que habrá cuando no sea sosiego, un intervalo, sino una eternidad. Lo inamovible de la muerte me espanta. O me acobarda. Soy el niño que iba a la escuela y esperaba llegar a casa corriendo con la mochila dando golpes en la espalda y varias flores del campo en la mano. Soy también el señor que conduce y se sobrecoge porque no hay casa. No habrá merienda, ni me preguntarán por el colegio, ni recitaré los versos de fin de curso, ni una voz me convencerá de que los fantasmas solo son ruidos de la madera del armario de la ropa. Piel de gallina. La perra despierta, pero solo me mira, sin verme, levanta la cara, huele un pedo de mamá y agacha la cabeza. Sigue ese silencio aterrador en el asiento de al lado, una mujer sin venganza, con un pasado sin cerrar y llena de dudas que nadie podrá ya aclararle. ¿Soy Félix el bueno o el otro? ¿Qué hijo existe? ¿Cuál dejó de existir para ella? ¿Qué elección hizo para su memoria?

—Mamá. —Hablo en voz baja. Tengo miedo a las respuestas, pero son inefables, se quedarán sin explicación. Y en esa sagrada pausa que hará la vida, habrá que acostumbrarse a los días sin flanes de huevo, sin besos de buenas noches y sin lamentos. ¿Se sobrevive al adiós? ¿Cómo? ¿Soy capaz de asumir la despedida sin rebelión, sin romper cristales, sin alunizar el coche contra un escaparate, sin dejarme caer por la carretera?

—¿En qué piensas? —dice mamá al despertarse.

Parece cuerda, serena, joven.

—Pensaba en este viaje nuestro, en lo bonito que es el paisaje y en Vera, en si querrías volver a pasar cuando regresemos a casa.

—Yo no quiero volver a ningún sitio con recuerdos.

—¿Son malos?

—Los recuerdos son recuerdos. Y como hace tiempo, dan pena. Ya no sé si son malos o buenos. Yo no sé, tú sabrás. Pero no te equivoques, la vida que se recuerda no es vida ya.

La miro y está de nuevo adormecida.

Hablo solo. La perra me mira. Le doy un premio seco de los que llevo en la guantera. Se relame y se vuelve a dormir sobre el pie de mamá. La zapatilla deportiva le sirve de almohada viscoelástica. Se remueve inquieta, porque se ha hecho pis, a veces se orina, incontinencia de vieja; se da cuenta, pero está acostumbrada, huele a amoníaco cuando la acaricio. La pequeña que saltaba en los cojines del sofá y que bajaba las escaleras a toda prisa si oía las llaves en la puerta ya no existe, es solo un recuerdo sin sonido ni grabaciones, solo es la memoria la que reconquista ese momento, y parece que lo rescata para devolverlo vivo. Es un reintegro barato, porque el presente es aplastante. Como mamá. Como la autocaravana, que tiene ya marcado su final.

Así recorremos no sé cuántos kilómetros, en la paz del compás de la carretera que traga rayas y expulsa humo en los bosques vascos. Hace mucho que no vemos gasolineras, ni bares, ni carteles. Nada perturba ese espacio-tiempo de una familia al borde de la locura. ¿Es real? La gravedad de la falta de ruido es engañosa. En la primera curva que tiene zona de descanso, paro. Me cuesta aparcar la autocaravana, porque muchas veces olvido las dimensiones de esta casa con ruedas que condiciona el viaje y la velocidad. Paro el motor. La perra se levanta y pide salir por debajo de las piernas de mamá, que está despierta.

—¿Dónde estamos?

—No lo sé. Supongo que cerca de algún pueblo. Así estiramos las piernas y la perra orina.

—Yo también quiero mear, ayúdame a salir.

—Mamá, puedes usar el baño que tenemos.

—Quiero mear con la perra. Así no ensucio.

Dan igual las explicaciones, cuando desciende con equilibrios que controla, se agacha al tiempo que baja sus pantalones. Se agarra a la puerta del vehículo con una mano. La perra levanta la pata, ella también quiere. Imita todo. Nos quedamos ahí, en la sombra de los pinos silvestres, las encinas, los robles. Creo que son robles. La perra hace el *show* para entretenernos, trae una piña, juega con ella, nos la lanza, luego se tumba, pasa de la piña, levanta la cabeza, parece que saca la lengua y que se burla de nosotros. Nos entra la risa, y en esa complicidad que genera el pobre animal, mamá habla de las misas a las que iba en Vera. Saca ella el tema. Me dice que eran un aburrimiento, que el cura era muy pesado en la homilía, que tenían ganas de salir al aperitivo en la plaza, que iban arregladas y que sentían miedo. Pero que eran amigas y entre ellas se daban la paz. Se pregunta sin esperar respuesta adónde habrán ido a parar esas chicas.

—Había una de Guinea, Consuelo Tobileri, que lavaba todo antes que nadie. Hasta mis bragas. Y otra de Valencia. De todas partes, con nuestra blusa blanca y la falda azul —recuerda—. Nos tenían amargadas en esas ceremonias de hora y media —confiesa, con la mirada en la copa de los pinos; la perra también alza la cabeza—. Querían que fuéramos santas; solo éramos niñas, crías de pueblo. Que íbamos a ser mujeres. Sin más. Pero había que casarse al volver a casa, lo repetía la inspectora, y decía que, si teníamos hijos, eran hijos de Dios, que había que procrear, que España se hacía grande con buenas esposas y buenas madres. Eso decían. Lo repetíamos porque, al parecer, eso era bueno. Yo dejé de leer en misa, con lo que me gustaba leer; decían que tenía buena voz, y si tenía buena voz podía ser locutora de radio. Pero eso no era posible. Al abuelo le quitaron el trabajo y nos tocó coser y cantar. Allí cantábamos mucho, en la plaza.

Para y me mira.

—¿El otro día estuvimos en la plaza?

—Sí. ¿Te acuerdas?

—Me acuerdo perfectamente, que no estoy tonta.

¿Cómo traduces esa escena sobria, serena y totalmente lúcida? ¿Qué palabra usas? No hay lenguaje para algunas emociones, de la misma manera que no hay palabra para los padres que pierden a un hijo. Existe huérfano, pero no existe a la inversa. Porque la lengua no ha diseñado toda la realidad. Y esa realidad es un laberinto inexpugnable en las cabezas adultas, donde la ficción y el presente, también el pasado, se mezclan.

La abrigo con la manta de ganchillo que tanto le gusta; debe de quedarse en alguno de los pensamientos, perdida, esperando el auxilio de otro nuevo que lo reemplace. Me siento junto a ella en la silla gemela, mientras dentro está en marcha un café. Acabo haciendo panceta y dos huevos fritos para cenar, decidimos que es buen sitio para pasar la noche; a fin de cuentas, tenemos de todo y estamos todos los que han de decidir. Mamá quiere la panceta entre pan y pan, yo la imito. La perra pide lo suyo, y levanto el vaso de vino para brindar con su vaso de agua. «Salud», digo. Una ardilla mira con ánimo de acercarse, pero la perra la asusta al descubrir que es una invitada *in pectore.* Eso nos entretiene un rato, nos acordamos de los animales disecados que tenía don Fernando en la entrada de casa. Un zorro y varias ardillas con las colas levantadas, por las que pasaba la mano de niño. Asco, aprensión y curiosidad. En cuanto empieza a hacer frío, mamá se acuesta en la cama con la ración de pastillas y una extra para dormir. No tarda en caer rendida. Me quedo en el exterior con las luces apagadas y la perra sobre las piernas, más como abrigo egoísta que como mimo, y rezo por todos esos recuerdos que jamás podré visitar.

Corre algo de aire. Mi sillón rechina cuando me muevo, les echaré aceite a los muelles, pienso. Creo que hablo solo.

La silla de mamá conserva su forma en las fibras de plástico, la huella que queda es la que quedará cuando no esté.

El cielo se cuela entre las copas de los árboles y, a oscuras, las estrellas se pueden contar con facilidad. Me entretengo haciendo constelaciones inventadas, formando letras, siguiendo la línea de puntos como en los pasatiempos, hasta que compongo su cara. La belleza nunca quita el dolor, pero lo disimula. En ese rato de estrellas y silencio, pienso que el pasado no existe, que la felicidad es posible.

Una de esas estrellas sobre mi cabeza, en este momento, es Saturno. Aunque no tiene el brillo de Júpiter, se puede identificar por su brillo constante y su color, más apagado. Venus, en el horizonte suroeste, es mamá, que huye del padre. Si muevo la cabeza, él desaparece. Si empujo, cae del cielo.

Los lametones de la perra me dicen que es tarde. Estoy aterido de frío, somnoliento y cansado de la postura. Acabo de borrar estrellas y paso al interior de la autocaravana. Echo la llave.

Se despierta sudando en mitad de la noche. No sabe si ha dormido poco o mucho, o si todavía está despierta desde que se acostó. Todo lo que ha soñado lo ha provocado la conversación de la tarde. Pero no es una cría de la Sección Femenina, es una mujer que vuelve a ser agredida a la salida de misa. Su sueño tiene el mismo dolor que la realidad, solo que está cansada y el sopor la vence de nuevo. Le da tiempo a decirme que paseaba por la iglesia y que Teresín y Consuelo han corrido a esconderse en la capilla, que de ahí han salido por la puerta que da al patio. Que ella se ha quedado sola, que el padre ha llegado, que le ha dicho que pase a la sacristía y que cierre la puerta. Se incorpora en la cama, se tira de la falda invisible, quiere cubrirse las piernas, las rodillas, le duele el brazo, nota cómo el dolor es verdadero, se lamenta, «Deja, déjame», grita. No quiere abrazo, me echa, se cree que soy él. Me aparto. La dejo que acabe su pesadilla, que se agote como una tormenta de verano, hasta que la respiración se calma. Entonces me siento a su lado.

«Vale», contesta.

No sabe que soy su hijo.

Acepta el cobro del cura. Ella está todavía allí, en la sacristía, con él, sin ayuda, solo la que pide a Dios. Pero Dios no acude.

Regresa a la almohada, la abraza como quien coge su peluche, es una niña de muchos años con los mismos traumas. ¿Quién dice que el pasado desaparece? A veces no, a veces nunca.

La visión del cuerpo sereno de una madre dormida me calma. Es entonces cuando lloro todo lo que me deja la vida, arranco varias pastillas del blíster y me las trago como si fueran veneno. Quiero morir. Morirme. Que despierte solo ella en ese bosque y se convierta en ciervo, que solo busque comida, un lugar donde dormir y a su madre.

Sentado, pienso en el día que vea al padre Saturno.

El día ya ha perdido algo de su frío del amanecer cuando salgo al exterior. Meo entre los pinos, aspiro el oxígeno limpio y puro de la montaña. Más allá de la carretera está el destino. Me lavo las manos antes de ir a preparar café. Parece el retrato de una huida. Dos sillas, restos de madera quemada y un charco de pis. Mamá aparece en la puerta. Sonríe.

Y el día, entonces, se ilumina.

—Félix.

—Sí, mamá.

—¿Has dormido bien?

—Sí. ¿Y tú?

Tiene sangre seca en las piernas.

—¿Qué te ha pasado? —le pregunto, mientras me acerco.

Lleva una uña rota, la misma sangre.

—Pasa dentro para que te ayude, te debes de haber pillado el dedo con el mueble. En cuanto volvamos a casa ya no te pasa, tienes tu cama grande y cómoda.

—Pero aquí estoy bien. Estamos bien —dice sonriendo—. Es bonito. Hace mucho que no escuchaba a los pájaros.

Entonces me callo. Pían y vuelan hasta que encuentran una rama, otros cogen las migas que se quedaron en las sillas plegables. Parecen una familia respetuosa que se ordena para tener comida para todos.

—Míralos. De niño les ponías migas en la ventana de la cocina. Esperabas a que vinieran los gorriones. ¿Te acuerdas?

Asiento.

Me acerco y vuelan todos. Después miro la autocaravana que nos ha acompañado todo el viaje; le queda poco, la acaricio como si fuera la piel de mi hermano invisible. Subo y me siento al volante. Observo el espacio interior y resulta estrecho. La familiaridad de los asientos, el aroma a ambientador, el plástico de la guantera, las lunas con rocío. Enciendo el motor y muevo los parabrisas. Meto la mano en el bolsillo del asiento y noto el rosario de madera que me regaló la abuela, está diciéndome «Cree solo en mí». Mi abuela era una mujer de una fe privada; no obligaba, no exigía, solo rezaba en silencio con la mirada tierna. Creía en Dios. Pero también creía en el diablo. «El mal existe», repetía. Y era solo entonces cuando el miedo aterrizaba en su cara. Solía pintarse las uñas de nácar y tenía una Virgen Peregrina que corría entre las casas de las vecinas, de recibidor en recibidor. Andaba ligera a por el pan, después a la iglesia, pasaba el cepillo y leía bien, también cambiaba los cirios y planchaba los manteles del altar. Podría haber sido cura, pero era mujer. No lo decía. Solo advertía del mal y aplaudía las alegrías con la devoción de su santa favorita, santa Teresa de Jesús. «Ayúdame ahora», le digo, apretando el rosario que huele a rosas. Me persigno y salgo para respirar una última bocanada. Sienta bien esa quietud, ese estar en un lugar desconocido, en mitad de la nada, de paso. Sabiendo que toca continuar, pero retrasando el momento, aunque sea solo unos segundos. Podríamos quedarnos aquí todo el tiempo que fuera necesario. Mamá, la perra y yo. Y la autocaravana, pero como un mero elemento más del lienzo. Ha cumplido con su deber, nos ha llevado hasta donde queríamos llegar. Lo que sigue es una prórroga en la que no hay por qué adentrarse.

—La autocaravana está lista, mamá. Seguimos el viaje.

Se ha lavado la cara, lleva ropa limpia y huele a colonia fresca de supermercado.

—Te he hecho un bocadillo —me dice alegre—. Es de *foie-gras,* con pan recién hecho. Lo acabo de calentar.

Sonrío y le digo que luego me lo comeré, que ahora voy a recoger las sillas, mojadas por la lluvia que ha caído por la noche. «Se pondrá duro», me dice. «Vale». Acepto. Me lo como a bocados grandes mientras caliento la leche para desayunar y recojo todo, como la escena de un crimen. Ella está sentada dentro, con los mantelitos puestos y el bote de nescafé alrededor de tres tazas y tres cucharas.

—¿No ha de venir tu hermano? —pregunta.

—Me ha dicho que nos espera en Hendaya.

—Qué loco está. Tan lejos. Francia.

—No está lejos, estamos a poco más de veinte minutos.

—Ah, pues recoge, recoge.

En ese momento es cuando veo a las ardillas hacer limpieza de nuestro campamento; aparecen diez, doce, tal vez veinte. Me parece extraordinario. Se van uniendo, como si unas hubieran llamado a las otras que bajan a toda prisa al suelo, donde anoche nos confesamos. El movimiento de los roedores me hipnotiza, parece que sufren descargas, se giran, adelantan, aceleran y se paran. Siempre alerta. La perra se asoma a la ventana y no se atreve a ladrar, la acaricio y le digo que son amigas, como si me entendiera. Lo hace. Pero el instinto la revuelve frente al cristal, lo araña y ladra como un pitbull furioso; las ardillas salen despavoridas hacia las copas de los pinos. Todas excepto una, que regresa lentamente: es ciega o sorda. Se come el festín con tranquilidad, y la perra vieja siente compasión, porque se ve reflejada en ella. Las observo, a una y a otra, separadas por la ventanilla de una autocaravana. El hocico seco, agrietado de mi perra se humedece, como si reconociera el aroma de la vejez. O de la venganza.

SESENTA Y OCHO

Castillo de Abbadie, ruta de la Corniche, Hendaya.

Eso pone en el papel que me dio Dolores en Vera.

Vamos por la N-121-A, pegados a la frontera francesa, siguiendo el curso del Bidasoa. Antes del puente que nos cambia de país, vemos un aparcamiento de autocaravanas a la derecha; la nuestra es la peor. No sé cómo hemos llegado hasta ahí. El cielo protector está azul imposible, el verde se ofrece luminoso y el agua del río, limpia y tranquila. Nada parece presagiar lo que nos espera. El puente de Santiago o Saint-Jacques sobre el Bidasoa cambia el idioma: *Département des Pyrénées-Atlantiques, Béhobie, rue Richelieu* a la izquierda, *pharmacie* en la rotonda, *rue Henri Bascou, coiffure, rue de l'Église.* Allí estaciono.

La iglesia de Saint-Jacques es estrecha y extraña. Puerta roja, piedra y pintura blanca. Hay un frontón, también pintado de rojo. Pregunto por la dirección que llevo anotada a dos ancianos que, como lagartos, miran al sol, y nos dicen que sigamos por el *boulevard de l'Empereur,* «todo recto hasta el mar». Nos encontramos un *camping,* otro *camping* y, al final, la belleza del imponente castillo de Abbadie.

Erguido frente al océano, el castillo tiene algo cursi, entre neogótico y oriental, como si un rico viajero hubiera recogido todo lo que le gusta y hubiera pedido un capricho a golpe de monedero. No tardo en averiguar por los carteles que es así: Antoine d'Abbadie fue un cristiano ferviente, erudito, apasionado de la geografía, la cultura oriental y la astronomía. Realizó la primera cartografía de Etiopía tras una estancia de once años en ese país. Geodesta y astrónomo, se interesó, también, por la cartografía celeste. El castillo alberga un observatorio astronómico.

Caminamos con la silla de ruedas por el entorno, buscando sombras en los árboles que en cuestión de minutos dejan de hacer falta, porque el cielo se nubla. Mamá lleva el rosario en la mano, colgando como una campanilla para asustar fantasmas y diablos. Presiento que ya ha estado ahí.

La puerta del edificio es realmente inquietante. Dos cocodrilos presiden las escaleras, enseñan las fauces con la boca abierta y amenazan con las garras en tensión. En las columnas hay felinos, dragones, ranas y caracoles gigantes, una mezcla absurda. La puerta tiene dos perros galgos de piedra, tranquilos, y sobre los galgos, en pose egipcia, más ranas. Desde ahí, la vista es bonita. Los árboles son lo único que parece natural en ese lugar artificial, siniestro y extraño. Entiendo que sea el rincón donde espera el final de sus días el padre Saturno. Todo cuadra, también el planeta que le da nombre en ese espacio de astrónomos, fantasías y excentricidades.

Mamá no quiere quedarse sola mientras entro al *hall* bajo un cielo policromado, aparecen las sombras en su memoria. No pregunto, solo digo:

—Te suena el sitio.

No mueve la cara, ni un gesto, sabe que si contesta dará pie a una riada de recuerdos encadenados. Cierra la boca, aprisionando la memoria y las palabras. También cierra los ojos al ver a los lagartos cíclopes. Si fuera un perro de caza, se diría que ha escuchado algo, su piel se ha electrizado. Por primera vez, la madre parece saber perfectamente dónde está. Es un lugar que yo desconozco, que jamás ha mencionado. Y, sin embargo, sabe, presiente, detecta. Vamos pasando la mirada por la fachada, las esquinas, las plantas. Los escalones sirven de barrera a su silla, como una bendición.

—Espérame aquí —le digo, sin alejarme.

Echo una mirada rápida al vestíbulo y me asusta el exceso de decoración y las inscripciones MI FE Y MI DERECHO y MÁS SER QUE PARECER; se asemeja al interior de una pirámide de cartón piedra de algún parque de atracciones abandonado donde una momia disfrazada da los buenos días.

La escalera de honor está adornada hasta el paroxismo; sobre un fondo vegetal, los escudos de armas familiares; y en las filacterias, divisas escritas en pan de oro. El mundo irreal de los animales fantásticos que ejercen de consolas en la escalera va asociado a la decoración exótica de los escudos y las cornamentas de los animales etíopes. A veces *art nouveau*, a veces medieval, embaldosado árabe, oriental, otras paredes llenas de monogramas... Sobre la chimenea está grabada una cita en latín: LA VIDA PASA COMO EL HUMO.

Desde una de las ventanas, un anciano cierra las cortinas.

SESENTA Y NUEVE

Vamos al centro de Hendaya, hacia la playa. Hemos dejado la autocaravana en uno de los aparcaderos, donde pasaremos la noche. Ha vuelto a salir el sol y los peatones se convierten en ciudadanos que buscan una terraza donde tomar algo. Nosotros también. Mamá es ahora una mujer silenciosa y yo prefiero no hablar. Me acojo a los términos de la prudencia y rumio todo lo que le haré en las próximas horas. Se puede llegar tarde, pero la cuestión es llegar. No importa cuánto haya tardado este viaje de una perra, una madre y un hijo duplicado. El caso es que estamos y es el momento de ponerle fin.

La perra va feliz de un lado a otro, olisqueando bordillos y árboles, mete las patas en un charco y salpica divertida en su excursión. Agradece la calle, los nuevos olores, y marca como un perro pastor todos los puntos por donde han pasado otros para dejar su huella. Entra y sale de los comercios, como si saludara, agitando el rabo y regresando a nosotros para ser acariciada. Cuando le da la gana, se sube a la silla de ruedas y se queda relajada en las faldas de mamá.

Mi madre la va mimando con los ojos entornados, tiene sueño. Tienen sueño. ¿Qué conexiones se producen, qué está ocurriendo dentro de su cerebro? La memoria es una esponja que va empapándose con los años, pero la edad la oprime y todo es moho y, con suerte, agua estancada. Algo viene de algún lugar y la conecta, un chispazo que la despierta y la hace sonreír para sí misma, pero no sabes por qué; tal vez ella tampoco lo sabe, es un aroma o las ganas de hacer pis en un bar.

Entramos en un establecimiento y pedimos dos vermús, mientras rememoro en voz alta parte del recorrido que hemos hecho desde Valencia. No tendremos que volver haciendo tantas paradas, será un trayecto liviano. Contemplo incluso la posibilidad de dejar la autocaravana allí. Se acabó la casa ambulante. Con lo que nos den en un taller de segunda mano, nos pegamos un homenaje en San Juan de Luz. Cogeremos los cuatro trastos que me importan, la ropa y poco más. Hay autobuses y trenes que en unas cuantas horas nos dejarían de vuelta en casa en un tirón. El caracol con ruedas ha cumplido su función, es una certeza compartida, aunque ni mamá ni yo lo pronunciemos en voz alta. El viaje, a todas luces, está llegando a su fin. Habríamos terminado antes, de no ser por la prórroga que ha aparecido en el horizonte, dispuesta a arrasarlo todo, a falta de que yo decida si quiero adentrarme en ese final. ¿Era Saturno el hombre que miraba desde el balcón? Ignoro si debo hacer frente a quien tanto daño hizo, me preocupa la cercanía. ¿Debo? No tengo la respuesta a esa pregunta, porque no hay una correcta, ni siquiera una anestesia. Lo que hay es una decisión por tomar. Aunque sospecho que está ya tomada.

Mamá me dice que ya tiene ganas de colchón grande, del suyo, y de sentarse en su sillón del comedor junto a la estufa de leña. Que la sillita de playa no es lo mismo, porque no hemos visto el mar. Me río con ella. Dice que, de joven, echábamos la manta del coche en la pinada de la playa y allí comíamos y hacíamos hasta la siesta entre hormigas. No me acuerdo, le miento. Así me lo cuenta ella con pelos y señales, me hace el caminito de los insectos en el brazo, con sus dedos torpes y sabios. Es mi truco. Cuanto más inocente me hago, más rasca en sus recuerdos hasta que aprieta su esponja. Si soy el niño, ella es la adulta que monta el castillo de arena. Si hago de adulto, se hace pequeña.

Pide ir al baño. Dice que se hace pipí otra vez. Empujo la silla y vamos desmontando todo el salón que estaba ordenado y listo, con los servicios puestos en las mesas. La señora de la limpieza dice meneando la cabeza que no pasa nada. «Claro que no pasa nada —murmura mi madre—, me estoy meando». Le doy con la mano en el hombro, para que baje la voz. Pero me entra la risa. Pido disculpas con un gesto, aunque la expresión de la mujer es de cansancio. Mil veces que friega, mil veces que pisan. Esta vez, con silla de ruedas, que deja marcas de goma sucia. «Pasen al grande, el de discapacitados, lo acabo de arreglar», nos dice fatigada.

Nos han servido un martini y un agua con gas en la mesa de la terraza. He cogido la costumbre de pedir agua con mucho limón, porque no me gustan las burbujas, y así me dura más en la mesa. El martini tiene dos aceitunas, mamá las saca con el palillo y se las come. De repente, me doy cuenta de que estamos de vacaciones, que hemos recorrido media España en autocaravana y que este es realmente el destino verdadero. Los dos nos comportamos como turistas, comentamos las vistas, la calidad del servicio y lo bonitas que son las sillas. «No son de propaganda de cerveza», matiza mamá. Parecemos dos jubilados, amigos, que tampoco tienen ya mucho que contarse; recurrimos al escenario y a los sabores de la comida para charlar, lo demás lo conocemos. Nos bebemos otra ronda para no tener que hablar de cosas de las que no nos apetece hablar; es decir, del tema por el que hemos venido a Hendaya. Yo quisiera decirle a mi madre que tengo una idea, que voy a confesarme con el padre Saturno, que le voy a cantar las cuarenta, que le voy a hacer pasear por los recuerdos y que se va a arrepentir de todos y cada uno de los males que ha hecho, pero mi madre me diría que el perdón es sano. A mí, sin embargo, no me apetece perdonar a nadie, ni siquiera a mí mismo. No quiero culpas, pero tampoco quiero quedarme con las ganas. La miro y está guapa, a pesar de todo. Sería bonito que un milagro hiciera retroceder el tiempo, todos los pasos dados desde la niñez, hasta ese momento en la Hendaya del pasado. No me mira, está con la vista puesta en la línea del horizonte del mar, que siempre lo devuelve todo. Hasta diría que parece más joven.

Voy a pedir unas aceitunas, me apetecen.

—Trae torreznos.

—No sé si habrá aquí, les pregunto en la barra. Esto es Francia.

De repente, me mira. Se detiene un largo rato y entorna los ojos. No me ha visto a mí, ha aparecido otro.

—Tienes que explicarme algo, algo que yo no entiendo. Si tu hermano se llama Félix, ¿por qué tú también te llamas Félix?

El dolor de muelas se agudiza como una aguja que se clava hasta el fondo de la mandíbula, que atraviesa la piel y se hunde en la tierra. Ella menea la cabeza, adelante y atrás. En uno de esos movimientos, con los ojos cerrados, aprieta los puños y recela de lo que acaba de decir.

—Yo no me llamo Félix, mamá. Yo soy Fede. A ver, piensa. ¿Quién es Félix, mamá? ¿Quién era Félix?

—Era uno que no me dejaba salir —confiesa atorada.

—¿Salir de dónde?

—De la sacristía —dice, como si recuperara las fuerzas, al tiempo que abre los ojos—. Tenía una fijación extraña por que lo ayudara a ordenar los manteles, limpiar la sala, el suelo. Quería más. Otras no pasaban. Yo creía que me quería. Y por eso a tu hermano le puse Félix. Por él.

Me quedo bloqueado con sus palabras.

—Pero ¿dónde está ese hijo?

—Aquí.

Se señala la barriga.

—A veces me encerraba en el baño para no salir, para huir por la ventana, pero era muy pequeña y el maldito agujero estaba muy alto. «Solo será un rato, Aurorita», me decía, estirando los brazos para que le cogiera las manos.

La memoria puede hacer el mismo daño cuando determinados episodios se recuerdan, porque rebotan en las paredes con el mismo dolor. Mamá está fría. Habla sin gesticular. El martini la ha sedado.

—No tienes que escapar ya de ningún sitio.

—¿Esto es Francia? —reacciona.

—Sí, Hendaya. Eso de allí, ¿lo ves? —señalo el faro—. Y eso es el País Vasco.

La veo irse con el pensamiento hasta el balcón de la linterna. Me dice algo en voz baja que no entiendo, un susurro que se hace inaudible, que es suyo, que le pertenece, que se muere en los labios y que se traga antes de que sea voz. Me entra frío.

—¿Quieres picar algo, una ensaladilla?

Asiente.

Antes de que vuelva el camarero, pienso en los planetas, en los animales de piedra del palacio, en la sombra que vi en la ventana.

—¿A qué hemos venido aquí?

—Te debía un viaje, mamá. O nos lo debíamos los dos, salir de casa, contarnos cosas, comer juntos sin preocupaciones. Viajar con la perra, está vieja. Lo mismo es su último viaje.

—Y el mío.

En otro momento se me habrían humedecido los ojos, pero me atrapa un recuerdo que lo seca todo. De repente, reaparece aquella confesión de la misa de bodas, con la madre del novio que le gira la cara, con la infelicidad de la fiesta, con la carga eterna de un desamor en la misma cama. ¿Cómo alguien puede acumular una infelicidad tras otra? Me muerdo el labio y sangro, me seco con la servilleta del bar y miro el dibujo que crea la sangre en la celulosa. Es un mapa. Una geografía de un lugar desconocido que pudo ser. Quiero que alguien me haga la cartografía, que me diga dónde está Ítaca, dónde está la bahía de la felicidad, dónde Narnia, dónde Macondo, dónde Zenda. O Camelot. Quiero que este viaje termine.

Mamá devuelve la mirada al mar. Coge una de las aceitunas. Está intentando olvidar todo lo que le ha venido a la cabeza, o tragárselo de nuevo, y devolverlo allí donde está el atlas de los recuerdos, la topografía del dolor. Quien sabe de dolor, todo lo sabe. Dante.

—Y... ¿tu pareja? ¿No tenías pareja? —me pregunta, de pronto.

—Se fue.

—¿Por qué?

—Porque este no era su sitio.

—¿Se la tragó la tierra? Nunca más hablaste de ella.

—No.

—¿Quieres?

—Yo qué sé, mamá. Se acabó. Hay historias que se rompen y que se van a la mierda.

—Con tu padre estuve toda la vida.

—¿Y? ¿Bien?

—Qué más da. Estuvimos, es lo que hay que hacer.

Mi madre bebe un sorbo de martini.

—Dame la mano —me dice—. Nunca te he leído el futuro. Dámela, para decirte cómo te va a ir.

Cuando digo que no conocemos jamás a nuestros padres es cierto. Extiendo la mano izquierda, como me ha pedido. «La del corazón», es lo que ha dicho. Se queda mirándola, y con su uña del índice recorre las rayas, adivinándolas y haciéndome cosquillas.

—Esta es la línea de la cabeza. Aquí, la de la vida. Esta pequeña es el destino. Toda esta es la de la salud. Esta es la del corazón. Y la del dinero, aquí, junto al pulgar. ¿Cuál te interesa?

—Supongo que todas —respondo incrédulo, sin retirar la mano.

—Solo te interesa la del corazón —me dice rotunda—. La línea comienza debajo de tu dedo índice, pero no me la creo.

—¿Por?

—Tu mano dice que estás contento con tu vida amorosa. Pero tu cara no.

—Te lo estás inventando.

Se deja caer sobre la silla. Se gira hacia el camarero, que nos está mirando. Nos quedamos unos segundos sosteniendo el silencio del otro. Prefiero no saber más del destino. Además, le digo: «¿Crees que todo esto se puede cambiar, mamá?». La veo dudar.

—Se puede cambiar todo. Hasta el pasado.

—Eso es más difícil. Hay cosas inamovibles.

—No, lo que no quieras ver, te lo inventas o te lo callas. ¿Y la ensaladilla? No la han traído.

—Nos la hemos comido ya, pero si quieres pido otra ración. O lo que tú quieras, ¿tienes hambre?

—Pues pide chipirones, aquí hay playa. Me apetecen calamares con mayonesa. Nunca he comido ostras. ¿Están buenas? Mejor patatas bravas.

Está borracha, el martini se le ha subido a la cabeza y se pone dicharachera, me hace gracia ver cómo mezcla palabras y desordena los pensamientos que van y vienen. Se le cae el anillo y rueda por la acera, la perra va tras él y se para donde se ha frenado, lo lame. Sabe a mamá. Lo cojo y se lo doy, ella se lo pone de nuevo y se inventa una historia del anillo que improvisa hilvanando más palabras, una tras otra. No recuerda que ese, justo ese, se lo regalé yo en un cumpleaños, dice que es de su padre, de cuando la mayoría de edad en el internado que nunca pisó. La ficción amanece con hambre en la barriga, por eso pido varias tapas para compartir en la mesa que ya es nuestro fuerte. Su voz es chispeante, como de niña ilusionada. Pero de pronto, otra vez. Mi nombre, el nombre de otro y la mirada perdida hacia ningún lugar. La excursión ha terminado.

—Voy a ir a un asunto —le explico mientras me levanto y le hago un gesto a la camarera para decirle que la vigile—, te quedas aquí con la perra. Y cuando vuelva, nos vamos.

—Vale. No tardes. Que quiero volver a casa.

SETENTA

La mañana es transparente. El sol brilla entre Francia y España, incrustado en las nubes de un cielo que se va a poner gris de un momento a otro. Camino hasta el *parking* y me subo a la autocaravana para ir de nuevo al castillo de Abbadie, esta vez con la última mirada de mi madre grabada en el espejo retrovisor. Dejo el vehículo frente al acantilado que se abre a la inmensidad del océano, las vistas sobrecogen y conmueven, tal es su poder que por un momento dudo de todo, incluso de muchas conversaciones que el tiempo irá matizando hasta ser olvido. Resulta curioso que tan cerca de ahí, en el límite de la tierra y del mar, se alabe solamente la supremacía del cielo, cuando el rugido de las olas se yergue todopoderoso dispuesto a someter a cualquier insensato que se atreva a desafiarlas. Las nubes parecen un escudo frágil a la hora de escoltar a Dios, si se las compara con la espuma feroz que rompe una y otra vez contra las rocas.

Cuando llego al castillo, saludo con la cabeza al jardinero. Me acerco y le pregunto por el padre Félix, me señala el interior del edificio. «Allí te dirán dónde está», dice volviendo a sus tareas con las tijeras de podar en la mano. Cuenta mi madre que, cuando llegaba el tiempo de primavera, le gustaba cortar rosas del jardín de la tía Fernanda, que era majestuoso, y los rosales se ponían obscenos de tanta belleza. A mí me viene el recuerdo del aroma que ofrecían las rosas cuando el caserón de los naranjos quedó abandonado, hasta que el Ayuntamiento decidió expropiarlo para hacer una plaza. Murieron las rosas, murió el jardín. Jamás he vuelto a encontrar un aroma como el de aquellas flores que trepaban por la tapia buscando el bullicio de la plaza, donde el gentío, el kiosco de música y el tráfico.

En el interior del vestíbulo, tras los lagartos, las ranas y los caracoles gigantes, una chica me interroga sobre mis intenciones con el padre Félix. Parece que pronuncie «feliz», aunque no coincida ni una sola letra con el *bonheur* francés ni con las referencias que tengo atrapadas en la boca del estómago sobre la vida del sacerdote. Le digo que soy hijo de una buena mujer que le recuerda, que quiere darle un mensaje y que quiere, tal vez, confesarse; me mira de pies a cabeza, o al revés, y me invita a sentarme en un banco de piedra amparado por monstruos.

—*Pouvez-vous attendre ici, s'il vous plaît?*

—*Bien sûr.*

Diez minutos después, aparece él.

El padre Saturno es un anciano alto y seco, moreno de piel, de los paseos al aire libre, flaco como los sarmientos de vid, con aspecto de cuero viejo en lugar de carne. Destaca por las cejas pobladas y el bastón amenazante, como si le precediera un séquito de monjas o de monaguillos. Viste con traje, con alzacuellos de plástico como un cuchillo bajo la nuez prominente y masculina, exagerada. Ha sido, hasta la vejez, guapo, lo sabe; la efímera belleza de la juventud que se convierte en pistas sobre la piel aceitunada, morena, arrugada, hecha con las hoces de un tractor sobre la tierra. Da miedo. Me quedo unos segundos mirándolo, tiene un perfil pétreo, sin rastro de emociones.

—Me gustaría hablar con usted.

—¿Qué se le ofrece?

—No es nada de Dios, son asuntos más mundanos. ¿Recuerda el nombre de todos los planetas?

El hombre pierde la mirada en un encendido vacío. Sus labios se arrugan en una mueca de desprecio.

—Pues yo quiero hablar de la Tierra.

No puede evitar alzar el tono de voz.

—A qué vienen esas bobadas. —Hace una pausa y levanta los brazos, señalando el entorno—. ¿No ve que este no es el lugar?

—Me gustaría hablar con usted, confesarme.

—Y sus pecados son...

—La ira.

—Eso es el pan de cada día, no hay ser humano sin rabia; todos viven ahora en el odio, aunque sean rabietas infantiles. No me sorprende, rece. Y... ¿para eso me necesitaba?

—Supongo que no solo eso.

—Dígame.

—Lo primero que me gustaría saber —me adelanto, caminando hacia la entrada— es si recuerda usted Vera de Bidasoa, el albergue de la Sección Femenina, años cincuenta.

—Era muy joven. No sé qué quiere que le diga de aquello. Le aseguro que no recuerdo nada. Era un sacerdote inexperto, recién salido del seminario.

—Sin embargo, usted ya estaba al cargo de todo aquello. Y cualquiera que haya desempeñado una función, joven o mayor, la recuerda. La vida no es tan larga, no pasamos por tantos oficios.

—Solo he sido cura.

—No le pido que me cuente los secretos de confesión, tampoco quiero que esto que hablamos se sepa. Prefiero que se quede entre usted y yo. Aunque quizá, siendo cura, en su caso será más incómodo, porque nos vigila el de arriba. Y más grave será si dice mentiras.

—No juegue con Dios.

—No, no. Pero siempre nos sentimos vigilados, es algo que percibo últimamente, con la edad.

—Todo lo que puedo decirle es que fui sacerdote responsable de aquel albergue y de otros a los que me enviaron por aquel entonces. No mandaba yo, solo obedecía. Siento no poder ser de más ayuda.

—¿Qué quiere decir? ¿Que no recuerda nada de lo que vivió? No le creo. ¿Que hay cosas que no puede contar, pero que se las guarda?

—No me guardo nada; lo pasado, pasado está.

—Pero no es un secreto, afectaba a muchas mujeres, también jóvenes. Jóvenes que venían inocentes de sus pueblos con el encargo de convertirse en mujeres, esposas, madres. ¿No es así?

—Usted habrá leído más acerca de la Sección Femenina; aquello ya pasó, estamos en otro siglo y yo, como puede ver, soy un viejo.

—¿Y no puede ayudarme?

—¿A qué? Le repito que lo lamento.

—¿Por qué lo llamaban padre Saturno?

—Supongo que porque he tenido mucha fe en la astronomía. Me ha fascinado siempre la creación del mundo, el universo, Dios.

—¿Adán y Eva?

—Eso es literatura, la Creación es algo más importante. Los mortales no somos nada frente a eso. Cuerpos en descomposición desde que nacemos. Me interesan más los planetas, el *big bang*, la verdadera Creación y el lugar que representamos en el universo. Dios también es todo eso. ¿Ha visto? Aquí ha salido el sol, a bocajarro, como una ráfaga de alegría, de júbilo, y todas las plantas se alegran, los seres cambiamos con la luz del sol. Tal vez esté ahí Dios. Somos pequeños frente a él, no tenemos fuerza, nada que hacer. Duele mirarlo. Y duele estar sin Él. Llevo toda la vida mirando el cielo, porque sé que en él está la respuesta. Las constelaciones no son solo estrellas ordenadas, deben ser la Palabra. Andrómeda, Perseo, Centauro o Acuario.

—Yo soy Acuario.

El padre baja la guardia.

—¿Sabe que es la constelación más antigua del universo?

—No, no tengo ni idea de eso.

—La descubrió el astrónomo griego Ptolomeo en el siglo II después de Cristo. La estrella más brillante se llama Sadalsuud, que en árabe significa «el afortunado de los afortunados». Somos todo eso. Cada parte de nosotros viene de ese lugar, del estallido inicial. Ayer salió el sol y mañana volverá a salir. Y no somos nada frente a eso. Mire el paisaje.

En el silencio que envuelve la conversación, ambos nos quedamos, porque él lo ha dicho, mirando el horizonte. Por primera vez, entiendo la fascinación con la que seducía a sus víctimas. Domina la palabra y, a pesar de los años, el nervio en cada una de ellas tiene algo de látigo. Es su autoridad. El viento del acantilado agita mis pensamientos y el mar me escupe en la cara. Los grandes recuerdos, las grandes palabras, las constelaciones, con todo su peso, sobre nuestras cabezas, achicándolas como los jíbaros. Me hago pequeño. Hay una hipnosis en su discurso, una inercia que te lleva a la fuerza de la mano. En todas sus palabras hay una sobria gestualidad, una frase que atraviesa como el aullido de un lobo. Paraliza.

Todo el rato que estamos en silencio, cada respiración que me recorre el cuerpo, me siento más débil. Agujerea como la poesía, entra y abduce como los asesinos que he visto, traducido y leído en la literatura. Envuelto en esa burbuja, el padre sabe cómo atrapar. Es consciente. Yo también, pero no puedo salir de la red. Al escucharle, el tiempo se expande y se contrae con suma facilidad. En ese rato de charla transcurren veinticuatro horas de un día completo, y cuando me mira, con provocación y desafío, toda una vida. El caparazón emocional que me he colocado para ir a verlo como un impermeable no hace efecto. Estoy a punto de huir al tocar en el bolsillo la hoja que me regaló mamá y que se deshace seca entre los dedos, es ahí cuando me acuerdo de que debo seguir.

—¿Le interesa la alineación de los planetas, padre?

Bajo el tono, porque todo está medido en mi cabeza.

—No volverá a suceder hasta 2492, mil años después de la conquista —me contesta, fanfarrón—. Está dando mucho que hablar. Y todo lo que suceda también será clave en un futuro. Ocurre muchas veces, pero no todos los años se produce una alineación de más de seis planetas a la vez que podamos ver desde aquí.

—¿Se quedará a verlos?

—Lo vea o no, tendrá efecto en la Tierra. Y de manera notable.

—He leído que el más difícil de ver será Saturno, por su posición respecto al Sol.

—Es un planeta asombroso.

—Sí.

Me asomo a la mirilla de mis pensamientos, pero no puedo reaccionar. Solo veo a un niño miedoso tras la puerta, que no quiere hacer ruido, pero que sabe que ha dado con la clave. El miedo está ahí, agazapado. Acaba de tocar el timbre.

—¿A qué te dedicas, hijo?

El padre ha pasado al tuteo sin previo aviso, sabe que

domina la situación. Me llama hijo, cuando el hijo ha sido él, todo este tiempo. El padre Félix. El confuso hermano Félix que nombra mamá. También ha sido padre, pero sin alzacuellos ni sotana, en las tinieblas de la memoria, la de una mujer inocente y joven. Un padre que no se comportó como tal, ni bajo la mirada de Dios ni a sus espaldas. Ahora quiere someterme también a mí, a través de las palabras, del tono, de la atmósfera protectora que le concede estar en casa.

—Soy traductor.

—Entonces eres una especie de astrónomo. Coges los planetas y, tal como se muestran, los conviertes en otras palabras. Sin moverlos, transitando entre ellos y... ni los molestas. Solo traduces lo que dicen.

—No es fácil encontrar traducción a todo.

—Porque no siempre está la Palabra de Dios.

—Dios no tiene nada que ver con mi trabajo.

—Dios es Todo, hijo mío. También esos libros que traduces y que se venden en librerías. Es lo que he hecho siempre en la homilía: traducir la Palabra de Dios y que la comprendan. Como el pianista, como el pintor, como el matemático. Es lo que separa a los sabios de los tontos, a los ciegos de los clarividentes: los ajustes que hacemos para describir. Es imposible contemplar *Las meninas* de Velázquez y no traducirlo. El pintor no solo nos dice que está pintando a los reyes, Felipe y su esposa, Mariana de Austria; también nos dice que nosotros estamos en el mismo lugar, que somos dignos de su escrutinio y de su arte, y que podemos mirar el mundo desde el mismo sitio que el Poder. Todo lo que nos rodea, hijo mío, es una traducción de lo que vemos. Y todos añadimos algo nuestro cuando lo relatamos.

—Pero yo no transformo. No cambio. Sobre todo, no engaño.

—Ay, hijo. No me has dicho tu nombre...

—Federico.

—Federico, el punto de partida es el mismo, desde que somos niños nos tienen que traducir. ¿Por qué llora el bebé? ¿Lo entiendes? ¿Lo sospechas? Y la amada, esa chica que suspira en un banco, ¿por qué lo hace? Debajo de cada gesto hay otro, y algunos debemos traducirlos para comprenderlos.

—Le repito que yo no engaño. Yo solo traduzco libros. Me ajusto al autor, no protagonizo nada. Ni quiero. No soy Dios.

—Tu ira también tiene traducción.

—Ah, ¿sí? ¿Y qué cree que es, padre? ¿Qué significa, según usted?

El padre Saturno me mira a los ojos. No veo nada que me sorprenda en su actitud: ni nervios, ni titubeos, ni desconcierto ante mi presencia. Es inexpugnable. Su mirada me hace temblar más que el mar embravecido. ¿Puede un monstruo esconderse tan bien tras una máscara durante tanto tiempo? ¿Puede ser que la enfermedad de mamá haya retorcido la realidad? ¿Qué miedo alberga todavía para confundirme con un hermano? ¿Es solo eso, miedo? Ahí está todo lo que me ha contado Dolores, todo lo padecido por su madre, el club, las otras chicas. Me niego a dudar de la palabra de tres mujeres, de su dolor, por más que el hombre que me mira ahora parezca libre de cualquier pecado. Tiene a Dios de su lado. O eso es lo que me hace sentir. De pronto, no sé si todo es un trampantojo en el que me veo caer, cada vez más hondo, deseando marcharme de ahí y no verlo nunca más. Más cerca de la derrota que de las respuestas.

—Los sentimientos pertenecen a las personas que los experimentan. Cada uno es personal —dice de pronto como si viera mi perplejidad—. Y, sin embargo, son todos universales. El miedo, la ira, el amor, el deseo, la felicidad... Son las personas quienes, mediante su actitud y sus acciones, tratan de moldearlos. Pero el miedo es miedo, siempre. Igual que lo es el amor. Igual que lo es la ira.

—No entiendo qué quiere decirme con eso.

—Tu rabia es tuya, hijo. Yo la puedo percibir, igual que percibo los sentimientos en cada persona que viene aquí en busca de confesión, de comprensión, de compañía o de esperanza. Pero te pertenece a ti. Solo a ti. Porque eres tú quien la abraza, quien la mantiene dentro. Y solo tú eres quien puede desprenderse de ella, decirle adiós, permitir que no sea una parte de ti.

—Lo que usted dice que es mi rabia, padre, es el fruto de una maldad. Una maldad cometida contra personas inocentes. —Arranco como puedo a hablar—. Y esa maldad es real. Ese es el problema.

—El problema es de quien define una situación como un problema. Se trata de decidir, hijo. De decidir qué quieres sentir. Y tú eres traductor, juegas con la ventaja de esa virtud. Sabes que las palabras y los hechos necesitan ser interpretados, pues de poco sirven sin una interpretación.

—Le he dicho que yo no engaño.

—Tal vez el mayor engaño sea hacia uno mismo. Haciéndose creer que los demás sí engañan y que tú eres el único puro, limpio.

Veo, por primera vez, un resquicio. Sus palabras se enredan. Ha dado un paso hacia argumentos menos diáfanos, de trilero de parque, y en su tono ha aparecido una veta de fiereza quebrada. El colmillo que enseña el animal para demostrar que no quiere ser presa. Ese colmillo que no tuvo reparo en hundir en la carne de mujeres que apenas empezaban a saber nada de la vida, amparadas bajo la protección de quien se decía representante de Dios en la tierra. Y eso solo puede significar que se siente acorralado. Distingo al padre Saturno, agazapado tras el padre Félix. Es a él a quien quiero hablar. Es a él a quien busco. A quien necesito enfrentar.

—Usted sabe perfectamente lo que hizo mal —espeto de carrerilla.

—Lo que es maldad para unos, puede ser virtud para otros.

Me cuesta creer lo que escucho en boca de un hombre mayor, soberbio, que ha dedicado toda su vida a guiar a quienes lo necesitaban mediante la Palabra de Dios. Un hombre que hace un momento trataba de seducirme a través de constelaciones, del valor de la traducción y la interpretación.

—Su maldad no tiene límites.

—Sí los tiene. —Su voz es ahora más gruesa, como si cargara a su espalda un saco de arpillera lleno de escombros—. Parece mentira que no te hayas dado cuenta todavía de la vida; los límites siempre los ponen los demás. Yo solo me dejaba llevar. La mujer tiene el diablo en el cuerpo.

No hay nada que pueda compararse a la conmoción que siento en ese momento. La impavidez con la que escupe sus palabras el padre Saturno me sacude por dentro. Lo miro estremecido; ni se inmuta. Si acaso, una mueca fría que le cambia ligeramente el rictus. Asco. El mismo que me devuelve su sola presencia en esos jardines artificiales por los que paseamos y que empiezan a parecerme la última ruta del infierno. Ya no sé si es otra máscara o si el que veo ahora es el padre real.

—¿Qué te pasa? ¿Por qué estás tan alterado? —me pregunta. Al intentar disimular mi temblor, estrujo hasta convertir en polvo la hoja que me regaló mi madre—. Os ponéis en ridículo los jóvenes que buscáis respuestas en el pasado. Son tiempos que no se deben mover.

—Mi madre era una de ellas...

—Ya imaginaba. Como está escrito en la Biblia: «El llanto puede durar una noche, pero la alegría viene por la mañana». Salmo treinta y cinco. La perdono —dice, mirándome a los ojos.

—¿La perdona? —repito espantado.

El diablo existe, pienso, sin poder evitar del todo la sensación de que se trata de un sacerdote.

Asiente con un movimiento de cabeza. «Hay que perdonar».

En ese instante, con ganas de escapar de allí, llegamos adonde está aparcada la autocaravana y le pido que entre, «por sentarnos». Necesito agua, le digo. Pongo dos vasos y le sirvo, pero no lo toca. Empieza a rezar un padrenuestro para que le siga como coro.

La mujer a la que trata como material del pasado es mi madre.

A veces, el destino se comporta de forma cruel. Desde que he escuchado que los planetas están alineados, cosa que no sucederá hasta no sé cuántos años después, pienso en la mala suerte que ha hecho coincidir en espacio y tiempo a ese hombre con mi madre. A veces, el azar nos cruza con buenas personas; otras, la fatalidad, con gente que deja cicatrices.

El padre me observa sin revelar sus pensamientos, ha bajado el tono de voz. No importa si se trata de un confesionario, una sacristía, un despacho, una autocaravana.

Lo miro reaccionar con la estrechez del vehículo. No se apoya en el respaldo, solo echa un manso vistazo a lo que hay a su alrededor. No parecen incomodarlo el jersey arrugado de mi madre sobre el sofá donde pone el culo, ni una taza con restos secos de café, ni el olor a humanidad que se ha quedado en el aire, después de tantos días de viaje compartidos con una mujer que espera junto a una perra a que su hijo vuelva a buscarla en el bar, ajena a todo lo que está a punto de suceder.

No te acercas al león para decirle que no es bueno a la cara. Pero yo lo hago.

—¿Sabe usted qué era el club de Saturno?

Niega.

—Albergue de Vera de Bidasoa, Sección Femenina, mujeres guapas, jóvenes, inexpertas y fácilmente manipulables con la fe, la oración y la culpa del pecado. Penitencia, obligación y silencio. ¿Le suena? —El padre arquea los labios—. Sí. No ponga esa cara. Mujeres que usted retenía en la sacristía y que accedían a su voluntad por el miedo que en 1957 salpicaba todo. Y de las que usted, quiero creer que solo era usted, abusaba en la sacristía a puerta cerrada. Ese club de Saturno eran las que se lo contaban, unas a otras. Si hablaban era peor, si callaban conseguían mantener el miedo controlado, si las nombraban, quedaban marcadas como putas. Qué bueno es el miedo, eh, padre. Mujeres que salían embarazadas hacia su casa, de vuelta a sus pueblos, y que se casaban urgentemente. Ochomesinos. Miedo con miedo, miedo y más miedo. Así toda una vida como penitencia. Y la semilla dentro para recordarles, durante toda la existencia, que son mujeres sucias. ¿No las llamaba así?

Siento que, en lugar de haberme desinflado como esperaba, mi ánimo se ha encendido más. He dado forma, en voz alta, a algo terrible. Mientras los ojos del padre Saturno se achican, pienso en mi madre. La veo sentada en la terraza del bar, a la espera de que su hijo vuelva. Pide una botella de agua, está inquieta, intuye que ocurre algo que no puede ver, pero que de algún modo puede percibir. Le dice a la camarera que su hijo regresará pronto, que no la ha abandonado. Como para convencerse a sí misma de que es cierto. La camarera cómplice trata de calmar a esa mujer anciana que se ha quedado sola. Le pregunta su nombre, le da la razón: su hijo estará al caer. Cuando le pregunta si quiere el agua con o sin gas, ella responde que sin. El agua con gas es para limpiar la plata sucia.

El padre Saturno reacciona.

—¿Qué quieres de mí?

—Mi madre se quedó embarazada, ¿verdad? «Aurorita».

La recuerda, claro que la recuerda, su memoria no ha borrado la maldad cometida. Siento que mamá se encoge de nuevo en la silla de la terraza del bar. La monja Sulpicia atraviesa al feto con una aguja de punto. Sangra. El feto se estremece. Mi otro yo se retuerce frente al padre Saturno. Ha dicho «Aurorita» en voz baja. No me mira. La caravana se tiñe de rojo. Es el útero que, deforme, palpita como un corazón alterado. La aguja rompe tejidos, pincha y agujerea la bolsa. Mamá se hace pis en ese momento en la terraza del bar. La monja aprieta los dientes, sabe lo que hace, porque no es la primera vez, lo prefiere así a darlos, intuye que luego puede haber problemas. El padre la bendice. Sale de la sala embrujada por el miedo, un sótano donde no se oyen gritos de dolor. Se desmaya. La carnicería está hecha. Con paños retira todo y va a la basura, la limpian como a una virgen, la dejan dormida, estará unos días con fiebre y le costará andar. Pero los pinos del valle y las oraciones penetran como las agujas. La piel se vuelve sonrosada y Aurorita despierta a la vida que le explican, la que tendrá cuando acabe el campamento de Vera. Una vida sin su hijo Félix. Una vida sin mi hermano Félix.

—Abortaron muchas de ellas. No debían ser madres, así como ellos no eran niños de Dios.

—Eran del diablo, ¿verdad? De usted.

—Quiero salir de aquí.

—No tenga miedo, padre. Yo no he heredado el miedo. Eso no se hereda, se transmite cuando el resto lo sabe. Y nadie supo nunca nada. Mi madre ha sido una mujer feliz. Ha intentado serlo.

—Deje que coja mi abrigo y me vaya.

Ha vuelto el tratamiento formal, de cortesía, de respeto. De miedo.

—Ya se va. Solo quería confesión.

—¿Confesión?

—¿No es así? ¿No debe usted ahora ofrecerme el propósito de enmienda y dolor de corazón? ¿Cuántos padrenuestros debo rezar? ¿Algún avemaría?

—Vaya en paz. No tengo nada que añadir, joven.

—Si no existe un refugio en la tierra, ¿lo es el cielo? —No responde, traga saliva con orgullo. Me cuesta discernir entre el hombre y el cura—. Gracias, padre Saturno —le digo al fin—. No creo que nos volvamos a ver por aquí.

Mis sienes y mi corazón laten como si fueran a explotar. Oigo el mar rompiendo en las rocas. O soy yo. No lo sé. Bajo de la autocaravana despacio, tratando de no perder la calma. «Voy a llamar por teléfono a mamá». Eso digo. Siento la piedad de la que me hablaban en el colegio. Es lava. El corazón me brinca en el pecho como un caballo al saltar las vallas de una competición. Meto la mano en el bolsillo y saco las llaves. Cierro la puerta. Recuerdo la imagen de mamá en las fotografías, la charla de Dolores, el silencio durante décadas, la demencia. Sé que eso es el final de una vida que no tuvo que ser así.

El lugar está en calma, casi cómplice. El viento mueve los árboles del jardín artificial, y el mar, contagiado por la ira, levanta sus olas, que empiezan a romper en las rocas. Ahora el padre es mi preso, y yo también lo soy de la maldad. No hay forma de saber si yo soy hijo de ese hombre o si ese otro hermano fue un niño robado. Decido que no importa.

A través de la ventana de la autocaravana, veo al padre Saturno. En cuanto recibo su odio, no hay misericordia. No es un final, sino un inicio.

Me enjugo las lágrimas con el puño de la camisa y no pienso en nada. Abro la puerta del conductor, me inclino sobre el freno de mano y me quedo mirándolo, igual que un verdugo dedicaría una mirada al filo resplandeciente de la hoja que acaba de alzar. Pero los verdugos no suelen detenerse a mirar nada. Ejecutan. Por eso mi mano aferra la palanca, tira de ella y la abate. Saco el cuerpo del vehículo y, apenas me da tiempo a cerrar la puerta, la autocaravana inicia su marcha atrás. Lo hace desde el primer momento con determinación. Como si supiera que el viaje la ha llevado hasta allí para eso, para cumplir con su papel verdadero. El de poner fin a la historia.

No escucho su voz, ni sus bramidos. El traqueteo de las ruedas y el movimiento de la autocaravana inestable es suficiente. Rueda por el acantilado hasta que desaparece en las rocas. El gran sudario del mar se la traga. Los lamentos del padre Saturno no llegan a ningún sitio. Me flaquean las piernas y me sostengo como puedo en un árbol con un acompañante que no habla. Un instante después, se oye un fogonazo que genera una nube redonda de humo negro, que sube por la pared del acantilado, poniendo así fin a la penitencia de decenas de mujeres.

Miro el cielo y doy gracias.

Mamá está en la terraza del bar, la camarera le ha servido un café con leche condensada, lo que quería. Relame la cucharilla. Hago el trayecto de vuelta en taxi, para no hacerla esperar demasiado. Un taxi que recuerdo haber parado, un conductor poco hablador al que recuerdo haberle dado las indicaciones precisas. Un recorrido por el que he mirado con curiosidad y atención a través del cristal trasero del coche. No estoy en *shock*. Soy consciente de todo. Siento el cuerpo algo ligero al acercarme a mamá. Me siento a su lado. Le cojo la mano. Esta sensación me convence de haberme desprendido de una carga auténtica.

Mamá me mira con curiosidad, también con reproche. Acepto ambas cosas, con tal de seguir sentado a su lado. Esa cara llena de arrugas y de heridas escondidas me parece aún más bella, aún más vulnerable. Quiero abrazarla, darle un beso, pero sé que se revolvería.

—Te estaba esperando. ¿Por qué has tardado?

—Solo ha sido un momento, mamá.

El reproche se diluye, pero la curiosidad permanece. Parece que detecta algo en mí. Cómo no va a ser así. Es mi madre. Quien mejor me conoce, quizá mejor que yo mismo, en algunos aspectos que quedan a veces soterrados. Estoy convencido de que en mi rostro no se refleja ningún matiz acusatorio, nada que me haga sentir o parecer culpable. Y sin embargo sus ojos me miran, callados, un buen rato. Entonces estira la mano, coge la mía con dulzura. Como cuando era niño y me llevaba con ella de paseo, los dos solos, para disfrutar de ese simple hecho, de ese milagro irrepetible, de ser madre e hijo.

—¿Podemos volver a casa?

—Sí, mamá. Ahora mismo. La autocaravana tendrá que quedarse aquí, no creo que...

—Bastante ha aguantado. Además, no me quedan ganas de hacer como que estoy en casa, sin estarlo.

—Mamá, ¿tú crees que existe Dios?

—Lo que diga la abuela. ¿Dónde he dejado su toquilla?

—Creo que me la he dejado en la caravana.

—La va a echar de menos la perra, que siempre se duerme encima.

No me preocupa el viaje de vuelta, ni que nuestras pertenencias sean ahora parte del mar, igual que el padre Saturno. No me importa qué pasará cuando el agua revele lo que contiene. Solo me importa volver a casa. Con mamá.

—Estaba pensando una cosa.

—Dime.

—¿Vas a escribir a Amparo?

—¿Y eso?

—Esta rebeca que llevo me la regaló ella, creo que en mi cumpleaños. Yo quería una azul, y me trajo el azul que me gusta. Me hago mayor, y no es bueno que el hombre esté solo. Tú también te estás haciendo mayor, ¿sabes?

—Lo sé, mamá.

—¿Y?

—No sé qué quieres que te diga.

—Lo que de verdad te gustaría decirme. Lo que de verdad te gustaría hacer. —Vuelve la rotundidad, y en su tono algo parece sugerir que hay una decisión concreta que debería tomar—. Acércame el alcohol de romero del bolso, que me duelen las rodillas. A ti te dolerán pronto, deberías ponerte, también. La Josefa se ponía y mira, cien años.

—No se me olvidará, mamá.

—A mí me queda solo el trayecto de vuelta. Como a la perra. Mírala. ¿Te has dado cuenta de que tiene cataratas? Los ojos se le han quedado grises. Apenas ve. Como yo. Así que sin ella y sin mí... Llama a Amparo. A lo mejor se le ha curado el enfado. O se le ha olvidado. A todos, créeme, se nos olvida lo malo.

FIN

AGRADECIMIENTOS

Qué extraño es llegar a este punto del libro, donde todo acaba. Ese río de tardes llenas de zozobras y desencuentros con las palabras frente al texto finaliza en el mar. El café con leche se ha quedado frío y hay que recalentarlo para seguir escribiendo, para poder acabar la escena, para volver a entrar en la autocaravana y escuchar a los personajes que tanto se parecen a los de verdad. ¿O es al revés?

Vosotros, lectores, sois ese inmenso horizonte donde todo se abraza. Ahí vamos a parar los libros, en vuestras manos, a expensas de ser comentados, firmados o subrayados. Este y otros miles. Uno desea que, al terminar un libro, concretamente éste, se quede un tiempo en la mesilla antes de llegar a las estanterías donde duermen otros personajes. La madre y el hijo de esta novela, también la perra vieja, quieren agradeceros a vosotros la travesía.

Cuando escuché a mi madre preguntar por un hermano supe que había empezado la novela. Esa fue la epifanía. Ahí abrí el documento que ahora terminas, ahí empecé a fantasear y a inventar toda esta novela. ¿Y si...? ¿Tal vez? Escribir es hacerse preguntas durante mucho tiempo. Este libro es eso, un montón de preguntas que tienen mucha más importancia en la madurez, cuando todo es lentitud y poca certeza. Cuando quienes han inspirado la ficción tienen más dudas que verdades en su garganta. Pero, ¿no es la vida una verdad mal entendida? Canta Joan Manuel Serrat en «Sinceramente tuyo» que no es triste la verdad, lo que no tiene es remedio. El compromiso con la autenticidad es lo que ha dirigido esta novela que ahora cierras.

Quiero también dar las gracias a todos los que me han ayudado a componer esta obra. A los médicos y demás especialistas que trabajan con la memoria, a los que un día la perderán, a los que tienen padres a su cuidado, o familiares; a los que olvidan, a los que toman pastillas, a los que se dejan cuidar. A las vecinas que llegan a casa para acompañar durante un rato, a los que preguntan, a los que con una mirada entienden, a los que se sientan a tomar un café y sacan otros temas de conversación, a los teatros, a los cines, a la música, a los museos, a las librerías, a los bares. A todos los que ayudan a la evasión. Gracias a los colirios, al ibuprofeno y a las gafas de sol. Gracias a Camy por ayudar en casa. A mi editor, Leo Felipe Campos, por entenderme bien. A mi agente, Palmira Márquez, por la complicidad y calmar los miedos. Gracias a los amigos verdaderos que saben entender este tiempo de la vida en el que hay una constante alerta encendida. Gracias a mi perra, que calla, mira fijamente mientras escribo esto y se duerme como compromiso de paz.

Gracias a mamá por dejarse deconstruir para construir a otra madre de ficción. No solo es ella, es todas esas madres —padres— que están en las últimas estaciones del viaje. Aurora es vuestra, cuidadla. Miradla. Y tened mucha paciencia, porque los textos no acaban cuando se termina la novela, luego queda esa otra historia: la de la memoria.